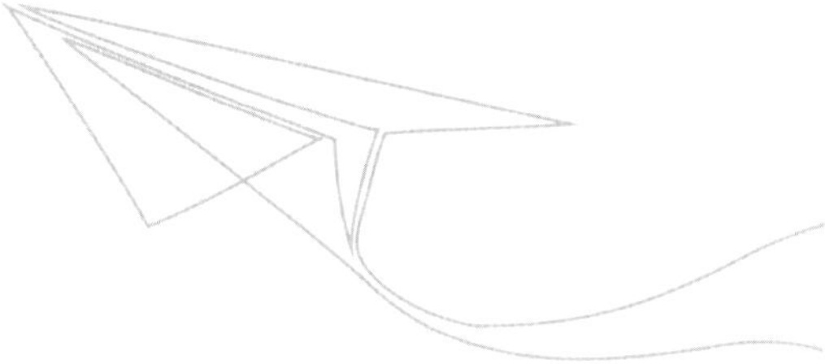

青春小說選

吳岱穎／凌性傑 編著

三民書局

推薦序

青春的文學，你來定義

楊富閔

時常有人問我如何走上文學寫作的道路，這些題目往往包括：誰是你最喜歡的作家？從什麼時候開始寫起小說？有沒有影響你最深的一本書？不知為何，每次我都講出不一樣的答案，文學啟蒙因此於我而言，似乎沒有標準答案。文學——時時刻刻我都在重新定義它，時時刻刻我也在重新發現它。閱讀這本以「青春」為名的小說選本，我的人設漸漸轉換成了國高中生，而我試想青春若是一種進入文學的路途，那麼在我最是青春的中學年代，又是如何與文學相遇的呢？

十二到十八歲的學生時期，當時我最喜愛的一門科目，無疑就是國文，那時我已試圖探索自己的讀書方法，只是沒有自覺，比如我最享受自己手作講義，三天兩頭跑到導師室跟國文老師借閱不同版本的參考用書，然後回家細細比較：這家寫得比較扎實、那家題目比較艱深，不管多少版本，經由我的判斷、深讀與消化，最後慢慢摸索而出自己的想法。那也是一個電腦正在進入學生書房的年代，而我每天回家開機不是玩 game，而是打開一頁空白的 Word，放起流行音樂當成背景，接著自得其樂地複習著自己的國文課。自己的講義自己編，現在細細回想，我對語言文字的熱愛，其實早就完全炸開。

除了熱衷探索語法結構與文字修辭，同時我也在積累自己的閱讀量，考試規範的篇目之外，慢慢我留意到了更多難忘的文章，通常它們短短出現在段考試題的選項，或者閱讀測驗的摘錄，但已足夠將我的心魂完全攝住。我是在考試卷上認識張愛玲、白先勇與洪醒夫，然後按圖索驥，跑到台南中山路上的金石堂，買回一本本的《台北人》、《第一爐香》與《黑面慶仔》，原來考試卷也是一種文學啟蒙的方式。我也正在搭建自己的圖書館，同時開始寫一些小品文、呢喃的歌詞，大量大量的書信。閱讀與寫作向我開啟一扇大門，這樣，我從國文課本出發，左右開弓參考書、考試卷、選修與自修，迷迷糊糊走上了文學的路。

這次翻閱《青春小說選》，想像不知是否就有一位愛好文藝的青少年，同樣正在探索文學與自我的奧妙關聯。實則文學選本單純作為精神糧食，可以在你通勤或者課後時間，慢慢咀嚼其中的思想養分；然而選本它在當代新媒體的環境，也能作為你與我從文本出發，更動態地去探索文學的特殊載體。《青春小說選》共計選錄十二篇作品，而關於青春、文學、青春的文學——誠摯歡迎你來重新定義。

序

時代的縮影，故事的魅力

凌性傑

在我的日常風景裡，跟中學生分享生命的故事一直是快樂的泉源。因為有事可說，孤獨的存在彷彿就擁有了慰藉。交換彼此經歷或耳聞的故事，也成了聯繫情感的方式。

日前讀到一份最新公布的研究調查，頗覺怵目驚心——衛福部國健署一〇六年度「高中、高職、五專學生健康行為調查」，透過問卷研究學生心理健康、在校情形、家庭支持這些指標。調查結果顯示，高達 25.8% 的學生表示同學不和善且不樂於提供協助，有這種感受的男生占該性別受訪者的 32%，女生則為 18.7%。另外，10.3% 的學生經常或總是感到孤單寂寞，男生為 10.4%，女生為 10.1%。6% 的學生表示一位親近的朋友都沒有，一成一的學生曾計畫自殺。這些數據也顯示，男生的發生率均高於女生。青少年身心變化劇烈，內在心理與外在世界的統合是一大難題。當前的網路虛擬世界固然提供了情緒的出口，但是終究無法取代現實生活的人際往來。

在最孤單無助的青春期，閱讀改變了我的人生。與某些可親的朋友在文藝營相識，分享各自的閱讀史，總能為生活灌注能量。我始終相信，文字是最好的陪伴，而且永遠不會背叛自己。

艾布拉姆斯在《鏡與燈》裡提出文學批評的幾個重要元素：宇宙、作品、作者、讀者。這些元素產生的關連，讓文學研究顯得繁複有趣。這本書的書名將兩種比喻並置，鏡與燈分別用來形容心靈狀態：「一個把心靈比作外界事物的反映者，另一個則把心靈比作發光體，認為心靈也是它所感知的事物的一部分。前者概括了從柏拉圖到十八世紀的主要思維特徵；後者則代表了浪漫主義詩人心靈的主導觀念。」有些作品讓自己深受感動，閱讀過程中，我總覺得內在的小宇宙被溫柔地照亮了。於是忍不住要逢人報信，說說自己受益於這些作品之處。

煩勞的工作之餘，為青少年編選讀本，一直讓我樂而不疲，好像在跟昔日高中時期的我往復對話。藉由深刻對話，我們的人生觀、世界觀也會產生流動變化。「我」的鍛造、打磨，或許可以透過閱讀來完成。青春時期追問著「我是誰？」、「我該往何處去？」，文學作品裡的答案或可成為一面光潔的鏡子。從他人的眼光理解人情、人性，同樣可以加深自我的理解。

繼《青春散文選》之後，再次與吳岱穎老師合編《青春小說選》，期待以十二篇魅力獨具的故事成為生活的陪伴。《青春小說選》的編選原則，以「好看」為先。這裡所謂好看的小說，是指說故事的精彩程度。人物形象、敘事模式、主題意識、文字功力⋯⋯，在在都是衡量的準則。此外，基於教學需求，能否適用於課堂討論，也成為選擇的考量之一。這段時間，強迫自己大量閱讀短篇小說，閱讀地圖不斷地擴展，看到無數的好風景。比較可惜的是，某些私心喜愛的篇章礙於版權因素無法收錄進來。

《青春小說選》本篇收錄林育德、楊富閔、葛亮、張耀升、胡淑雯、賴香吟、郭強生、嚴歌苓、李昂、史鐵生、鄭清文、翁鬧十二位作家之代表作，以時間為主軸，按照作者出生年由近而遠排列。每一篇小說背後，暗藏作者的心靈映象，也負載了時代的縮影。編選之初，並未預設「文學與歷史」、「文學與社會」這類課題，直到授權完成、篇章名稱確定之後，才發現小說作為載體，隱然有歷史切片在其中。本書編輯體例分為：小說文本、作者簡介、導讀賞析，邀請讀者一同悠遊於小說世界。書中盡可能不以文學派別、主義潮流、套語術語來框限這些作品，只希望單純地訴說與這些作品相遇的心情。

這十二篇作品，有敘述職業摔角的，有書寫當代臺灣鄉土生活的，也有刻劃海外華人移民血淚的⋯⋯。日本殖民統治、二次世界大戰、二二八事件、文化大革命、臺灣解嚴，諸多歷史事件與小說文本亦可互為參照。此外，性別議題、職涯探索、多元文化這些面向，亦可藉由小說文本展開討論。書中有些篇章已經改拍成電影，小說與電影的對照欣賞，也別有趣味。

一〇八年新課綱開始實施，在加深加廣課程方面，《青春散文選》、《青春小說選》或可作為「各類文學選讀」、「專題閱讀與研究」課堂教材。這套選集亦適用於多元選修課程，如「電影與文學」、「文學創作」。如果還能許一個小小的願望，那便是用文學照亮生命，讓這個世界可以迎受希望之光。

目次

阿嬤的綠寶石　Grandma's Emerald

林育德

你真的要聽我說關於摔角的事？那就要從我阿嬤說起了。

先說好，你可別在我面前問，摔角是不是打假的？

阿嬤總是窩在她的小房間看電視，小時候我幾乎可以陪她看整個晚上，其實也不是整個晚上，九點十點阿嬤就會把我趕回房間，畢竟明天還要上學。阿嬤也不是都不出門，我到現在還是搞不清楚阿嬤早上幾點起床，她會先到附近的廟埕，加入其他阿公阿嬤跳元極舞的行列，下午如果天氣還不錯，再到附近的國小散步運動，順便接小學的我回家，那時來福才剛出生沒多久。

這裡的時間快轉一點好了，因為我不太想告訴你國中那年老媽跑掉的事情，我只補充一點點背景就好。這裡是個靠海的漁村，我的十個同學家裡，至少七八個人的爸爸，都在離台灣很遠很遠很遠很遠的漁船上工作，慢慢變成五六個，三四個，最後剩下一兩個。你問我為什麼？

因為台灣人太貴了，外籍漁工便宜聽話又不會老吵著要放假，還好老爸跟的船長還算有義氣，沒有把他丟回村子叫他吃自己。那些早幾年被丟回來的我同學們的爸爸，一個兩個三個四個都變成了酒鬼，老婆跑掉是再常見不過的事，小孩能跑可能也會跑掉。我老爸雖然還有船可以出，但他的老婆還是跑了，其實下場也差不多。

老爸回來發現老媽跑掉的那天，沒說一句話，只狠狠踢了來福一腳，雖然那時來福已經是附近一帶的狗王了，打架從來沒輸過，還是被老爸踢成一粒飛出門外的大黑球。來福夾著尾巴跑掉了，一個禮拜以後才回來。老爸又要出船時，只丟下一句話：狗跑了至少還會回家。就這樣，家裡常常只有我，來福，還有窩在小房間看電視的阿嬤。你問我阿公呢？我出生之前他就跟祖先一起，住到神桌上的公媽牌裡了，一天上香兩次，早上是阿嬤，傍晚當然是我，難不成是來福？

除了八點檔，阿嬤最喜歡看的就是日本摔角，說來有點丟臉，但你現在認識的我啊，如果對摔角還算是熟悉的話，應該就是小時候跟阿嬤每天一起看摔角的緣故，那個成語叫什麼去了，對啦，耳濡目染，把我染成一個摔角迷。但是喜歡摔角可不是什麼會得到大家認同的興趣，你有沒有經歷過隔天上學急著跟同學聊昨天電視節目的年代？有吧，可是有看摔角的人看的幾乎都是美國摔角，說自己看日本摔角已經夠寂寞了，更何況我還是跟阿嬤一起看的，包準會被笑到放學，不對，笑到畢業都有可能。但阿嬤是很認真的在看摔角喔，雖然她也會抱怨一再重播，而且不怎麼更新摔角節目內容的X頻道，但後來阿嬤也有點搞不清楚了，還是很開心的看下去，反倒是我隨著年紀越來越清楚，欸，X頻道真的是蠻混的電視台啊。

還好有網路，你知不知道「摔角博物館」論壇？那可是台灣所有摔角迷都會上的地方，不管是像我一樣的日摔迷，還有人多勢眾、講話大聲的美摔迷，甚至冷門的墨西哥摔角之類的，在上面都可以找到討論的同好，論壇還有一區是什麼台灣在地摔角團體的，不過我沒什麼興趣。我是上了摔角博物館才知道，跟阿嬤平常看的X頻道，上面播的大部分都是一些老掉牙的比賽，日本的摔角團體不是會來台灣辦比賽嗎？據說很多選手晚上會在飯店守著X頻道，因為很多比賽連在日本都很少看到了，哈哈。就算身邊跟網路上的摔迷都是美摔的愛好者居多，我還是不太喜歡美國摔角的誇張風格，為了保護選手而限制許多精采的摔技，配上比八點檔還誇張的劇情，哪裡是日本摔角拳拳到肉可以比的啊！我很常在論壇上跟美摔迷筆戰，你要問我的話，日本摔角才是我心中真正的摔角，不過美摔迷人數太多了，常常講不過他們。

上大學的暑假，這邊我一定要說明一下，我看你也在偷笑，想不到我這樣的成績還有大學可以念吧？我也超意外的，是離村子不遠，就在隔壁鎮的技術學院。填志願前我從來沒聽過這間學校，但錄取通知單跟新生資料袋上面總共強調了兩次，很快就會升格成大學了，絕對，保證。總之我會繼續住在家裡，可以照顧阿嬤跟來福，暫時不用想說以後要幹麼，至少絕對不要出海，當兵現在也只剩四個月，在大學分成兩個暑假當完就好。成為準技術學院……我是都自稱準大學生啦，阿嬤包給我一個大紅包，老爸回台灣休假時買了台機車給我，雖然我高中早就偷騎他的車好久，但畢竟是我的第一台機車，太爽了。我在論壇上看到美國摔角WWE要來台灣比賽的宣傳，之前日本團體也來過幾次，但我還太小也沒錢，實在很可惜。幾個常跟我筆戰的帳號在論壇揪團要大家一起去，我忍不住又留言酸了他們幾句，沒想到居然被嗆說沒看過現場的人不能批評，是怎樣，有看過現場的比較厲害？好啦，我是真的沒看過，那又怎麼樣！

唯一會跟我聊摔角的，是我從小到大的同學也是鄰居，而且也跟我一樣狗屎運分發上同一間大學的阿西，就是他介紹我摔角博物館這個好站的。我要阿西上去論壇幫我讚聲，以為他會站在我身邊，阿西卻說他也要去看美國摔角，哇靠，胳臂向外彎。阿西說，啊我們就去看一次，至少以後人家不能再嗆我們沒看過，而且機會不是天天有，剛好放暑假又有閒錢。我摸摸口袋裡的紅包，票要多少？一千，阿西說。這麼貴！人家從美國來欸。是最前面的嗎？你在作夢喔，最前面的要五六千。唉，輸人不輸陣，一千塊坐最後面是要看個鳥啊，我跟阿西在媽祖廟對面的便利商店用機器買了兩千五的票，紅包飛了一半。

好不好看？嗯，你慢慢聽我說，為了省錢，我騎車載阿西去，一大早出發，迷路好幾次才到那個什麼林口體育館，你以為在新北市的林口對不對？屁咧，明明就是桃園的龜山，幹麼叫林口體育館？反正林口的旁邊是龜山，龜山的旁邊是林口，路標也分不清楚，山路不好騎，我真心疼我的新車。嗯，美國摔角果然是財大氣粗，我第一次看到這麼大隻的人，阿西說他還以為是熊咧，啊你是看過熊喔？雖然我也沒看過熊就是了。雖然不甘心，但不得不承認，美國摔角的摔迷人真的有夠多，而且，還有不少可愛的女生，超奇怪的。我說到哪裡？喔，比賽，最後一場確實是好看啦，是特別規則的TLC賽，就是可以合法使用桌子、鐵梯、鐵椅進行的比賽，TLC就是這三樣東西的英文縮寫。你知道椅子打在背上有多大聲嗎？碰！砰！碰！砰！好像體育館裡面忽然打起大雷一樣，還有把折疊的桌子打開、擺好，從擂台角柱上面把對手往桌子摔過去——啪啦——！桌子整個爆開欸，桌腳整個彎掉，桌面碎成一片一片！我跟阿西看到這一幕，即使在二樓的看台，還是忍不住站起來大叫，還好不是只有我們大叫，所以一點也不丟臉，嗯，我其實是配合其他的摔迷啦，氣氛到了啦，配合一下。

嗯，我講得有點誇張，其實真的還好，大概也只有這種比賽算是跟我最愛的日本摔角勉強打平，真的還好。TLC規則的比賽是當天的壓軸，比賽完了阿西拉著我衝到一樓，要我在護欄旁邊幫他跟擂台照相，結束後阿西還去排隊買現場獨家販售的T恤，這傢伙不是日摔迷嗎？阿西這個叛徒。「其實美國日本我都有看，因為你都看日摔我才只跟你聊日摔的。」靠。樓下的美國工作人員正在拆解擂台，旁邊還有一些台灣的阿伯阿姨在清理環境，我叫住一個頭髮灰白的阿伯，跟他討一片桌子的碎片，反正也是要丟掉的嘛，阿伯起初還不願意，他四處看了一下，好像是怕被老外還是他的老闆罵，才拿了一片給我。阿伯幫我拿完桌子碎片，還囉嗦了幾句，問我摔角到底有什麼好看的，又拉著我問桌子要怎麼拿來打，我看他應該不會懂，隨便應付應付，別的工作人員來趕我們走，說要清場了。

我把桌子的碎片拿回家給阿嬤看，說我去看美國摔角，阿嬤先是巴了我頭一下罵我浪費錢，拿著那片木頭又是用手指敲又是用鼻子聞的，不過還是好好聽我把比賽的過程和內容講給她聽，來福坐在旁邊猛搖尾巴，好像把木片當成什麼好吃的零嘴，想得美咧。我還來不及說到砸爆桌子那場，阿嬤就把木片還給我，起身掀開晚上睡覺時會蓋在電視前面的花布，摔角時間到了，今天播的是阿嬤最喜歡，也是我最喜歡的摔角手——三澤光晴選手的比賽。三澤光晴看起來就跟普通的日本大叔沒兩樣，長得不帥，只能說是有些性格，身材不健壯，肚子肥肥的，可是如果這樣你就小看他，那就大錯特錯了。

綠色是三澤光晴的代表色，他的出場曲響起，穿著綠色緊身長褲的他，披著綠色的大衣，沿著花道進場，緩緩走入擂台。先由一段只有鋼琴的緩慢旋律開頭，然後轉入反覆出現的主旋律，電吉他隨著鼓聲出現，節奏越來越快，令人不自覺用手跟著打拍子，這時會場所有人都會大喊「Misawa（三澤）！Misawa！Misawa！」阿嬤和我也會跟著一起喊喔。三澤光晴把綠色大衣往擂台下一拋，露出上半身，只有右手戴著黑色護肘，在角柱旁用背部猛壓繩圈數次進行暖身，這是我看過超多次的畫面。三澤光晴最著名的是他的肘擊，他可是有著「肘擊的貴公子」外號的摔角手，除了普通的肘擊，還有左右開弓肘擊，肘擊連打等各種角度的肘擊。其中不能不提的就是旋轉肘擊了，第一種旋轉肘擊是接在普通肘擊之後，立刻反身打出一記回馬槍肘擊；第二種更是厲害，原地旋轉身體之後，藉著旋轉產生的離心力，讓肘擊威力加倍往對手招呼過去，不，可能是三倍。肘擊幾乎就是三澤光晴的代名詞，網路上的摔迷都用「L棒」來稱呼，這是電視上的播報員用日文腔來發英文「手肘（elbow）」的諧音，你聽，「L棒連打！」就是肘擊連發的意思。

因為阿嬤聽得懂日文，不時會告訴我一些中文字幕沒有翻譯出的東西，像是三澤光晴被稱為「受身的天才」，我看網路上說，受身來自柔道，簡單來說就是被摔時降低傷害的方法，三澤光晴在業界被傳說可以用任何地方受身，甚至包括公認最脆弱的脖子；還有三澤生涯早期曾經戴上虎面面具，是二代虎面選手，現在一般摔角迷熟知的虎面，已經是第四代了，基於我對虎面的認識，可以想像早年還沒中年發福的三澤，應該也充滿了在擂台上飛來飛去的本領。1992 年 10 月 21 日是我絕對不會忘記的日期，光是字幕上出現這個日期就會讓我心跳加快，這一天，三澤光晴披著三條腰帶，以三冠王冠軍王者的身分，接受好友同時也是生涯宿敵川田利明選手的挑戰，是一場大招放盡的超精采戰鬥，這場比賽實際發生的時候，我都還沒出生呢，實在是因為 X 頻道重播太多次了，但這是少數不管重播幾次，我都不會抱怨的比賽。

阿嬤常說，這個 Misawa，看起來槌槌，古意古意，不過怎麼樣都打不死，一定可以再站起來。雖然三澤當然不是從來沒輸過，不過阿嬤的評價大概也就是我心中對三澤光晴的絕對印象。看到緊張的地方，阿嬤會喃喃自語：「卡緊啦，Misawa，緊用你那個青色的寶石！」阿嬤說的綠色寶石，就是三澤光晴大絕招之一的「綠寶石飛瀑怒濤（エメラルド・フロウジョン，Emerald Flowsion）」——只見三澤左手勾住對手的頸部，右手伸向對手胯下，將對手舉起，順勢扛上自己的右肩，然後整個人身體往右微傾，猛力坐下，對手因落下而背部用力撞擊擂台，三澤立刻轉身壓制對手，裁判數秒，一、二、三——不知道究竟有多少人敗在三澤的這招成名絕技之下。開始上摔角博物館之後我才知道，「綠寶石飛瀑怒濤」是三澤光晴開創發明的嶄新摔角招式，知道這一點更加深了我對三澤的敬佩，招式的名字又非常帥氣，小時候我都讀成綠寶石飛「暴」怒濤，不好意思啦我國文不好。要是你也看過這一招，只要看一次就絕對忘不了。

阿西把摔角博物館介紹給我後，每一篇發文我幾乎都會上去回應幾句，不過多半都把力氣花在跟美摔迷互相鬥嘴，有一次我印象特別深，論壇難免會有小白註冊帳號上來發文，不是那種廣告帳號喔，而是看不起摔角，故意上來討大家罵、引戰的小白。通常板主群都手腳很快，看到就砍掉了，那天可能是板主慢了，剛好被我看到一篇挑釁的發文。內容大概是說摔角都是打假的，這邊還一堆人討論、分享、寫心得，真的很好笑，我看到的時候下面已經有十幾則回應了，光看小白的貼文，我也想好好回嗆一頓，但是迅速瞄過張貼回應的帳號後，我嚇了一跳，你知道嗎，這是我第一次看到原本勢不兩立的美日摔迷，不管是我很敬佩的日摔同好，還是跟我多次互噴的美摔捍衛者，居然團結一致圍剿小白，這個情形可不常見啊。你以為我只有嚇一跳嗎？我嚇了兩跳！我再仔細讀了大家的回應，居然讓我傻在電腦前面，下巴差點沒掉下來。

喔，對不起，我說到哪裡了？因為我到現在還是有點難以接受這件事。論壇小白至少說對了一件事情，說到底，摔角就是打假的。看吧，你也很意外，是吧？後來我還碰過幾次這種小白，也大概知道大家通常會用哪些固定的方式回應，比如說，電影或魔術是真的嗎？八點檔或是影集是真的嗎？但大家還是看得很高興，不是嗎？大家還會說「摔角的藝術，在於如何把摔角手扮演的角色，用身體或是其他方式把要鋪陳的故事，確實傳達給觀眾。」這種看起來很厲害的回應，雖然我從來不懂藝術是什麼，但大概就是技術的意思吧——像阿嬤年輕時村子裡沒人補魚網的速度比她快，或是阿西的媽媽在市場十分鐘可以殺好六、七條魚——把看起來很難的事情表現得很簡單，可能因為表現得太簡單了，有些人就認為這些事情原來就是簡單的。

你問假的部分是什麼？是勝負，唉，誰輸誰贏是先安排好的。至於你問的冠軍腰帶，冠軍腰帶大概就像是公司或團體對摔角手的肯定，通常是人氣的肯定，當然有人氣的選手，技術還有各方面應該也都達到了一定的水準。有時候腰帶也是某種傳承或是拉拔新人的手段，畢竟摔角手不可能打一輩子，已經取得地位的資深摔角手，會藉著輸給值得託付公司未來的新人，幫助他得到摔迷的認同，這個過程叫做「上位（push）」。知名度普通的菜鳥擊敗名氣很大的老將，可以為菜鳥加分不少，對老將沒什麼大損失，是一種把菜鳥介紹給觀眾的有效方法。

當時我很不服氣的問阿嬤，電視上的摔角都不是打真的，你甘知影？阿嬤的眼睛沒有離開電視，過了好一陣子才跟我說：

「我知啊，咱看的是功夫，毋是輸贏。」

阿嬤轉過來看我，「戇孫，你若去乎 Misawa 用伊那招『L棒』摃落去，敢袂痛？」我點點頭。

「你提轉來彼片桌仔摔破的柴板，彼个仲米國仔摔落去，一定痛甲哀爸叫母，對無？」我又點點頭。

「人講『做戲悾悾，看戲戇戇』。像 Misawa 若輸，我佮你就心肝艱苦；啊若 Misawa 打贏，阮就笑笑，歡喜去睏。看精采尚要緊。」

你看，阿嬤比我專業多了吧。

之後我就比較少回應論壇的文章了，因為覺得自己很蠢，雖然有一點被騙的感覺，可是想想阿嬤說的，好像也有道理。不過後來我發現了一件事，從此雖然我還是會多少陪阿嬤看摔角，但是總衷心期盼 X 頻道少播一點三澤光晴的比賽，雖然三澤的比賽似乎比以前播得少了，但如果不小心看到，我會假裝去忙別的事情，或是跟阿嬤說啊這個就看很多遍了啦。

你問我是什麼事情？先聽我說另外一件事吧。自從跟阿西去看了 WWE 在林口體育館的台灣巡迴，我開始偶爾會看 LV 電視台代理的 WWE 節目，真的只是偶爾而已，畢竟要知己知彼。我才剛開始看就看到熟悉的面孔，WWE 在宣傳一個參戰日本許久的前 WWE 摔角手即將重返美國，場邊的解說員說他在日本摔角界完全是壓倒性的強勢，他的名字是「天災大帝（Lord Tensai）」。欸？這個什麼天災大帝的，在日摔的擂台上可是另一個名字——巨人巴拿多（Giant Bernard），你如果看過他的話，絕對不可能忘記他滿布胸前，還延伸到肩膀和上臂的刺青，那是像獸紋一樣，線條銳利的刺青，還有他穿環打釘的乳頭、下巴與耳垂，加上他的身材比日本摔角手要大上好幾號，看起來怪可怕的。

巨人巴拿多曾經兇悍的拿下兩度新日本職業摔角（新日本プロレス，New Japan Pro-Wrestling, NJPW）的 IWGP 世界雙打冠軍，也拿過一次三澤光晴創辦的諾亞職業摔角（プロレスリソグ・ノア，Pro Wrestling Noah）旗下的 GHC 雙打冠軍，通常會出現在日摔擂台的「外國人選手」，都有一定的強度，巨人巴拿多有多強呢？看看日本人為他取的稱號吧：「刺青暴君」、「破壞凶獸」，你大概可以想像當時巨人巴拿多真的完全宰制了所有他踏上的擂台。我有一種看到老朋友的感覺，但顯然 WWE 並沒有太多讓天災大帝延續恐怖實力的空間，他後來竟變成一個丑角，不過這也蠻像是 WWE 的風格就是了……你知道我的意思吧。

我把美國摔角當成對照組來看，最大的收穫，大概是認識了負責講述比賽的台灣播報員橘子。橘子的播報不僅讓人能完全融入比賽，更會適時補充知識或是笑料，只是他好像後來就消失了，換成完全不懂摔角的 LV 電視台自己的體育主播，讓整個節目的質感下降許多，我也不太清楚橘子不見的原因，只是覺得很可惜。橘子的播報水準絕對不會輸給日本摔角的播報員，能夠擔任對摔角迷來說像夢一樣的工作，他大概是台灣最幸福的摔迷了吧。

說到幸福，晚了幾年才知道這件事的我，那陣子絕對是台灣最不幸的摔迷了，應該怎麼說？就好像有一天你跑船回家，發現老婆跑掉了，這是第一個不幸；你跟村子裡面的左鄰右舍聊起，發現你不是唯一一個老婆跑掉的人，這是第二個不幸；等到你把事情弄清楚，才發現老婆早在你上次剛出海沒幾天就跑掉了，第三個不幸。三重不幸啊，對了，三重在台北市還是新北市？唉，總之我好慢才發現，我和阿嬤的偶像三澤光晴，他——

——他早就去世了。

2009年6月13日，三澤光晴創立的職業摔角諾亞在廣島縣立綜合體育館舉辦比賽，兩千三百名觀眾進場，三澤光晴本日的賽事是和年輕後輩潮崎豪搭檔，作為挑戰者組，迎戰冠軍王者組稱號「死神」的齋藤彰俊與野牛史密斯（バイソン・スミス，Bison Smith）搭檔的GHC雙打冠軍賽。三澤光晴於比賽中承受了一記由齋藤彰俊使出，角度非常銳利的岩石落下技，倒在擂台上無法起身。裁判立刻問三澤，你還可以動嗎？「動不了。」留下這句話後，三澤光晴陷入昏迷，心肺功能停止。裁判見狀隨即判定冠軍王者組齋藤彰俊和野牛史密斯防衛成功。所有人都震驚不已，受身天才三澤光晴竟然撐不住一招在摔角比賽中極為常見的岩石落下。當時諾亞的擂台工作人員中，並沒有醫護人員的配置，在具有醫護背景的觀眾進入擂台實施心臟按摩許久未果後，救護車抵達會場，將三澤社長後送至廣島大學醫院進行急救。晚間十點十分，醫院宣告了三澤光晴的死訊，再過五天，就是他四十七歲的生日。

經過多年的擂台征戰，晚年的三澤飽受頸椎骨刺的影響，右眼甚至偶爾會出現原因不明的視力喪失，全身的肩膀、腰部和膝蓋都承受著慢性病一樣反覆發作的疼痛，知情的親近人士曾勸他好好休息，但三澤光晴並未採納。創立諾亞職業摔角後，他並沒有像其他生涯後期創辦團體的前輩一樣，安居於幕後的管理職位，而是同時身兼管理者與摔角手，持續在諾亞於日本各地的巡迴戰中頻繁出賽。

摔角不是打假的嗎？如果是打假的，怎麼會……身為日摔迷，我當然知道以高飛動作著稱的鳥人（ハヤブサ，Hayabusa）選手，在擂台上因為失誤傷及頸椎而導致半身癱瘓，可是鳥人選手傷害努力復健，每年都可以看到他又更進步一點的消息，雖然鳥人選手還是在2016年3月時，因為蜘蛛網膜下腔出血急症病發，四十七歲離世了……摔角不是打假的嗎？我看了當天在廣島事發後的影片好多次，所有選手和工作人員圍著社長，觀眾不時從座位上大吼三澤的名字，實施心肺復甦術的人不斷按壓著毫無反應的三澤光晴的胸口，時間就好像完全沒有前進一樣。稍早才結束自己的比賽，生涯和三澤光晴打出許多經典比賽的高山善廣選手，還來不及換下擂台服裝，一臉茫然的從休息區走往擂台。高山善廣曾經說三澤光晴「跟殭屍一樣」，你以為他已經不行了，絕對可以拿下勝利，在壓制到2.99999……秒時，他卻彈了起來，若無其事的拉了幾下已經穿得夠高腰的綠色褲頭——這是三澤光晴被摔迷常拿來討論的小動作，我們都戲稱這是三澤的「回血」動作——然後像什麼都沒發生過，猛烈的回敬你一組附擊套餐，讓比賽繼續打下去。我看到高山善廣靜靜站在擂台旁，不可置信的看著那個多次擊倒他的男人，像一團下半部綠色，上半部漸漸轉淡的肉色棉花糖，動也不動的躺在這個男人用盡一切心力打造的綠色擂台。

謝謝你的衛生紙。我是一邊哭著，一邊在網路上看完三澤告別式後日本電視台播出的追悼特別節目的。一個小時的節目裡，回顧了三澤光晴生涯的數場經典戰役，一半以上都是我和阿嬤反覆看過好多遍的。阿嬤喊我吃晚餐，我編了個肚子痛的藉口，來福一直要湊近我，我抓著來福的項圈，把來福拖出房間，靜靜關上房門。

你還記得我怎麼批評 WWE 的嗎？我說他們為了保護選手而限制許多精采的摔技，這也是我剛上論壇時，常用來嘲笑美摔迷的點。我忽然覺得自己好天真，雖然看摔角這麼多年，知道摔角手平均來說壽命不比一般人，畢竟那是長年反覆在擂台上過度使用身體逃不過的代價，雖然死在擂台上就好比武士戰死沙場，好像很美，但實在太痛了。我寧願摔角手可以平安退休，安靜的走完人生最後的歲月。

唉，身為孫子，我覺得應該要告訴阿嬤這件事的，但我怕阿嬤承受不住，連我都承受不住了，是不是繼續欺騙阿嬤會比較好呢？我有時也會希望，如果我這輩子都不知道三澤光晴已經過世就好了，阿嬤，今天又有 Misawa 的比賽喔！什麼都不用多想的，好好看我最喜歡的綠色寶石，在電視裡的擂台上，閃閃發出光芒，當三澤光晴拉拉褲子的時候，我就知道，他要反擊了，水啦！

論壇上再度傳來摔角手的死訊，是台灣摔迷比較不熟悉的墨西哥摔角大團 AAA (Asistencia Asesoría y Administración) 旗下摔角手 Perro Aguayo Jr.，他的父親是墨西哥摔角傳奇，因此他的擂台名也繼承了父親的名號，是墨西哥摔角界中很受歡迎的中生代選手。2015 年 3 月 20 日，比賽在美墨邊境的墨西哥提華納舉辦，是當晚的雙打壓軸賽事。原本這個新聞是不會出現在主流媒體上的，但全世界的主流媒體都大篇幅報導，原因是 Perro 的其中一個對手，是擁有全球知名度的前 WWE 選手 Rey Mysterio。Rey 應該是史上最廣為人知的墨西哥風格面具選手了，他身高不到一百六十公分，墨裔美籍出身的他沒有一般墨西哥選手在美國會遇到的語言問題，縱橫美摔界二十年。比賽中 Rey 對 Perro 施展飛踢，Perro 順勢往第二條繩圈趴著，等待 Rey 隨後將要施展的大絕招，但隊友和對手發現他不只是趴著，而是全身癱軟掛在繩圈上，選手們察覺後立刻調整策略，很快的擊敗 Perro 的搭檔結束比賽。不巧，當天稍早的比賽有兩位選手掛彩，當時醫生正在後台治療，因此延誤了搶救的黃金時間，急救一小時後，Perro Aguayo Jr. 宣告不治，三十六歲去世，還小三澤光晴十歲。

不明就裡的媒體，你知道的，包括台灣跟風的媒體，把事件矛頭紛紛對準 Rey，畢竟他是主流媒體唯一較為熟悉的摔角手，不久死因傳出，為第一時間因失誤動作導致頸部撞擊質地粗硬的擂台繩圈，引發頸部揮鞭樣損傷，可以說是因為倒向第二條繩圈的時候力道過猛，位置也不妙，造成跟上吊類似的死因。論壇上的大家對媒體的指責大表不滿，延誤急救的原因我剛才說了，有些不了解摔角的網友，在新聞下面說人死了還繼續比賽，有沒有人性啊。全世界的摔角都一樣，摔角手從第一天訓練開始，就要學習不管任何情況，都要好好接下對手的招式。摔角沒辦法暫停，也沒辦法重來。動作失誤了，趕快用下一個精采的動作補救；對手受傷了，趕快改用別的方式，盡量在觀眾不察覺的狀況下，順利把比賽打完。果然，又出現我最受不了的言論，每到這個時候，我就真心希望摔角從頭到尾都是假的，因為這樣，死亡跟意外就可以不是真的。

日後只有少數的媒體跟進報導，在 Perro Aguayo Jr. 的葬禮，Rey Mysterio 也在扶靈的隊伍當中，從逝者家屬的態度，應該可以看出外界對 Rey 的批評，其實是對職業摔角的誤解。有人在論壇上分享了知名摔角手 MVP (Montel Vontavious Porter) 寫給 Perro 的哀悼文：

我們總把明天視為理所當然，早晨開車上班工作，回家，理所當然，對吧？當職業摔角選手進入擂台，我們了解也認知到危險，並且努力降低風險——但，危險永遠存在。「不怕死」是職業摔角眾多要素裡最字面上的描述，只是一些出眾的運動員使這一切看來都太容易了。

告訴生命裡重要的人你愛他們，撥電話給因為忙碌而忘記問候的人，人生旅程裡沒有太多時間去完成這些事，沒有人應允我們明天必然來到。親愛的兄弟姊妹，今夜，讓我們一起禱告、舉杯，去做你想做的事。

如果我忽然離開，沒有機會道別，我知道我有過精采的人生、電影般的生活，這是一場精采的旅程。

敬 Perro Aguayo Jr.，敬我們的擂台。

「你那個女朋友，下回請伊來厝內吃暗頓，阿嬤來煮好料。」

我又想逃開晚上的摔角時間，阿嬤趁我開溜前，把我拉進她的小房間。

「是按怎最近 Misawa 的比賽，你攏無興趣？」阿嬤終於問我。

「阿嬤，我不知影，到底應該佮妳講，抑是，抑是恬恬就好。」

「是啥物代誌，袂當講乎恁阿嬤聽？」阿嬤拉著我的耳朵。

我深吸了一口氣。

「Misawa 已經、已經，過身——過身幾若年啊！」我大聲說出來。

「喔。」來福被我嚇到，汪汪汪叫個不停。

阿嬤轉過身去，把晚上睡覺時會蓋在電視前的花布掀開。

阿嬤坐在她平常的位子上，伸手在旁邊的毛毯裡翻了幾下，抽出遙控器。

「恁阿公這陣佇叨位？」阿嬤問，我看向客廳的神明桌。

「吃飽了後，你有佮伊捻香無？」

「有。」

「戇孫，Misawa 嘛是同款，就佇電視內底。」

阿嬤打開電視，來福趴在阿嬤腳下，尾巴隨著旋律輕輕擺動，電視上，三澤光晴的出場曲響起，是最前面那段，只有鋼琴的緩慢旋律。你看哪一天有空，來我家陪阿嬤吃個飯吧。

——《擂台旁邊》，麥田

林育德

林育德（一九八八—）。畢業於東華大學華文所創作組。詩作選入《更好的生活》、《生活的證據：國民新詩讀本》。曾獲全國學生文學獎，臺積電青年學生文學獎，中央大學金筆獎，東華大學文學獎，花蓮文學獎，臺北文學獎小說首獎。著有小說《擂台旁邊》。

文字風景

運動小說作為一種特殊的文類，一直無法得到推廣，其實有其本質上的原因。運動需要專業，要講述運動則必然涉及專業知識，一旦涉及專業知識，就會令小說產生排他性，無法吸引一般讀者。當然也可以不談專業知識，改為販賣熱血純愛什麼的，但那樣就會讓作品走向通俗文學的範疇——這麼說沒有不敬的意思，只是任何一個自覺是文學人的寫作者，大概都不太會願意以這種方式去貼近讀者的吧？

這時候我們讀到林育德的小說，不自覺地被帶入小說中的摔角世界，忽然發現原來還有這麼一種解套的方法，不免會讓人感覺興奮。作為華文世界第一本以專業摔角為主題的小說，林育德繳出的成績單可謂極其亮眼。其中得到臺北文學獎首獎肯定的這篇〈阿嬤的綠寶石〉，更恰如其分地展演了一種集通俗、專業、趣味性與深刻的文學意義於一身的高超技巧。整個故事的設定，是一個（可能即將升格為大學的）技術學院的學生，對女友陳述身為摔角迷的「那一部分的自己」。正是這種陳述和自白，成就了這篇小說獨特的語境，容許作者恣意騰挪，進行各種神奇的操作。

小說家平路在評審意見中說：「小說的智慧在於，虛實之間的若有所悟。」林育德藉摔角知識的實，帶出摔角觀眾的虛；從小說中的「我」如何逐步揭露三澤光晴之死，到引我進入摔角世界的阿嬤的「世界觀」，這個聰慧無已又狡獪得無以復加的小說作者，用幹話和摔角迷的狂熱興築起一座壯麗的語無倫次的迷宮，而他早就在一開頭，把答案揭示在眾人面前了：「摔角是不是打假的？」

答案是信者恆信，不信者恆不信。看似是耍廢的幹話，其中自有其深刻的哲理。在林立如海市蜃樓的摔角知識之間，林育德找到了一條便於自我說解的進路：「不說好不說壞，只需要呈露現象，觀眾自己知道爽的方式。」

逼逼

楊富閔

「逼逼、逼逼說要帶我去環遊世界喔！」讀冊阿公幼幼班腔調，敲打著輪椅。

「逼你去死啦！一天到晚對著我逼，你麥擱逼我了……」水涼阿嬷跳上床，作勢要打人，被蘇菲亞給擋了下來，急著說：「老闆娘，老闆他也是被逼逼逼瘋的啦……」水涼阿嬷遂指著讀冊阿公的鼻頭說：「逼轟？反正你都說，我是來自蕭壠的肖郎啊！那我就轟給你看！」

•

農曆六月二十九，午飯畢，水涼阿嬷一聽聞看護蘇菲亞說：「老闆不吃了。」隨即抛下手邊小學生的制服刺繡，拎著她那臺「公路車款」，亮粉紅車身，穿上白底吸濕排汗車衣、黑系七分自行車褲、頭頂三十開孔外星人螢光黃車帽，全副武裝像隻臺南縣官田鄉葫蘆埤復育成功的菱角鳥——臺灣水雉，顯見水涼阿嬷少女身材，上路。她速速來到西庄惠安宮前跟媽祖婆對談，靚裝置身在肅穆神堂，手持三炷香，呢喃，順手把香傳給蘇菲亞，便將可變化各色鏡片的半框護目鏡戴上，鏡架緣著髮線而上，剛好修飾她七十五高齡微垮的臉型，她的臉極小，氣色從來都是她這輩阿公阿嬤當中的最好，但她最在意這款護目鏡小心可別擋到她印堂那顆觀音痣，對著手持DV站一旁的小孫子說：「這可是阿嬤的GPS。衛星導航。」水涼阿嬤永遠有最新的語言，但她卻忘了蘇菲亞不諳臺灣插香語言，驚見她將三炷香倒插在黃銅大香爐，逗趣直說：「倒插三炷香，代表我要跟媽祖下戰帖就對了！」小孫子應聲：「對啦！跟媽祖輸贏一下！」鏡頭帶到蘇菲亞，拍手：「老闆娘！一路好走！」

三人出廟門，來到掛滿黃絲帶的惠安宮廟埕，水涼阿嬤仰頭以為是天降千萬張符咒，大夥掌聲如西南部午後響雷，水涼阿嬤極輕便，連此行去處也沒交代地就輕盈跨上她的小粉紅，小孫子和蘇菲亞喊的真大聲，大概怕媽祖臭耳聾說：「祝全臺灣最酷炫的阿嬤單車上路，一路順風！」

一路順風，一路好走。

•

臺南吹南風，讀社會系的小孫子回官田老家避暑，極敏銳。水涼阿嬤一出門，他便將無線上網的HP筆電挪到讀冊阿公的組合屋來，待命，屋蓋後院無冷氣，與有機菜圃相鄰，屋內厝一只床，水涼阿嬤那時邊罵邊撤，撤出從前農用鋤草機、噴霧機、廢電視、受潮床墊與擋雨用候選人壓克力看板四大片，就全心留給讀冊阿公好大一間。水涼阿嬤對著數十年老鄰加親戚說：「我什麼都給他，以免說我逼他走。」小孫子此時大口喝善化冬瓜退火茶，刀叉玉井愛文芒果，蘇菲亞在檢查讀冊阿公瞳孔，遞一湯匙魚骨精髓熬出的稀飯。「還是不吃。」

去年讀冊阿公遭劈腿，破大病，這還得說起他暗夜倒在臺南市通往安平的民生路邊，類流浪漢，直喊著愛人小名──逼逼。「逼逼說要帶我去遊山玩水、環遊世界。」送進奇美醫院，斷層掃出腸穿孔，大白話說腸子破洞，肚腹畫出一條嘉南大圳，引發糖尿病，鋸一隻腿，從此屎從肚腹出，單隻腳爬不出西庄透天厝，終於不再偷吃。從前風流話才華全廢，剩一句，「逼逼說要帶我去遊山玩水。」像詩。逼逼打哪來？要打哪裡去？水涼阿嬤言談更像詩：「死阿陸仔，騙錢騙拐。」又每次讀冊阿公對著她逼逼逼，求救訊號，水涼阿嬤眼一瞪：「逼你去死！」隨後，便扶他起身，跳上床，邊罵邊搓揉全身，舒暢淋巴，活化筋骨，復健一次，水涼阿嬤就淪陷回憶一次，遍體鱗傷退出組合屋，讀冊阿公還是只會逼逼逼。

讀冊阿公相貌類似電棒燙後的孫中山，日本時代加入過詩社，常常去善化慶安宮擊缽詠詩，大賞掛在三樓神明廳牆，每每回家都提一次。他詩藝驚人，把妹亦從不失手。水涼阿嬤說幾乎可以組一團「麻豆鎮民俗團體——十二婆姊」。苦悶時代，水涼阿嬤眼見一雙子女小年紀，好歹自身亦是佳里鎮蕭壠出身的姑娘，有瘋的本性，咬著金牙就給兒子養到天津經商有成，女兒嫁在紐約城。「睡破三件草蓆，抓尪的心腹抓不到。」水涼阿嬤抓不到丈夫的心，遂投入掙錢，官田菱角植了好幾甲，收成時她的菱角造型最像金元寶，排骨菱角湯入口時有甘甜滋味，在家她兼差，秀一手裁縫手藝，替鄉裡小孩刺繡制服學號，收入極穩定，生活從不是問題，感情才是問題。

感情才是問題。

少年阿公愛寫詩，日文底子好，風月報仕女圖都黏在土角厝牆壁，走跳南部歌妓院戶，最常去玉井和善化。好一個玉樓春公子，可不是，阿公詩詞左右開弓，杜牧歐陽修是他的上品。少年阿公喝醉了伏倒家門，醒時便一展宋江陣武功，水涼阿嬤是最早的家暴媽媽，老鷹抓小雞，帶著兒女繞著神明廳跑。

中年阿公棄家而去，整整三十年。紈褲少爺沒有家庭觀念，他是第一代的環島青年，出臺南到嘉義梅山，在南投埔里住一陣子，隨後過中橫到花蓮瑞穗，在臺東深愛過一個原住民女孩，每到新的地方便標楷字體，寫落落長的信回官田，註明寄錢。水涼阿嬤後來都說：「十二婆姊，這時袸熊熊出現好多個，真的是『用心愛臺灣』。」小孫子小聲質問信都寫什麼，水涼阿嬤推推老花眼鏡說：「他寫他對不起我，說他很思念我。」

老年阿公已停筆，回到官田時孫子已成群，唯一帶到的是小孫子，小孫子雙親都在大陸工作，水涼阿嬤接下來帶，發豪語說要讓他念臺大，老年阿公偶爾也牽著小孫子上雙語幼稚園，對老師直說：「這是阮孫，有像我齁？」閒時就跟著植菱，老年阿公划小舟採菱，也有船長風情，夕陽落在淡紫色菱角田，水涼阿嬤心想著是不是終於等到這一天。

這次，詩興再發，他年已七十。十二婆姊團有過日本人妻、埔里美女、原住民女孩，沒料到還有阿陸仔。老年阿公和阿陸仔逼逼相逢臺南花園夜市「小上海香酥雞」攤前，一見如故，還直說有臺味，墜情海，迷航臺灣海峽。而今他停筆也停信，學會手拿臺灣大哥大耍水涼阿嬤使用ATM，月出數十萬，年結百餘萬，菱角田為高鐵徵收，千萬賠償金全給逼逼在安南區買了豪宅，逼逼來臺才幾年，身分證無，權狀名歸她聲稱早已離婚的前夫，老年阿公臨老入花叢，像盲人不識字，花粉味讓他誤失當臺灣人的本分。

小孫子匍匐在二十七吋螢幕上田調，魔術師般不斷彈出新視窗，他GPS衛星定位巳安裝就緒，猜想水涼阿嬤應該已經出了官田入文旦故鄉麻豆，HP電腦倏地逼逼作響，原是已經追蹤到了水涼阿嬤，社會系出身的小孫子恍如來到墾丁社頂公園，天線雷達找尋復育成功的臺灣梅花鹿蹤跡，而他，憑著觀音痣發現臺灣水雉造型的水涼阿嬤，你看，螢幕上紅斑點閃爍跳躍，逼逼逼，小孫子挪動滑鼠，螢幕吐出白底黑字：LOCATE 麻豆龍喉路段。

•

逼鬼月，水涼阿嬤心繫著逼鬼月。一句「不吃了」把她送出住了五十多年的官田，西庄口，路開四線大道，寬敞似外星人基地，也許可停戰鬥機十來架。電線杆，杆杆皆綁黃絲帶，上面有冤情字跡，水涼阿嬤本打算解一條繫額頭，怕太招搖，怕真被誤以為她瘋，便就順著風推動那薄如紙的烈焰狀車輪，讓她酷似三太子腳踏風火輪地出老家，沒了黃絲帶帶路，水涼阿嬤頓失方向感，出了黃符咒羅織的結界，她，馬上頭暈。路況不差，但她車況卻很差，離了菱海，便是文旦園，水涼阿嬤東西搖晃地進入麻豆鎮，頭暈加劇，遂停車，單隻腳立瀝青路面，從腳底感覺土地熱度傳至夜光車鞋。頭一側，才發覺人在麻豆港遺址，難怪水涼阿嬤症狀類暈船。這裡有盛名的龍喉傳說，水涼阿嬤口渴跟隨民間傳說去舀一池龍喉水來潤口，復用礦泉水瓶盛半滿，心想著也許可以讓讀冊阿公胃口大開，閃過鬼月。行行復行行，她要去哪裡？過了港口瞥見眼角擱淺一隻東南亞巨龍，龍鬚伸入雲端或有避雷作用，路來到麻豆五王廟。水涼阿嬤車速打慢，遙想這裡子女孫子最愛來，買票直搗龍身做成的天堂路，看看龍的肚皮下到底裝什麼？出天堂，再下油鍋爬刀山去十八層地獄，水涼阿嬤想起她和小孫子嚇得才轉至第一殿，就逆著人群急急要爬回人間，水涼阿嬤等紅綠燈時想著就笑了，紅燈路旁恰名為「單親媽媽」麵店，老闆娘給她打氣，手比一個讚，還說：「阿桑，妳很時髦ㄋㄟ！」水涼阿嬤倍感親切，本要義氣下馬，點碗鹽水意麵，卻想起自己可不是單親媽媽，急於切割，挪車身到快車道，後方Lexus休旅車給她逼逼，逼逼逼地逼著水涼阿嬤離開單親媽媽，單身上路。大暑，烏雲密布，水涼阿嬤臺灣農民出身，此時她憑藉排汗車衣與她側彎脊椎的黏濁度，斷定濕氣，平平，但天色顯暗，水涼阿嬤撤下半框式藍色鏡片，裝上黃色鏡片以應付視線不良，小鎮風光隨即陷入泛黃色基底，此去之路被烏雲逼著趕路，趕得好復古。

復古之路，水涼阿嬤眼前所見卻都是新的，她要去哪裡？沿著麻豆區域畫個大弧，她位置已抵麻豆大圓環，五條大路匯聚於此，一路可掉頭、二路往善化、三路進麻豆市區、四路往海埔池王府、五路到佳里。水涼阿嬤好鎮定，完全不須考慮。你看，她氣定神閒地越過烏魚群般的車潮，全身力氣凝聚在把手上，她心想著：「我要回家裡，我要回佳里。」

「逼逼！」答案終於揭曉，小孫子對著蘇菲亞：「逼逼！蘇菲亞！我知道我阿嬤要去哪裡了。」小孫子日系小平頭，海灘褲黑背心，穿著像是在墾丁，他說：「我阿嬤要回娘家。」小孫子言之鑿鑿地說：「原來阿嬤也是可以回娘家的！」「逼逼，逼逼要帶我去環遊世界！」讀冊阿公不吃，也有力喊人。逼逼聲帶著答案把小孫子與蘇菲亞從墾丁捲回二十七吋小螢幕，看見觀音痣燈塔，水涼阿嬤的車已經快離開麻豆人間海域。LOCATE：麻豆新樓醫院路段。

水涼阿嬤過新樓醫院，這十年跑醫院如進廚房，妯娌輩走光光，要不CANCER、要不中風糖尿病急性腎衰竭，個個都是先送到新樓，盼望再轉臺南市大醫院，急救後，原車折返，剩下她，出奇硬朗。此地於她，簡直是悲傷路段。她鼓起雙手做展翼姿勢，加速俯衝了好一段路，為了降低挾挖路碎沙而來的風阻，水涼阿嬤根本是凌空伏地挺身，酷。出了麻豆鎮，路面肚破腸流，她想到讀冊阿公也是肚破腸流，三角號誌塔排一里長，干擾水涼阿嬤回家之路，路積水，水涼阿嬤連人帶車摔路邊，被扶起身時，人已經到了東南亞。

「這世人，沒被這麼多男人圍著看過。」水涼阿嬤拍拍身上細塵，見四五個道路工人身穿反光背心，上身打赤裸，頭頂洪瑞麟礦工款鋼盔，他們面貌都因嚴重曝曬而黑得難以辨別，大口牛飲福氣啦維士比，身後塵埃漫天，一個還在幫她修理車落鏈。水涼阿嬤連忙道謝，直用臺語說：「恁是叨位人？我買幾罐涼的送恁啦。」工人亦用極流暢臺語說：「泰國啦，泰國人啦。」「泰國仔?!我以為你是在地人！」水涼阿嬤悟道：「原來外籍勞工也是很臺的。」

男人護送，安全上路，水涼阿嬤載浮載沉，從曼谷飛過南太平洋駛向佳里鎮。

水涼阿嬤娘家就在佳里鎮北頭洋，佳里舊名蕭壠（肖郎），讀冊阿公逢人便說：「我娶了個北頭洋平埔少女。」或打趣道：「而且是個肖郎（瘋子）。」水涼阿嬤想起打從北頭洋老母走了以後就再也沒回過娘家，幾個弟弟連年過世僅剩她，留下來的未必過得比較好，水涼阿嬤眼底生起一股酸，沒了阿爸阿母的娘家，水涼阿嬤是該去哪裡？車轉「子龍廟」大彎，水涼阿嬤也養成隨時減速的好習慣，然她也像趙子龍一身是膽，讀冊阿公不在的日子，她女人當男人用，六十歲拿到汽車駕照還是住宅水電工，能補牆偷接第四臺，還會抓漏，過單親又單身的生活。水涼阿嬤被一句「不吃了」逼著趕路，為此已經錯過十來間廟寺，原來女人都得等到男人倒下後才正式進入退休生活，水涼阿嬤心涼一半，猛抬頭，小粉紅剛好經過「歡迎光臨佳里鎮」，鎮長名姓，如此生分。黃昏，深陷車流系統，水涼阿嬤不知佳里鎮入夜也這般「小臺北」、「小高雄」，她一個恍神，逼退到麥當勞騎樓。她到底要去哪裡？她老早不屬於娘家親戚網路，點了份兒童餐轉進暗巷，老母生前最後住的大弟家，五樓，對講機逼逼一聲，水涼阿嬤才想起腰際單車便利包內的手機逼逼一聲，有簡訊，像詩：

阿嬤，阿公人造肛門，流出顆粒固狀糞便。18:35 pm。

水涼阿嬤心想這是民間習俗中的：「最後便。」對土地最後一次排泄，眼角泛出悲喜不分的淚，趕緊就著路燈，捺下巨匠成人電腦學來的打字功夫，水涼阿嬤的極簡訊，更是詩：

糞便埋在有機花圃當肥料。

正是時，對講機那頭有人傳話：「請問妳是誰？Who are you?」水涼阿嬤愣了愣：「我才要問你是誰？我是阿姊、我是大姑、我是大姑婆啦！」逼逼一聲，鐵門卡啦卡啦彈開，水涼阿嬤嚇得退三步，再扛著小粉紅，上樓，終於喝下今天的第一杯茶。對坐無言，九年級生顧著 on line 也不招待，更不怕生，一手點滑鼠、一手啃番薯條，水涼阿嬤碰上這個九年級新臺灣之子，下足功夫，三國語言混著說：「恁老爸是阮小弟的兒子。so 你要 call me 一聲姑婆。」啟智兒？怎麼沒反應，水涼阿嬤凝視電腦桌前電線纏身的小孩，像外星人，你看，耳機線麥克風線主機線隨身碟，水涼阿嬤直以為真像人快死了在輸血。越南媽媽工作回來，買回外食「八方雲集」，認出是大姑婆，小跑步給了個擁抱，水涼阿嬤開口就說：「你大姑丈不吃了。」「不吃了？那他想吃什麼？」越南媽媽不懂，水涼阿嬤說：「古早人要是尪婿不吃了，都得回娘家報備一趟。」越南媽媽這才意會，為了後天普渡用的家樂福戰利品隨手扔飯桌，緊握大姑婆的手，兩人淚濟濟。水涼阿嬤還說：「希望能夠度過這個鬼月，不然就是這兩天了。」越南媽媽替水涼阿嬤拭淚，要九年級生去買個吃食，水涼阿嬤說她也吃不下，掛記著還要趕路。開電視，內湖捷運新聞各臺跑，水涼阿嬤一針見血地說：「我連捷運生怎樣都無災？新聞臺是以為大家都是臺北人是不？」越南媽媽轉臺至「臺南地方新聞」，撿到片尾，只聽見「總統老家黃絲帶沿路飄逸……」水涼阿嬤心絞痛，膝蓋骨微疼。越南媽媽拿了件換洗用綠條紋上衣，棉質短褲，帶著大姑婆休息去。水涼阿嬤問：「有沒有素一點的顏色。」水涼阿嬤歇坐床沿，稱讚越南媽媽也知道要普渡，比臺灣媳婦還懂臺灣習俗，她又悟道：「原來外籍新娘也是很臺的。」越南媽媽端一大盆溫水給水涼阿嬤泡腳，她推辭著說我自己來就好。「自己人，不用那麼客氣。」

越南媽媽出去看九年級生寫美語作業，水涼阿嬤環視大弟生前這間房，彷彿摸到他的心臟，沒家裡打來的電話，那讀冊阿公就還活著？水涼阿嬤心想，此時她真像小孫子放暑假最愛看的日本節目《來去鄉下住一晚》。沒了娘家，弟妹皆亡，後代亦全無平埔族習性，水涼阿嬤這回真的住進了「民宿」。

自己的家，裝潢著別人的生活態度。她儼然是外人了。

夜深，水涼阿嬤的民宿初體驗，讓她回味起曾長達二十多年的失眠，「逼逼」簡訊兩聲響，電話鈴跟著大作。水涼阿嬤心臟幾乎停一下，來電：小孫子。水涼阿嬤一接手，那頭忙不迭地便說：「阿嬤！不好了！」水涼阿嬤盜汗：「是安怎？」「阿嬤，阿公摔下床了！我跟蘇菲亞親眼看見，阿公根本是被鬼推下去的！」水涼阿嬤眉一鎖，直說：「都只剩一隻腳還摔得下床！乖孫，我看你快快把客廳搬空，拜託蘇菲亞照顧阿公，阿嬤中午前會趕轉去！」

水涼阿嬤逐項交代，心想，真要辦後事了，老人摔落床，與土地辭別，大限。

不再等，夜半就起身，瘋的本能。水涼阿嬤依然臺灣水雉造型，出房門，貓步怕驚醒了人，整屋子掉入一池墨，水涼阿嬤挨著牆，就著客廳稀有的一面光，貓步。

九年生竟還在 on line，夏日冷涼屋身內，是一次外星人與水涼阿嬤的相會。螢幕強光曝曬，打在九年級生姣好膚質上，水涼阿嬤恨不得前去幫他防曬，但她在趕路，一甲子歲數的距離，他們只能彼此點了個頭，水涼阿嬤怎沒懷疑是見到了鬼？到底鬼月業已逼逼靠近。她輕聲打開鐵門，拎著她的小粉紅，不敢出聲，怕吵醒越南媽媽出來勸時間還太早。有人的體溫，水涼阿嬤猛回頭，九年級生立在她身後，踮腳尖，伸出手，幫她戴上忘在沙發上的三十開孔螢光黃車帽，調鬆緊，整臉型。兩人面面相覷，彼此在唇上比畫了一個「1」字。「噓！」不敢出聲。水涼阿嬤為幼齒的加持，年輕又活力的，夜騎。

夜騎出佳里，已不知何時再回來；出佳里，撞見路邊一喪棚，喪棚內有法事進行，喪棚警示燈與水涼阿嬤的車尾紅色燈同款，水涼阿嬤避棚而走，想著天沒亮要出殯，也是在為鬼月所逼？她凝視表演中的牽亡歌，水涼阿嬤沒有看錯，是同一團。這些年她手足全靠這團牽引到西天，為此心中打算也要幫讀冊阿公花七千。水涼阿嬤換上棕紅色護目鏡，以掘萎而長繭的雙手為手套，使勁，奮力踩踏如從前醃漬大木桶酸菜跳啊跳，她努力尋找一個焦點，用她這些年練的太極瑜伽，集氣，她將身子放輕，和她七公斤的小粉紅一樣輕。她漸漸看見了過去五六十年未曾所見過的、複雜，說不出的一種：新生活。

ＬＥＤ車前燈，全亮，霧靄茫茫。路邊小客車、送報員、快絕跡流浪貓貓狗狗讓出一條路。水涼阿嬤無度數眼鏡也看得好清楚，她的心情卻是舊的，滑過兩旁眠夢中的樓房，減速轉大彎，又碰上爬坡，遂讓自己在鹽分地區，行駛成一陣有鹽分的夜風，風線與髮線與車帽流線感一致，爬高落低，水涼阿嬤感覺是被喪用牽亡歌團的三壇法師帶著爬「萬里三坡路」。天清清，地靈靈，悠悠然，竟聽見搖鈴聲來引路。莫非她是來幫讀冊阿公探探路。水涼阿嬤追著龍角吹奏聲，單車飛過「霜雪山」、「冷水星路」。

ＬＥＤ車前燈，半亮，水涼阿嬤飆速過的地段路燈皆同時滅掉，行經7-11瞥見門前睡倒三兩流浪漢，早報商人在出貨。行行復行行，她不靠半空中的綠底白字路標帶路，嘴角似笑非笑地讓身體給出一條路，她的肩膀略瘦，腳底打濕，狐疑著不是買了雙夜光止滑透氣車鞋，搖鈴聲讓她過了重建後的「麻善大橋」，依稀看見橋下菅芒花海，驚呼的原是來到了「揚州江」，水涼阿嬷望橋下，無數亡靈無舟楫可渡，心頭暗自筆記，要給讀冊阿公燒艘船。

過了「揚州江」便是「枉死城」，水涼阿嬷天未亮，人已到臺南科學園區的衛星市鎮：善化鎮。

LED車前燈，閃爍模式，水涼阿嬷化身成南部螢火蟲，她連闖三個紅燈壓毀路樹一根，強風行過善化老街，捲起遮雨棚，並吹倒違規停駛的摩托車，路邊等早班公車的中學生嚇得瞇瞇眼，反應不及地跪爬在地，直以為是一束粉紅光線，搖鈴聲中忽而退去，耳邊驚傳逼逼逼，水涼阿嬷掉頭，棕紅護目鏡下有悲憫目光：交通大隊要追她！逼逼逼逼！水涼阿嬷心想為什麼要逼我？為什麼到哪裡都有人要逼我？是誰在逼我？不要逼我！我快被逼瘋了！得擺脫掉，她飛車進入善化菜市場，才五點就人群鼎沸，難道大家都在買拜拜等待鬼門開？

天光，水涼阿嬷聽聲辨位，在善化十字大路失去三壇法師牽引，血糖飆低，頭暈目眩，像生理期少女。逼逼逼，水涼阿嬷聽見是語音留言：

「阿嬷，阿公整晚都沒睡，精神大好，吵著要去遊山玩水、環遊世界。完全不像要老去的人。我跟蘇菲亞決定天亮推他去環遊世界。妳快點回來。」

空腹，水涼阿嬷忘了餓，頭顱沉重。水涼阿嬷翻出貝殼機，手顫抖地按下通話鍵，失訊，無法搜尋網路。心一沉，忍著疲憊，繞去小店買出一大袋，外觀極似水果禮盒，（什麼時候了還買伴手禮？她在想什麼？）睡意壓垮她細長的眉，水涼阿嬤半睡半醒之間不知被誰牽了走。

衛星定位。小孫子等不到電話，直回螢幕衛星定位，發現光源，小孫子甫挪滑鼠，觀音痣霎然消失螢幕，網頁無法顯示，斷線。

小孫子嚇得眼睛發愣，蘇菲亞說：「老闆娘消失了！」

水涼阿嬤，水涼阿嬤去了一個沒有訊號的所在。

•

歡迎來到「自己人」。

「自己人」，水涼阿嬤小粉紅恍惚中轉進閩式牌樓，先蹲在水溝旁「自己人」門牌邊海嘔一番，吐完直說要尋人。她分不清養老院、安養院、養護中心有所差別？牽著車院內四處走晃，姿態也像她多年前替兒子在臺南市買屋看房，詫異著院內造景如此刻意，前來問話的醫護人員說訪客得登記、說我們這裡不提供單車客休息與打氣。水涼阿嬤聲音挺客氣：「我是來看我尾叔。但是我不知道他的名字，我頭家要往生了，他是阮頭家的小弟，我來通知伊，庄腳人攏要這樣。」醫護人員慈濟師姊裝扮，對著水涼阿嬤作揖，直說阿彌陀佛。且遙指沿著山上鄉出產的蘭花所搭起的籬笆牆，過人造楠西鄉假梅嶺，涉曾文溪水，穿過七股鄉模型鹽山與鹽田，會看的興農農藥店，上面擺滿全無蟲害斑點的玉井鄉芒果，唯一有人的是物理治療中心，還有彷彿提款機般提款鄉愁的小土地公廟，蓋在迴廊幽深處，幽深不見底。「你要見的人都在那裡，視聽中心就在那裡。」師姊踮著腳尖，對空比畫，天機。

水涼阿嬤來到異世界，大驚奇，心底生出熟悉感，這是牽亡歌路線？水涼阿嬤依稀又聽見三壇法師祭出鈴聲，循聲線所到之處，這回真到了「枉死城」：兩百坪大，視聽中心。

「尾叔喔！我是水涼，我來看您囉。」空谷回音，水氣重。

千萬張臉孔同時回頭，表情鈣化如千萬面墳碑，跟著三壇法師鈴聲所到之處、處處都有尾叔。水涼阿嬤見壓壓人群，痴痴望著電視，偶爾才揮動歇在膝蓋骨上的大頭蠅。說著：「哪會這呢多人！」。兩百輛輪椅擋住兩百坪的路，空氣中有水氣，水涼阿嬤鼻濕濕，忙著賠不是，穿過去，她低頭尋人，嚇得、哎呦一聲！

「阿肇伯，我以為你搬家了，原來你住在這裡喔！」水涼阿嬤兩手撐起阿肇伯頹喪的頭，轉身這頭，「哎呦！你也是喔，李老師，我以為你退休後是住在臺南兒子家。原來你在這裡喔！」水涼阿嬤逐一辨認：「蘇媽媽、李大哥、蛤仔嬸婆，你們都在這裡喔！」「夭壽喔！」

水涼阿嬤跌坐地，「五姨婆！五姨婆！我以為妳死了！攏沒置聯絡，原來妳還活著喔。」不能言語，水涼阿嬤穿梭其中，視聽中心老人們兀自沉默，從內臟嘆出長長的氣，嘆成一條若有煙的長河。水涼阿嬤破河而過。

吃力站起，水涼阿嬤也嘆氣，全身像從七股濕地爬起。長年貧血的她，趕緊握住張輪椅，一看竟是尾叔，海嚎：「尾叔，是你！我是水涼啦，水涼啦。你大嫂啦……」尾叔頭顱呈懸掛狀，水涼阿嬤單腳跪地，右手撐住尾叔的輪椅，海嚎。「尾叔，我是水涼，我是來告訴你，你大哥他快要壞去了……」

逼逼逼。

醫護人員前來通報，說拖吊大隊要拖走水涼阿嬤壓紅線的小粉紅，逼逼逼。水涼阿嬤必須立即告別，心中切記：「千萬不能說再見。報喪不能說再見。」她踉蹌拋下「自己人」，也有生離死別的感覺，有下次見面的機會嗎？拖吊大隊逼逼大響，纏著她的遙鈴聲，低迴耳岸，水涼阿嬤一離開枉死城，頭暈好大半，趕緊路邊檳榔攤買一瓶水，喝。逼逼逼讓她牽著小粉紅，再循著搖鈴聲，既哭且撞，爬回人間。

「就快要死了。」這一刻，水涼阿嬤變得相當鎮定，認出回家這段路，省道。車品即人品，這次出車，她耽擱了一次醫院的回診、兩趟膝蓋骨的復健，日夜腦海想的，無不是做足心理準備辦喪事，她車速極穩，她忽然不想起了，從「自己人」退出，心中震撼就要壓垮她。

「一定會等的。」她非常的肯定，車身相當平穩。

水涼阿嬤對孩子非常抱歉，婚姻出錯，誓言不讓他們過沒有父親的生活，她也不會說謊，逢人問，她便答：「他去環島，他愛臺灣，比愛我還要多。」幸好子女極出色，各自成家，生活全沒問題，搶著要接她過去同住，都說：「我們不會原諒那個人的。」水涼阿嬤不忍，留下來，照顧「那個人」。蘇菲亞來了之後，她利用多出來的時間，研究有機蔬菜，帶領村媽媽帶動唱，國小放學就去當導護婆婆，她還想去補日語，說以前學的都忘了，如果此生有機會，一定要環島走走，她也想看看，讀冊阿公看過的。讀冊阿公繞臺灣一周，征服無數高山，躲過天災人禍，愛過各種女人，寫了幾首詩。晚年回官田，陪她身邊，卻還是這個平埔族「肖郎」牽手。但讀冊阿公還是只會說：「逼逼要帶我去環遊世界、遊山玩水。」

逼逼，是的，水涼阿嬤被生活逼著往前走。

小粉紅停省道旁，警察鐵馬站，檢查車胎，臺南的藍天不輸墾丁，警察驚呼她身體真硬朗。水涼阿嬤不忌諱：「我是出來報喪的。雖然我頭家還沒死。安怎，我很瘋鮋！」繼續上路，小粉紅騎上快速道路，新黑的柏油路面和藍天和她的小粉紅，水涼阿嬤棕紅色鏡片內的世界全是熱騰騰，新生活。

她就要返回故鄉、轉來故鄉了。路旁數百公尺的土芒果樹，掉滿地，水涼阿嬤停車，徒手剝芒果，吃掉一顆，精神加倍，熟悉的水圳大水聲轟隆隆，水涼阿嬤回來了，她看見熱情的黃絲帶、黃絲帶、黃絲帶！熟悉的菱田，活靈活氣，一身子毛病全好了，她頭，完全不暈了。

•

六月三十日。小孫子從前都天亮才睡，這回他和蘇菲亞漏夜清空客廳，挪出皮革沙發、酒櫥和復健器材，（要辦喪事了？）讀冊阿公精神大振，嚷著要逼逼。臺詞三年不變，逼逼要帶我環遊世界、遊山玩水。小孫子推輪椅，八九點好陽光，蘇菲亞後頭撐黑傘，陣仗像移靈。讀冊阿公，好得不像個要死的人。滿口逼逼逼，引來多年不見的鄰居側目說：出來曬太陽喔！說：好命喔，孫子陪出來散步。蘇菲亞不時按摩讀冊阿公肩頸穴位，以掌心試探體溫。「沒問題的。」小孫子人字拖甩路邊，赤腳行走，蘇菲亞亦跟進，用極流利的國語說：「阿公，我們腳踏實地，一起環遊世界喔！」「逼逼。」讀冊阿公說。

公學校，讀冊阿公回到他讀過的公學校，還得見日本神社遺址，小孫子擊掌兩聲，說阿公日本到了，日本到囉。倉促成軍，三人初抵日本，又下飛東南亞。行經產業道路，路樹旁鐵皮小吃店，上有塗鴉：迫害。蘇菲亞說：「阿公，越南到了！越南小吃店到了！」讀冊阿公依舊忘我，逼逼，環視小孫子手指所到之處，逼逼。輪椅走民宅騎樓，怕紫外線毒陽曬，喘口氣，恰巧碰到客廳在看大聯盟，洋基賽事，小孫子蹲在輪椅前，說阿公紐約到了！「你看！臺南市的建民在投球！」讀冊阿公逼逼聲漸漸微弱，蘇菲亞跳腳，要快回家！讀冊阿公一聽，又逼逼作響。小孫子摘下黑框眼鏡，擦眼淚。「阿公我們不要環遊世界了，不要逼了，不要逼我了，阿嬤要回來了。」不聽，小孫子急著找電話，蘇菲亞見阿公眼神哀悽，反撥下眼瞼，催速推回家。行過惠安宮廟埕，廟埕紅白藍布帆搭好三大落，等待鬼門開普渡，蘇菲亞硬是開出一條活路，略過媽祖的要讓阿公塵歸塵、土歸土。

相遇得到。

讀冊阿公的世界之旅，鬼門開之前竟先碰到瘋子。小孫子、蘇菲亞看見超酷炫的水涼阿嬤人車立在他們眼前，終於回來了！大喊著阿嬤！車頭把手懸掛一禮盒，（還有時間買伴手禮？）小孫子猜想，壽衣？拉寬背景，媽祖廟身與不斷燒出黑煙的大金爐，兩頭陳水扁時代送的石獅，面有難色。廟埕上空依然是千萬黃絲帶飄逸，拍出浪打聲。水涼阿嬤棕紅墨鏡不願摘，看上去，她更像是個外地人。

小孫子破涕為笑：「阿公我們現在到了外太空！你看！前方有個外星人！」

水涼阿嬤再度站成一隻臺灣水雉，極氣派：「我轉來啊。你有好沒？你擱袂逼我嗎？你逼我啊？你安怎不逼我了？你不是說我是肖郎，我真的起肖，趁你死前，騎著腳踏車四處去玩了，安怎？有肖沒？」讀冊阿公眼睛微張，在廟埕上，蘇菲亞說：「阿公體溫又上升了。」水涼阿嬤腦海全是五十年的婚姻故事，她幾乎沒辦法止住淚水，離鄉出走繞一圈，人，還沒死，水涼阿嬤已開始練習做準備。陽光折射紅藍白帆布，他們一家人身上沾染各種色彩，讀冊阿公兩片唇緊合，小孫子說：「阿公好像又要逼了，他要說話了！」水涼阿嬤站二尺遠，給出架子，撐著布帆鐵架，快要虛脫，她看著讀冊阿公專注的神情，悠悠想起：「這是他寫詩的表情。」圍觀群眾築起一圈牆，牆上若有小鬼攀在上，等著、等著。

天響大雷，群眾皆張嘴摀耳。

讀冊阿公忽然說：「多謝五十年的妳。」

多謝五十年的妳。像詩。

水涼阿嬤卸下護目鏡，眼紅腫。走向讀冊阿公，彎下身，拿出單車便利包裡頭的半瓶水：「這是我在龍喉舀的水。你少年時袸攏說，龍喉水治百病。」水涼阿嬤以手沾水，輕撫過讀冊阿公兩片緊閉的唇。「希望你的胃口可以開，出門也才能有體力。不然你一隻腳，我怕你路難走。我怕你路難走。」

大慟。

蘇菲亞撐住讀冊阿公的頭：「老闆娘，老闆體溫一直降，體溫一直降。」

小孫子接過輪椅，逆人群，往家急奔。

圍觀人群都聽見了？

讀冊阿公浪跡天涯。病後，新學會的語言，學來告訴水涼阿嬤，一定是的，這是寫給水涼阿嬤的詩：「多謝五十年的妳。」

•

七月一日，讀冊阿公是條太新的鬼。鬼月不宜出殯，水涼阿嬤決心讓讀冊阿公停棺一個月。

水涼阿嬤和蘇菲亞坐路邊、喪棚下，折蓮花，蘇菲亞也跟著臺灣習俗穿黑衣，水涼阿嬤都記在心。同款紅藍白帆布，讓水涼阿嬤錯覺和廟埕、和她出佳里鎮時看到的是同一座。這一刻，且聽耳邊不斷傳來搖鈴聲，牽亡歌從她離了娘家便不停唱著，七千元，她花得很甘願。

夏日，空氣中有花香味，議員鄉代送來新摘的香水百合沿路排。小孫子和一票搭機返國的孫輩們跪繞棺旁，三壇法師說要帶亡靈到西方去見佛祖。龍角聲傳來，滿地子女都在找不負責任的阿爸、找花心勃勃的阿公，問他為什麼，為什麼，為什麼。

水涼阿嬤燒掉一只蓮花，對著蘇菲亞說：「讓妳老闆腳踏蓮花，去環遊世界，去西方極樂世界。」她且喚蘇菲亞到她的房間拿出平時裁縫的針線，並到衣櫃裁一方布。戴上老花眼鏡，水涼阿嬤金黃絲線穿過大頭銀針，刺過紅綢布。蘇菲亞就著牽亡歌哭唱聲、搖鈴聲，不解：「老闆娘，妳在做什麼？」水涼阿嬤不搭軋地說：「已經沒有人會逼我了。」站起身，出喪棚，走看花圈花籃，望向住家遠方高鐵基塔，最西，日落處。

「那裡有大片紫大片紫的菱田，上面停了三四艘小舟，我以為我們還會一起等待收成。」水涼阿嬤說。

她背著喪宅、背著子子孫孫，倚身停在棚外的小粉紅：「蘇菲亞，我打算幫妳老闆繡一張訃聞，我要用手，一針一線刺給他。然後蓋在他的棺木上，讓他知道，他有這麼多子子孫孫。讓他知道，他的一生，是我幫他寫下最後一筆。」

蘇菲亞問道：「老闆娘，老闆外面的女人，也要刺上去嗎？」

水涼阿嬤完全沒有思考：「當然，他去過臺灣每個所在，遇過的人，包括妳，蘇菲亞，不分國家，不分先來後到，士農工商，都要寫在訃聞上面。這是他的人生。」

．

停棺。

水涼阿嬤鎮日埋頭刺繡與助念，手指刺出十來個洞，蘇菲亞忙著幫她消毒貼ＯＫ繃。小孫子著黑色棉質短袖，端晚飯要給好些天沒吃的水涼阿嬤填腹，水涼阿嬤說：「不曉得你阿公能吃了沒？一隻腳，要搶也搶不贏別人。」

小孫子放下碗飯，拿出ＤＶ，錄影：「阿嬤，妳還記得那天在惠安宮，蘇菲亞把香倒插，跟媽祖婆下戰帖的事嗎？」

鏡頭內，水涼阿嬤點頭。

小孫子記者口吻：「妳覺得妳贏了嗎？」

「沒輸沒贏。」鏡頭內的水涼阿嬤，素顏。

小孫子持ＤＶ，帶水涼阿嬤穿過靈堂到後院，月光灑落，指著有機菜園說：「阿公那天的大便，就是埋在這裡，阿嬤，我們要在這裡種很多花紀念阿公。」

水涼阿嬤說：「好。花開的時袸，就當作伊轉來啦。伊是花園內的人。」

長鏡頭，花園，小孫子在有機菜園內，發現一隻螢火蟲，亮了又滅，蛙鳴與白花花路燈。

「阿嬤，我要如何跟未來的小孩，介紹阿公呢？」小孫子給水涼阿嬤特寫。

「像我一樣，走出去，學他四界去流浪，你就可以認識他，認識這塊土地。」

「妳覺得阿公對不起妳嗎？阿嬤。」水涼阿嬤在畫面右側，左邊是讀冊阿公身前居住的組合屋。

水涼阿嬤說：「沒有。但從那天起，我常常想到伊，心肝頭有足深足深的感覺。」

「什麼感覺？」

水涼阿嬤說：「遺憾。」

逼逼逼，DV電力耗盡，逼逼。小孫子關機，錄影中斷，水涼阿嬤面無表情地走出鏡頭之外。鬼月後，她將開始退休生活，七十五歲，水涼阿嬤說：「在我還能動之前，都不算晚。」

——《花甲男孩》，九歌

楊富閔

楊富閔（一九八七—），生於臺南。臺大臺文所碩士班畢業，臺灣大學臺灣文學研究所博士候選人。曾獲林榮三文學獎短篇小說首獎、打狗文學獎、洪醒夫小說獎、吳濁流文學獎、臺中縣小說獎、南瀛文學獎、玉山文學獎散文首獎、全國臺灣文學營創作獎小說首獎、二〇二〇年博客來年度文學類新秀作家等。二〇一〇年出版第一本小說集《花甲男孩》，二〇一七年《花甲男孩》改編為電視劇《花甲男孩轉大人》引發廣大的社會效應。主要作品有：《花甲男孩》、《為阿嬤做傻事：解嚴後臺灣囝仔心靈小史》、《休書：我的臺南戶外寫作生活》、《書店本事：在你心中的那些書店》、《故事書：福地福人居》、《故事書：三合院靈光乍現》。編有《那朵迷路的雲：李渝文集》（與梅家玲、鍾秩維合編）。

文字風景

楊富閔以〈逼逼〉獲得林榮三文學獎短篇小說首獎，後來收錄於《花甲男孩》。他說寫這篇小說時遇上莫拉克颱風，沒電時就暫停書寫，電來了便繼續寫作。小說的靈感來自於與祖母到廟裡拜拜的經驗，他眼見外籍看護插香方式出錯，於是把這畫面寫進小說中——像是在跟媽祖下戰帖。

〈逼逼〉的小說場景設定在臺南，這也是楊富閔心念所繫的故鄉。或許因為直接與作家的成長背景相關，這篇小說的空間感顯得格外鮮明。小說中的鄉土與人情，就在主角人物水涼阿嬤的自行車報喪之旅中清晰地浮現了。

小說以「讀冊阿公不吃了」為起點，於是水涼阿嬤展開行動，先至惠安宮一拜，接著因應當地習俗四處報喪。小說家如此妝點水涼阿嬤：車衣車褲、銀光黃車帽、護目鏡、一臺粉紅車，不僅刻劃外在形象，也彰顯當代辣臺嬤的心理特質。阿嬤說：「倒插三炷香，代表我要跟媽祖下戰帖就對了！」小孫子一旁附和：「對啦！跟媽祖輸贏一下！」靠著現代科技產物GPS衛星定位與孫子筆電互聯，阿嬤彷彿出巡一般，行經官田、麻豆、佳里、善化。「逼逼」一詞具有許多指涉：阿公外遇對象阿陸仔的代稱、電子產品發出的聲響、夫妻感情世界的相互逼迫、死生大限的催逼……。

報喪之旅亦是回憶之旅，阿嬤被辜負、背叛的感情史都投影在自我解嘲之中。阿嬤評價那個會寫詩的才子阿公，全臺走透透去風流，真是「用心愛臺灣」。讀冊阿公被大陸妹逼逼騙錢騙拐，生病後坐在輪椅上，由外傭蘇菲亞照顧，仍一再嚷嚷著「逼逼說要帶我去遊山玩水」，最後卻只能在客廳看電視，寫來既笑詼又諷刺。

施淑如此評論〈逼逼〉：「從水涼阿嬤代言的臺灣女性的一生，讀冊阿公動漫化的預知死亡紀事，及至小說開頭和結尾的符咒樣黃絲帶和政治標語口號，都像做為小說標題的電子儀器叫聲，一再逼迫讀者思考和感受這齣讓人哭笑不得的臺灣人間喜劇的指涉和重量。」除此之外，死亡、民俗、地理、移工、教養、老年化社會等課題，也都在楊富閔的敘述腔調裡獲得高度的統合。〈逼逼〉以表層的人情世故，蘊藏了挖掘不盡的臺灣文化內涵。

泥人尹

葛亮

過年的時候，整理舊物。母親發現一團蒙了灰的東西，用棉紙層層包裹著。打開來，是一隻泥老虎。顏色斑駁，脊背上也已乾裂出一道曲折的紋路。唯獨面目還是勇猛凌厲的。

這是尹師傅的作品，說起來，真已經有十幾年沒見過了。

認識尹師傅，這大約要從朝天宮說起。

我成長的城市，是中國的舊都。老舊的東西是不會缺乏的。既有十竹齋這樣的雅處，也有朝天宮如此平易近人的地方。小時候，因為父親的引領，對這兩個地方有過身臨其境的比較。後者在我看來，簡直就是樂園。對於孤陋寡聞的城市孩子，朝天宮具有廟會一類的性質。那時候的朝天宮，遠沒有現在的博物館建築群這樣規整，有些淩亂。也是因亂，所以帶有了生氣。有一個很大的類似跳蚤市場的地方，所謂的古玩市集，其實是後來的事情了。當時的氣息很有些像北京的天橋。這市場裡，有賣古董的，真假的都有；有做小買賣的，完全與藝術無涉；甚至還有敲鑼鼓耍猴賣藝的。當然，還有一種藝人，是有真本領且腳踏實地的。他們往往有自己一擔家當，左邊放著原料，右邊擺著成品。這決定了他們的創作是即興表演式的。比如吹糖人的、剪紙的，都極受孩子們的歡迎。而尹師傅就是其中的一個。

如今記憶猶新，尹師傅在當時，是朝天宮的一道風景。凡到朝天宮，我是直奔他那裡而去的。尹師傅的形貌，算是很有特色，總戴著度數很高的眼鏡。眼鏡腿似乎斷過，纏著厚厚的膠布。藏青的中山裝也陳舊得很，領子已經磨毛了，上面有些油彩的斑點。只是神情的專注從未變過。

尹師傅是個泥塑藝人。

第一次買下了尹師傅的作品，是一隻「大阿福」。這也是尹師傅做得最多的一種娃娃。其實是一種兒童樣貌的神，很碩大。後來回憶起，大致相當於《神隱少女》裡巨嬰的形容。尹師傅做這類泥人兒，真是得心應手。因為他有個一分為二的木頭模具，將泥填實，倒出來就是個胖大的兒童的雛型。尹師傅先給它刷上粉嫩的顏色，然後寥寥幾筆勾出眉眼，腮上潤上胭脂，濃墨重彩地塗上肚兜、長命鎖或者金元寶，就算是完工了。

這只「大阿福」是我對尹師傅感興趣的開始。泥塑並非南京的特產，這就使得他的本事在一眾藝人中顯得特立獨行。加上他又總是很寡言，即使在一群年幼的擁躉注目之下，也依然是很安靜地做手邊的事情。他有一本畫冊，上面整齊地畫著用自來水筆描繪的圖案，下面標著價格。這是他作品的樣本，你若看上了其中的一種，就指一指。他點點頭，就成交了一樁生意。由於他嚴肅的神情和沉默的態度，往往磨蝕了孩子們的好奇心，漸對他失去了興味。當然他也不為所動，一如既往做他的事情。但是也有一些例外，我便是其中的一個。因為我對不明就裡的東西，往往有一種執著。長輩們現在談起我三歲時候，在北京中山公園的樹蔭底下看一窩螞蟻搬家，居然看了整整一個下午的故事，都掩藏不住當時的擔心——覺得這孩子其實有些癡，在現在看來，簡直契合了某些自閉症的特性。而時間久了，尹師傅也終於認識了眼前的小朋友，並開始和我交談。話題開初都是很簡單和日常的，部分是出於一個成人對孩童的敷衍。尹師傅的南京話十分難懂，有很多拖音，也摻雜著一些出其不意的入聲。這是因為他吳語口音的濃重。當我漸漸適應了他的口音，有一天，便一針見血地指出，他做的東西，有點兒老土。並拿了附近剪紙藝人的「森林大帝」作為輔證，說明他不夠與時俱進。尹師傅扶了扶眼鏡，很認真地看了我一眼，依然沒有說話。但我不知道，我的話卻在將來造成了他手藝的改革。

尹師傅並不是南京人。老家是江蘇無錫。無錫附近靠常熟有個地方叫惠山，出產著一門手藝，就是泥人兒。後來知道，這特產本有個凡俗的淵源，是尋常人家農閒時候的娛樂。因為它的全民性，有「家家善塑，戶戶會彩」的說法。這門手藝後來的商業化，導致了一些專業作坊的應運而生。其中最著名的是袁、朱、錢幾家。尹師傅的師承，就是這朱家。那時候年紀小，並不曉得尹師傅為什麼要跑來南京討生活。捏泥人是尹師傅的事業，其實在他手中也分著層次。比方說「大阿福」。這種泥人雖然喜慶，但近乎批量生產，尹師傅說叫做「耍貨」，是為討生計而做，不入流的。而作為一個創作型的藝人，其實高下在於能不能做「細貨」。這「細貨」按傳統應取材於昆山一帶的戲曲。做這一類，人形雕琢完全來自於手工，姿態性情各不相同。尹師傅有一整套的工具，從小到大，排在一塊絨布裡。最小的一個，用來雕刻五官的，是一根白魚的骨刺。而對於戲曲的詮釋，是他攤上的招牌，紅衣皀靴的男人，瞠目而視。身邊青衫女人，則是期艾哀婉的樣子。我至今也並不知道是出於哪一齣戲文。

以後的某一天，我發現尹師傅終於開始因人制宜，作品中出現了孩子們喜聞樂見的人物。比如一休和尚、藍精靈等等，都是熱播卡通片裡的，做得唯妙唯肖。神情間的活潑，很難想像是出自嚴肅的尹師傅之手。

出於友誼與感謝，尹師傅曾經為我專門做了一個鐵臂阿童木。這時候，我們家裡其實已經擺滿他的作品了。

當我捧著阿童木，正欣欣然的時候，爸爸出現了。爸爸聽完了一折《陽關》，正打算領我回家去。崑曲社和泥人攤，成了父子二人在朝天宮的固定節目。媽媽從來不加入我們，說人家都只爭朝夕，你們爺倆兒可好。一個遺老，一個遺少，都趕上了。

爸爸看了看我手裡的阿童木，目光延伸至攤子上的其他貨品。過了一會兒，突然說，畫得真好。

我相信這是由衷的話，多半來自他的專業判斷。我一陣高興，想爸爸終於認可了我的興趣與品味。

尹師傅頭也不抬，輕輕地說，三分坯子七分畫。也沒什麼，都是些玩意兒。

爸爸說，不是，這是藝術。

尹師傅沉默了一下，手也停住了。說，先生您抬舉。這江湖上的人，沾不上這兩個字，就是混口飯吃。

都聽出他的聲音有些冷。

過了些天，發生了一起意外，對尹師傅而言，卻足見「江湖」二字於他的不利。

我看到這中年人站在他一貫的攤位旁邊，垂著頭，手藏在半耷拉下來的套袖裡。泥人挑子則被打翻了，壓倒了一棵人行道邊上的冬青樹。一塊赤褐色的黏土泥坯膩在地上，上面印著一個巨大的解放鞋的鞋印。鞋印的主人，是個黧黑的漢子。站在尹師傅的面前，粗暴地謾罵。內容很蒼白，無非是汙穢的周而復始。

尹師傅赤紅著臉，卻沒有任何還口之力。只是一遍遍地說，你這個人，你這個人……

漢子身後的地瓜爐子，和他的身形一樣巨大敦實。即使是我這樣的小孩子，都看得出這是典型恃強凌弱的一幕。

圍觀的人多起來，漢子似乎有些人來瘋。將身上的汗衫脫下來，擰一把汗，走近前，用手肘搗著尹師傅的胸膛。中年人於是趔趄了一下，聲音更為虛弱，說，你……得饒人處且饒人。

我心裡緊了一下，擠出人堆，向崑曲社的方向跑過去。崑曲社在朝天宮西北方一處陳舊的建築裡，據說以前是太廟的所在，現在卻破落到連大門都沒有了。我衝進去，臺上一個上了年紀的小生正在惆悵地咿咿呀呀，看到一個莽撞的小孩子東張西望，似乎也有些分神。有些觀眾就發出噓聲。我看見父親回過頭來，用嚴厲的眼光看我，因為我敗壞了人們的雅興。

我也顧不得了，終於看到了坐在前排的大蓋帽，眼睛一亮。大蓋帽是父親的票友老王叔叔，在附近的派出所做副所長。王叔長著一臉的絡腮鬍子，不笑的時候，像極了年畫上的門神。因為他的威武與粗魯，我一直很懷疑他是不是發自內心地對這種曲高和寡的藝術感興趣。但這時候，我卻覺得他在這裡實在是恰到好處。我扯著他的衣襟，把他往門口拽。他有些驚訝地看著我，又看看臺上，然後以息事寧人的神情跟我走出去。我推著他擠進人堆。尹師傅正躬下身去，收拾自己的挑子。他撿起了地上裝工具的絨布包，抬頭看見我，又頹唐地低下去。王叔以職業的敏感，立即明白了是怎麼一回事。他咳嗽了一聲，走到了漢子跟前，說，執照呢？漢子愣一下，問，什麼？王叔放大了聲量，說，營業執照。漢子說，這個屌地方，還要執照？王叔說，什麼地方都有個王法，小孩子都懂。收拾東西跟我走。人群中爆出一聲「好」來。漢子的臉有些灰，說，走就走。他跟在王叔身後往外擠，有人撞了他一下，是故意的。他於是凶惡地叫，媽屄的，我幹革命小將那會兒，也沒見你們這麼來事。王叔回過頭，眼睛張了張。他立即恢復了英雄氣短的樣子，快步跟上去。

人散了。我這才看見，父親也來了，不禁有些發怵。父親並沒有責備我，只是也彎下腰，與尹師傅合力將他的泥人挑子支起來。尹師傅打開絨布包，揀起那根白魚刺，迎著陽光照一照。我們都看出來，已經斷掉了。他仍然包進了包裡，閉了一下眼睛，然後輕輕地歎了一口氣，說，流年不利，人心不古。

我很奇怪，他臉上並沒有很憤慨的神色，彷彿在評價發生在旁人身上的事情。這時候，我卻看見他的胳膊附上，正從白襯衫裡滲出殷紅的血色。爸爸也注意到了，說師傅你傷著了。他撩起袖口，是個寸餘長的口子，卻很深。不知道是不是剛才爭執的時候刮傷了。他看一眼，又將袖子放下來，說，不礙事。爸爸說，這不成，天這麼熱，要發炎就麻煩了。師傅，我們住得不遠，到我們家包紮一下。

他沒說話，卻站著不動，是推脫的意思。我使勁拉他一下，說，師傅，快走吧。

媽媽見我們帶了個陌生人來，有些奇怪。再加上他的樣子又分外局促，神情都有些尷尬。我沒等爸爸解釋，使勁指了指床頭整齊排成一排的泥人兒，說，這是尹師傅。媽媽立即意會，表情舒展開，說，原來是尹師傅，我們家毛毛整天念叨的。尹師傅看見自己的作品，眼神也活了，說，女同志，您客氣了。都是小先生錯愛。

我立即覺出他言辭間有趣的錯位，我媽媽是女同志，而我卻是小先生。

爸爸央媽媽去拿醫療箱，一邊請尹師傅坐。尹師傅坐下來，眼睛卻瞥見了茶几前的一幅山水，脫口而出：倪鴻寶。

這的確是倪元璐的手筆。爸爸遇到知己似的，說，師傅對書畫有研究？

尹師傅欠一欠身，翰墨筆意略知一二，「刺菱翻筋斗」的落款，是最仿不得的。

爸爸說，師傅是懂行的。

尹師傅說，讓先生見笑，胡說罷了。

爸爸沏了茶給他。他謝過，捧起茶杯，信手撫了一周，輕輕說，先生家是有根基的。

爸爸會心笑了，這些老人留下的東西，前些年可讓我們吃了不少苦頭。

尹師傅說，也虧了還有先生這樣的人，祖上的老根兒才沒有斷掉。

爸爸終於說，師傅，別叫先生了。叫我毛羽就好。

尹師傅又半躬一下身，說，毛先生。

其實我並不很清楚是什麼造就了尹師傅與我們父子兩代人的友誼。以後爸爸來朝天宮，總也要到泥人攤兒上轉一轉，與尹師傅聊上一會兒。我並不很懂得他們在聊什麼，但看得出，他們是投機的。甚至有的時候，尹師傅會忘記了還有做生意這回事情。這時候，他木訥的臉相也有些不同，變得些許生動起來。

以後的一些年，這些交流還在繼續。及至我上了中學，朝天宮一帶其實有了很大的變化。倒是午朝門翻建了明故宮。新的堂皇的廣場，是毫無古意的，每個週末都聚集了放風箏的歡樂的人，越發顯出了朝天宮的黯淡與沒落。再就是，在這裡擺攤的人，似乎都換了面孔。面孔換了幾茬，據說有一些是另謀生計去了。一個賣梅花糕的，在評事街開了鋪面，生意竟越做越大。再來的時候，有些衣錦榮歸的意思，邀請老夥計們去他的西餐廳吃飯。

什麼都在變，不變的大約只有尹師傅的泥人攤。生意沒有更好，但也沒有壞下去。顧客還是孩子們。一些長大了，不再來了，便有一些更小的接續上來。

有一天，爸爸一回家來，臉上是很興奮的神情。一面回房間翻了一陣，翻出許久不用的理光照相機。因為並沒有外出旅行的計畫，我和媽媽都有些摸不著頭腦。

爸爸對我說，毛果，我們去找尹伯伯。

我們到的時候，夕陽西斜，尹師傅正袖著手打盹。耳朵上夾著一支菸，人也有些佝僂。這中年人，這時候便顯出了老相來。爸爸沒有驚動他，只是拿著照相機，對著攤上的泥人拍了一陣兒。尹師傅醒過來，眼神有些發木。

爸爸高興地對他說，老尹，你的玩意兒，遇到懂的人了。

尹師傅的嘴角便揚一揚，說，先生又玩笑，怕是沒有比你更懂的。

爸爸搖搖頭，說，最近我們研究所，在搞外經貿交流年會，就有批專家來商量合作的事。你可記得上次送我的那只泥老虎。我擺在辦公室裡。有個英國人見了，愛得不行。聊起來，原來他是SOAS的客座教授，專研究亞非文化的。他說難得一見這樣地道的民間藝術品，想要看你更多的作品。

尹師傅囁嚅了一下，說，是個洋先生麼？

爸爸說，洋人也沒什麼，藝術無國界。只要是好東西，就應該讓更多的人知道。

後來，我目睹了這個叫凱文的英國教授，在看到這些泥人時的反應。這間十多平方的斗室，是尹師傅的家，簡樸到只有一張床和一個立櫃。其餘的地方，滿當當地擺著泥人。有的上了彩，有的還是素坯。因為太多，色彩又繁盛，任是誰都眼花繚亂。凱文輕輕撫摸其中一隻「殺鬼鍾馗」，眼裡是一種疼惜的目光，彷彿對著初生的嬰兒。他回過頭來，用清晰的漢語對我們說，這才是中國的。

凱文的目光，又在立櫃的一側停下來。並不顯著的位置，擺著一個泥塑的半身像。還沒有上色，但辨得出是一個女子，現代的裝束，齊耳朵的短髮，有一雙看上去很柔美的眼睛。

在他還在端詳的時候，我們都聽見了隔著布簾的裡間，有極細隱的如同貓叫的聲音傳出來。

尹師傅快步走進去，拉開了簾子。

儘管燈光暗淡，我們都看到一個坐在輪椅上的青年男人，半邊臉抽搐著，正在呻吟。他的右手抬著，指尖彎曲。這並非是一隻成人的手，畸形地翻轉。尹師傅將一塊布塞到了男人的嘴巴裡。

在我們的目光裡，他將男人的頭摟在懷中，平靜地撫摸，輕輕地說，我兒子。

這年的年尾，尹師傅的泥人，出現在了英國的《新世紀藝術年鑑》上。尹師傅婉拒了倫敦藝術雙年展的邀請。他說，我是登不上檯面的，就是個手藝人。況且，生意走不開。還有，我兒子。

凱文再次找到他，是在第二年的秋天。凱文對爸爸說，他想和尹師傅談談生意的事。他說，他的弟弟開了一個工藝品公司，希望尹師傅能成為他們的合作夥伴。他們會為他在中國安排專門的工作室，以後他的所有作品，會直銷海外。

尹師傅搖搖頭，說，離開了朝天宮，我就什麼都不是。

凱文說，您是個值得尊敬的藝術家，理應過上更好的生活。

尹師傅眼角低垂，說，窮則獨善其身。

凱文頓一頓，終於說，您應該也希望您的兒子獲得更好的治療。

這中年人的嘴角抽搐了一下，沒有再說話。

以後的許多日子，我們都沒有再見到尹師傅。爸爸說，他太忙了。聽凱文說，有太多的訂單。但是他的功夫又很慢，東西都是一點一點磨出來的。

爸爸說，這個老尹。

尹師傅再出現在我們家，是接近春節的時候。他是來給我們派喜帖的。他說，他兒子要結婚了。我們心裡多少都有些驚異，但還是由衷地恭喜他。

他笑著，並沒有很多富足喜氣的神色。

婚禮上，我們見到了新娘。是個黑紅臉的幹練女子，一杯接一杯地跟來往的親友敬酒。她端了滿盞酒到了我們跟前，跟爸爸說，毛叔，沒有您，就沒有我和尹誠的現在。你對我們有恩情，我敬您。說完了，她便一飲而盡。

爸爸有些發愣，大概不知怎麼接話。因為在之前，他是沒見過這個女人的。尹誠是尹師傅的兒子，這時候遠遠地坐在角落裡，眼神茫然，胸前的紅花已經落在了地上。好像眼前的一切，都不關他的事。

後來我們知道，女人來自六合鄉下，是尹師傅一個親戚介紹的。但這段姻緣如何促成，卻沒有太多人瞭解了。

又過了些時候，是尹師傅買了房，邀我們去新居參觀。新居在月牙湖一帶，是南京城最早期的高尚樓盤。媽媽說，看來尹師傅是做得不錯的。

來邀我們的，是他的兒媳劉娟。還有兒子尹誠。尹誠依然還是沉默的，臉色似乎好了些。手也不太抖了，安靜地蜷在西裝的袖子裡。這西裝穿在他身上有些大，但看得出，是朝好裡買的。他看到我，咬一下嘴唇。我對他笑了笑。他似乎受了驚嚇，趕緊又將頭低下去了。

劉娟也笑一下，聲音有些乾。她說，我這輩子，要能生出個毛毛這樣的孩子，真就是造化了。

媽媽就將話題岔開去，說，這孩子小時候其實厭得很，也是家裡管得嚴。

接著又問他們裝修的情況。劉娟便驕傲地歎了一口氣，說，裡裡外外還不是我一個人，他們爺倆兒能幫上什麼。老頭兒在工作室裡趕活，面都見不到一個。從買材料到找工程隊，讓我跑斷了腿。原先請了個監理，用了幾天，大小事上丟奸，讓我給趕走了。我這個人，可是眼裡揉不進沙子的。就是累了自己了。

這年輕女人很有氣魄地挺一下胸，說，還不是熬過來了。

爸媽都說，是啊，裝修可不是個容易的事。

她就從手提包裡拿出一疊照片，對我爸說，您是行家，也給參謀參謀，看我的主意拿得妥不？

爸爸翻看這些照片。房間裡吊了厚厚的天花板，刷了玫瑰紅的牆紙。大吊燈倒是很堂皇的，流光溢彩。各種傢俱也是大而實的，整個家裡看上去滿當當的。

爸爸就說，其實，現在是比較流行簡約的。

劉娟就說，有了好日子，不是要過給別人看嗎？

媽媽問，哪個是尹師傅的房間？

劉娟愣了一下，說，他不跟我們住。說是住不慣樓房，寧可窩在三元巷那塊。

又過了些日子，父親領著我去工作室看尹師傅。說是工作室，其實是靠著莫愁湖的一間民房。改建過了，四周都是大塊的玻璃，採光很好。透過窗戶，可以看得見大大小小的泥人兒，擺在通頂的木架上。還有一個低頭勞作的身影，全神貫注地在揉一個泥坯，那是尹師傅。

尹師傅看見我們，立刻笑了。擦了擦手來開門。

進了門，才聞到很大的菸味。尹師傅原來是不抽菸的。我揉了揉鼻子，他也想起來，趕緊打開門窗，說，透透氣，沒法子，最近抽得多，解乏嘛。

我正東張西望，尹師傅說，毛毛，伯伯給你留了好東西。說著在架上搜尋起來。說著爬上木梯，端下來一個盤子。

盤子裡是一群小和尚，或站或臥，誦經的，打坐的，偷懶打盹兒的。形態各異，憨態可掬。我捧在手心裡，看著也樂。

尹師傅便說，眉眼挺熟的吧，可是照咱毛毛畫的。

爸爸也笑說，也就你還把他當小孩兒。這孩子要是有幾分和尚的定力，我和他媽媽可就省事多了。

我這才發現，尹師傅的泥人，和以往不同，被分成了不同的門類。好像部隊，有了不同的名稱和番號，井然有序起來。木架上被貼了標籤，有的寫著「戲文」。不同的作品底下也有小字，《打漁殺家》、《宇宙風》、《貴妃醉酒》等等。還有的貼了「民俗」，就是一些小人兒，都在做著日常的事情。有婚嫁的，擺酒的，祭祀的，甚至還有開桌打麻將的。一個木架，竟成了個小世界。還有一架叫「西洋」，都是些洋人，多半裸著身體。這自然也是藝術的表達。尹師傅卻好像有些不安，說，有些客戶，指名要這種。我本來不想做的，成何體統。父親說，老尹，你也應該解放思想，藝術就要兼容並蓄。

尹師傅就笑了，說，也對也對。

說著，尹師傅抽出一支菸點上，又讓爸爸一支。爸爸接過來，說，菸還是要少抽。看你最近臉色不大好。

尹師傅便說，不礙事，睡一覺就補回來了。

說完又笑了，笑得仍然有些倦。

臨走的時候，我發現那尊女人的半身像，擺在窗臺上。籠在夕陽的光線裡頭，輪廓很好看。

偶爾又去了朝天宮，其實讀中學以後，我已經很少來這個地方。看起來，似乎比以往又蕭條了些。也可能是因為沒了尹師傅，朝天宮也不是以往的朝天宮了。

大約在半年後，接到了尹家的電話。劉娟打來的，說是要請我們全家吃飯。爸爸就問，難道是又有了什麼喜事。回說，也沒有什麼特別的，就是好久不見，也該向毛叔和嬸嬸問安。

到了下午，劉娟就開了桑塔納過來接我們。說起話來，還是一團火似的模樣。說是去狀元樓。到了包廂裡，迎面看到尹誠，又胖了些。尹師傅坐在一旁，卻是有些見瘦。臉色也灰黃的，掛著笑，看得出有心事。坐下來吃了幾道菜，又寒暄了一陣兒。爸爸到底還是問，是不是有什麼事兒。

劉娟向尹師傅看一眼，輕笑說，咱也不瞞毛叔，是有點兒小忙請您幫。對您也就一句話的事兒。

尹師傅轉過頭，都聽見他歎了口氣，聲音也有些粗：我就不知道，怎麼就是一句話的事兒。

劉娟倒不動聲色道，這話說的，毛叔是場面上的人，可不就是一句話。

事情就鋪開來。原來，這半年工作室的訂貨量增加，尹師傅忙不過來。前不久，劉娟作了主張，為公公招了幾個助手。其實都是藝術學院的大學生，幫忙出活兒，作品則記在尹師傅的名下。可是兩個月後，就出了事，一批東西在歐洲全部被退了貨，說是品質下降得厲害。這事兒弄得英國的老闆很惱，瞭解了原委後，竟然提出要和尹師傅解除合同。雙方現在在僵持。劉娟說，毛叔您和那個凱文有交情，就求您跟他說說。

爸爸想想說，那我就跟他說說，可是，你們做得是有點不大妥當。工作室不是作坊，人家要的就是尹師傅的作品。

劉娟就敬上爸爸一杯酒，說，可不是嘛。我公公在多少人眼裡都是寶。可他這麼沒日沒夜，任誰也心疼。只是，這錢來了不賺，也實在說不過去，您說對吧。

尹師傅沒說什麼，低下頭，只是吃菜。

爸爸就跟凱文說了，對方說問題也不很大。只是，西人向來講究個誠信。下不為例就是了。

爸爸就說，也跟你這個兄弟說說，別太資本家。老尹到底是個手藝人，慢工出細活。訂貨太多了怕他吃不消。

凱文便說，這你可冤枉我們了。訂貨量是他自己要求增加的，我可從旁人那聽說，他有個厲害的兒媳婦。做公公的是言聽計從。

尹師傅出事的消息，也是從凱文那裡知道的。說是打電話給工作室沒人聽，過去一看，尹師傅昏倒在桌上，手裡還攥著一把刻刀。

在醫院走廊上見到凱文，心裡都有些黯然。尹師傅的報告出來了，已經是肝癌晚期。凱文說，老尹現在的狀況，他兄弟也很遺憾，剛剛給他送了一筆慰問金。不過這個工作室，恐怕是要撤銷了。

爸爸苦笑了一下，說，你們的動作，也未免太快了些。

尹師傅看我們來，眼睛活泛了些，張開嘴要說話。爸爸制止他，說才手術過，說話傷身。

尹師傅搖搖頭，終於說，他毛叔……

然而也依然沒說下去。

他身邊是個臉色衰老的陌生女人，幫忙招呼我們，說是孩子的老姨。女人手裡端了一碗粥，一邊朝碗裡吹著氣。大約覺得涼了些，才掂了一把小勺，往尹師傅嘴裡送。尹師傅喝了一口，頭偏一偏，說，不吃了。

她愣了一下，又舀起一勺，有些堅持地送過去。尹師傳閉上了眼睛，聲音堅硬了一些，我說不吃了。

我們和尹師傅沒有說很多的話，只是陪他坐著。隔壁房不知道是誰打開了一台念經機，斷斷續續有佛音傳過來。這時候聽過去，竟有些淒涼。

大概又過了很久，有個護士進來，對我們說，病人要休息了。你們請回吧。

尹師傅，這時候已經睡著了。面相安靜。

從窗戶望出去，已經是漆黑的一片。

我們走出去，看見走廊的盡頭，坐著一個人。是剛才那個女人。爸爸說，過去和她說一聲吧。

走到她跟前，才發現，她在啜泣。看到我們，她擦一下眼睛，站起來，對我們說，走了？我送送你們。說完，艱難地對我們笑了一下。

在電梯裡頭，光線映在她渾濁的眼睛裡。我們看到，一行淚，沿著她滿布皺紋的臉，又流下來了。

她說，毛同志，老尹真的沒幾天好活了麼？

我們不知道怎麼安慰她。她輕輕地將頭在牆上靠了一下，這是誰做的孽？我只是想為他們好。

我介紹劉娟給他們，就是想他們爺兒倆能有個照應。我妹死了後，家裡該有二十幾年斷女人了。

爸爸猶豫了一下，終於還是問道：您是她愛人的姊姊？

女人眼神散了，說了一句話，聲音很虛弱，但是聽得見其中的苦楚，她說，我配做這個姊姊麼？

在短暫的沉默後，她終於又開了口。略微激動的情緒也平復下去。意外的是，一個我們並不熟識的尹師傅，在她有些嘶啞的聲音裡，漸漸清晰。

尹師傅大名尹傳禮。說起來，尹師傅的祖上在無錫，稱得上一個大家。是當地有名望的士紳。家業也豐厚，歷有「尹半城」之稱。然而到後來，這家裡卻出了一個人物，就是尹師傳的父親。因為政治上的抱負，年輕的尹先生投到了孫傳芳的麾下。甚至攜上了大半的家產，有些破釜沉舟的意思。幾年下來，位至團長，自己也頗有些得意。然而好景不長，北伐軍十九路軍南下，這支部隊首當其衝。孫氏自知大勢已去，為保浙江的嫡系，也壯士斷腕。尹團長孤軍抵擋，終於全軍覆滅。同族人對他的舉動，早已側目，覺得不安分。這時候，更紛紛劃清界限，甚至排擠，以示公義。眾叛親離之下，尹父終於在數年後積鬱成疾，臨終託孤給一個朱姓的朋友。

這朱姓朋友的家裡在惠山。春中朱家，雖非書香門第，卻也是有淵源的藝人世家。出產的泥塑，做過前清朝廷的貢品，在地方上都有記載。

這位朋友自己則在縣裡擔任文職，兢兢業業。朋友是有德行的人，早年又受過尹父的恩惠，受人之託，對尹傳禮視如己出，在教育上不遺餘力。甚至要求比自己子女更嚴苛一些。因為本業之故，家中大小玩泥塑是自然的事，然而對於傳禮，卻是禁絕的。因為朱伯父覺得，這始終是不入流的東西。尹父自己行錯了路，是看錯了時勢，跟錯了人。說到底，是胸襟不夠。男兒胸中有溝壑，玩物必喪志。所以，除卻觀摩家中的字畫金石，用於冶煉情操，傳禮並無其他可以培養愛好的項目。

這少年人逐漸長大了。朱伯父卻隱隱還是覺出了不對。雖說傳禮為人是十二分的規矩，但對於大丈夫的道理，修齊治平之類，似乎並無想法。問起所謂宏願，亦無關仕途與經濟。有天朱伯父去書房探他，見他聽到人聲，就用書本遮住了什麼。朱伯父於是將這本《樊川詩集注》掀開，愣了一下。書底下是只泥塑的大公雞。雖未上色，卻已粗具神采。尤其是一對翅膀，躍躍欲飛。朱伯父心裡暗讚了一下，隨即又正色道，這是哪來的。他想，無非是家裡把玩流傳的耍貨。到底還是個孩子，經不起誘惑，教訓幾句就是了。然而，傳禮猶豫了一下，清楚地回答他，說，我做的。這一答未免讓他心驚。

朱伯父駭異之餘，第一次動了氣。然而傳禮這時開了口，說感謝他多年的養育。本沒有忤逆之心，但他對這泥塑，是真的愛，願意作為畢生的事業。他知道伯父是為了他好，但人各有志，真是強求不得。

這寡言的孩子，從來未這樣健談。做長輩的一時間百感交集，只覺得自己的心血被辜負，又抱愧故去的老友。一句「人各有志」卻真正傷了他的心，聽罷拂袖而去。

待人靜下來，再細細看去，覺得這物件絕非初學所作，便又問說是誰教的。傳禮照答說，沒人教。

這便是天分了。

這時候的時局，其實又動盪了些。朱伯父想起自己的處境，亦是無著，就有些感慨。這麼多年來，對這孩子的前途，其實多少有些一廂情願。時勢造就之功，可遇不可求。然而，治世亂世，有一技傍身，卻是沒有錯的。他便下了一個決心。

第二天，他便帶了傳禮去見了他的堂兄朱文忠。朱文忠是惠山排行第一的泥塑師傅。若這孩子真有造化，也就過得了他這一關。

傳禮坐定，朱文忠便要出題考他。卻見這孩子手在桌子底下活動。問他做什麼。他就伸出手，掌心是一個泥人的頭像。定睛一看，竟和朱文忠的面目不差分毫。堂兄弟兩個便知道，這孩子是鐵定要吃這碗飯了。

在三十歲上，尹傳禮已經是惠山最出名的青年藝人。朱文忠年事漸高，也想有人能繼承衣缽。朱文忠膝下無子，只有兩個女兒。一個指腹為婚，嫁去了南京六合。小的那個待字家中，亦心有所屬，便是這個姓尹的年輕人。朱文忠看在眼裡，暗暗也為女兒定下了終身。

所謂風暴，自然是突如其來。彷彿一夜之間，鎮上突然貼滿了大字報。在這個鬱燥的夏天，朱文忠先是看到自己的名字上被打了血紅的叉。底下寫著，「走資本主義道路的鐵杆分子」。這老藝人正茫茫然什麼叫做「資本主義」，已有人上了門來，頃刻間家裡天翻地覆。小將們叫嚷著「破四舊」，要他們盡數交出工具。尹傳禮年輕氣盛，上前問，交出來，靠什麼吃飯？對方一個青年狠狠推他一把，說，你想跟革命討價還價嗎？

傳禮暗暗捏了拳頭，說，我的工具就是這雙手。小將便圍上來，反擰了他的胳膊，說，那就毀了你的手。說著舉起一把捶泥坯的木槌。做師傅的看在眼裡，不管不顧地衝過來護住傳禮。木槌沒猶豫，落在老人的後心上。

朱師傅在半個月後撒手人寰。臨到走，也沒有說上一句話。彌留之際，突然眼睛亮了一下。傳禮和他女兒若英趕緊坐在他床前，他伸出胳膊，拉過傳禮的手，又拉過女兒的手，放在傳禮的掌心。嘴角抿一抿。

朱師傅過世一年，傳禮和若英就給他守了一年的喪。兩個人以兄妹相稱，誰都知道他們的情比一般夫妻要厚得多。族上幾個老人就要給他們操辦。傳禮搖頭，說師傅身後未滿三年，這時候辦喜事，是為不孝。

這時候，卻有鎮革委會的人找他，問他還想不想做回本行。他便說，我現在幹慣粗活的手，沾不得「四舊」。對方就說，給你個機會做革命文藝工作者，看你會不會做。傳禮就問，要怎麼做。對方陰颯颯地說，那就要看你的表現了。

就約他晚上去革委會辦公室。傳禮不明就裡，就去了。人一進去，門就給人從外面鎖了。

怎麼叫喊也沒用。到了後半夜，才有人開了門，跟他說，滾。

他回了家，看見若英房間燈亮著。他走進去，看見若英正對著窗戶嚶嚶地抽拉，看見是他，先呆了。突然就站起來，上上下下撫摸他的臉，終於就大聲哭了。

女人嘴裡說，以為見不到他了。他隱約覺得不對，就問發生了什麼事情。若英又愣了一下，說，他們說你寫了反動文書，給扣在革委會了，看來是死罪一條。

誰說的？

李主任。若英的眼光有點躲閃。李主任是革委會的頭兒。若英的脖子這時候迎著光，上面有淺淺的瘀痕。他心一緊，有熾熱的東西湧動上來。

在他正要衝出去的時候，若英拉住他，說，他說，不這樣就不放你回來。

他的心被鞭打了一下，一回身，緊緊摟住了這女人。

若英有兩個月身孕的時候，他們結了婚。

他說，孩子留著吧，都是一條命。生下來，我就是他爹。

臘月，這孩子生下來。是個小子，不哭鬧。可稍大一點，都看出身體有毛病。

若英說，我要為你生個好的。

若英懷上了他的孩子，兩個人守著希望似的。這孩子懷了九個月，有一天說是要生了。趕到醫院，醫生說，怎麼現在才來。

剖腹產，剖出一個死胎。

晚上，女人大出血。婦產科的實習醫生慌了神。問起主任醫生，在牛棚裡。搶救到半夜。天濛濛亮，若英闔了眼睛，臨死也沒說一句話。臉色煞白地望著他。

尹傳禮一個人帶這孩子，帶了兩年。有人看他一個大男人養孩子艱難，就要幫他介紹個新寡的婦人。他搖搖頭。

革委會幹部都換了一遍。新的主任問他，有革命任務給他。

他愣一愣神，苦笑說，我們家裡沒有女人了。

主任瞪一眼，革命是用來開玩笑的嗎。

原來革命任務是做主席像。

他的雙手插在泥裡，有些陌生，有些怯。但也有些暖意沿著指尖傳上來。

他做出的主席像，誰都說像。

方圓百里的人家，都供著他做的主席像。

他做主席像，做好了一個，下一個還當是新的做。每次看到主席被人恭恭敬敬地請走，心裡都一陣發空。不過長了也就有些淡了。

到有一天家裡的孩子發了高燒。送去診所打針，沒退。送到縣裡醫院，孩子已經燒糊塗了。燒總算退下來，孩子卻站不起來了。本來還有一雙腿是好的。

他責備著自己。革委會來了通知，說要送青山鎮的友誼鄉一尊主席像。要他連夜趕出來。他忍下苦痛，做到後半夜，睡著了。起來，接著做。做好了，等著人來請。主席還是笑吟吟的。是包容天下的偉人。

清早主席被請走了。中午來了一幫紅衛兵，要抓現行反革命分子。是他。主席下頷上周周正正的一顆痣，給他點到了右邊。這是企圖替右派翻案。手法陰險，居心可誅。

臨去勞改農場，看見妻子的姊姊若蘭，帶走了他的兒子去六合。

這一走便是九年。

九年後，他被放出來，已經是衰老的中年人。老家裡沒有容他的地方。妻姊說，來南京吧。你兒子長大了，說不了話。蹦出個一兩句，都是六合腔。

他說要自食其力，做他的老本行。就在朝天宮擺了攤兒。養兒子，養自己。閑下來看《周易》。就是不看自己的命數。

後來發達了。妻姊便說，家裡得有個女人。尹傳禮說，我不要，你給你外甥找一個。若蘭便歎一口氣，說，給你找一個還容易些。

後來便找了農村戶口的姑娘，是若蘭夫家的遠親。人看上去還本分。不好看，能吃會做。就是話多些。

這姑娘就是劉娟。

我們聽到這裡，都突然想起來，今天陪著尹師傅，並沒有看見他的兒子兒媳。

半老的女人看了我們一眼，說，我找了她來，是我作的孽。誰還料想，她能有這麼大的能耐。

我們都沒有提防，為能留住她。連房產證上寫的，開戶用的，都是她的名字。

我們於是都知道，這叫做劉娟的女人，怕是不會再出現了。

尹師傅的喪事，辦得很簡樸。人來得不多。一些說著無錫話，是老家的親戚。沒有什麼人哭，都是面相木然。尹誠坐在輪椅上，頭上戴著孝帽。手抽搐了一下，又一下。

遺像上的尹師傅，眉目有些模糊。大概是用的一張放大的證件照。因為模糊，臉上的千溝萬壑，似乎都舒展了些。人也年輕了些。

我們身後傳來凱文洋腔調的中國話，說，可惜了。

喝完了豆腐湯，叫若蘭的女人跟我父親說，毛先生，央你件事情。說完，拿出一個信封：老尹留下把鑰匙，開床底下那口木箱。他臨走前說，請先生你來開。

箱子從床底下搬出來，雖然陳舊，卻並沒有灰塵。

鎖開得很順利。

打開來，是一箱子的毛主席半身像。

泥塑的主席像穩穩地坐在箱子裡，底座上標了不同的年份。每一個，都端端正正地在下頷上點了一顆痣。

——《戲年》，印刻

葛亮

葛亮（一九七八—），原籍南京。香港大學中文系博士，現任香港浸會大學副教授。作品出版於兩岸三地，著有小說《問米》、《朱雀》、《七聲》、《謎鴉》、《浣熊》、《戲年》、《北鳶》，文化隨筆《繪色》、《小山河》，學術論著《此心安處亦吾鄉》等。曾獲二〇〇八年香港藝術發展獎、首屆香港書獎、臺灣聯合文學小說新人獎短篇小說首獎、臺灣梁實秋文學獎等獎項。作品入選「當代小說家書系」、「二十一世紀中國文學大系」、「二〇〇八～二〇〇九中國小說排行榜」。長篇小說《朱雀》獲選「亞洲週刊全球華文十大小說」。

文字風景

網路媒體如此介紹葛亮：「斯文特拉說每一個作家都必須為自己的成長寫一部小說。《七聲》與《戲年》，正是作者從自己的成長經歷出發，對過去的回望與記錄。」王德威則說他：「有世故練達的故事，也有簡單清純的敘事」，「當代作家競以創新突破為能事，葛亮反其道而行，他遙想父祖輩的風華與滄桑，經營既古典又現代的敘事風格。他的小說美學以及歷史情懷獨樹一幟，未來的成就值得期盼。」

以回望的方式書寫值得紀念的人物，〈泥人尹〉可說是一篇近似於傳統史傳散文的現代小說。史傳散文往往勾勒出風采殊異的人物典型，藉以揄揚人文精神。這篇小說中的「我」，幾乎是葛亮的化身，他用一種天真的眼光去看老一輩人的滄桑變化。尹師傅以做泥偶為生，敘述者「我」小時候在廣場晃蕩，喜歡與尹師傅攀談，尹師傅的生命故事因此有了見證。英國教授凱文前來接洽，希望將尹師傅的作品直銷海外。訂單太多，然而手作功夫卻很慢，「東西都是一點一點磨出來的」，這便是手藝人的初心與堅持。

尹師傅與妻子若英的結合，有深情、有恩義，也有被大時代擺弄的無奈。妻子死後，尹師傅獨力撫養殘疾的養子，後來在親戚介紹下，讓養子娶媳成親。兒媳劉娟入門後主掌家計，尹師傅被迫日夜趕工，甚至不顧品質由一群大學生代工，導致英國老闆想要解除合約。小說結尾，兒媳劉娟侵吞家產消失無蹤，泥人尹病歿，只留下一箱毛主席半身塑像……。而為毛主席塑像這件工作，是當年被交辦的「革命任務」，也是他被紅衛兵指為「反革命」的重要證據，因此遭受九年勞改。這位民間手藝人閑看《周易》，就是不看自身命數。小說家中的見證者「我」，並未直接給予人物評價，而是讓這段故事在低迴不已的訴說中徒留傷感。那份感慨，彷彿就是太史公寫伯夷叔齊列傳的心情吧。都說「天道無親，常與善人」，然而太史公疑惑了：像伯夷、叔齊這樣善良的人竟然餓死，人品與學識俱佳的顏淵厄於窮困不幸早逝，上天對於好人的報償，到底是怎麼一回事呢？

葛亮記下這個故事，或許就是對好人的報償。

縫

張耀升

如果要我拋棄與裁縫相關的比喻，我會說奶奶是一塊漢堡的肉餡，上下夾擠著她的是陰暗、角落、發霉這些形而上的生菜與麵包，難以下嚥又丟不掉，於是只好擺在一旁任其酸臭。

白天的時候，奶奶喜歡坐在我們這家老字號西服店的櫃檯後面，客人挑選衣料時，她就在父親的背後提出很多建議。

「要不要考慮雙排扣？」或是「麻料雖然輕，但是容易皺喔。」

父親的身體捆在保守強硬的西服線條框架下，以挺立的姿態、和善的表情拉回客人的注意力，大部分的客人會跟著父親以不回應將奶奶的建議變成喃喃自語，把她變成地震過後牆上留下的裂縫，一個視而不見比較令人安心的缺陷。

有時候我會以為奶奶是隔壁的鄰居，家裡總是沒人理她，吃過晚飯她就順著二樓的木梯爬回閣樓，隱身於天花板之上。

那個臭老人，父親這麼稱呼她，在奶奶爬回閣樓後。

唯一面對面是吃飯的時候，奶奶會開啟許多話題，例如：「上次那件喀什米爾羊毛西裝的版型打得很漂亮。」或：「阿孫該讀小學了吧？」

每當奶奶一張口，父親就用力扒一口飯到嘴裡，讓舌頭與牙齒間沒有運轉的空間。雖然沉默，父親的眼睛像老虎一樣閃著光，手抓魚，嘴啃肉，而兩眼緊緊咬著奶奶。

而後，有一天，父親說閣樓的木梯卡榫鬆脫需要拆下修理，一拆便沒再裝回去，換來的是一天出現三次的工作梯，讓母親把三餐裝在盤子裡送上閣樓，母親像是在餵食野獸，天花板一掀急忙塞入飯菜與換洗衣物，隨即虎躍下梯，雙手一拍，撤梯離去，閣樓上的小廁所偶爾傳來沖馬桶與洗澡的水聲，除此之外，家裡不再有奶奶存在的痕跡，發臭的漢堡與破舊的家具被歸為同一類，丟進閣樓裡了。

父親並不知道，要上閣樓並不需要工作梯，只要爬上衣櫃，再用衣架頂開天花板，往前一躍向上攀，縮小腹單腳勾著閣樓地板，就可以翻身而上，站在衣櫃上往前一跳是一個可以讓自己瞬間消失的神奇魔術，天花板的洞，通往異次元的縫隙，快過筋斗雲與風火輪。

看著爬上來的我，奶奶笑嘻嘻地摸著我的頭，像是選豬肉似地把我整個人拉高，要我轉圈給她看，說我長大了，拍拍我的臉與肩，閣樓西邊開了一扇大窗，夕陽紅通通地漲滿整個閣樓，曝曬在陽光下的奶奶，坐在飄舞的灰塵中，似乎沒有父親以為的那麼臭。

她檢視我全身的衣著，看到磨破的卡其褲，便興奮地挪動遲緩的身體，坐到腳踏式的老式裁縫機前，穿針引線，要我脫下褲子讓她縫補上面的破洞，陽光被嘎嘎作響的裁縫機轉輪切割成一片片的剪影，奶奶笑得瞇起來的眼角泛著淚光。

為了讓奶奶笑，我盡可能磨破衣褲，然後回到家，爬上衣櫃，往前一躍，來到奶奶居住的古堡般的世界，讓她樂不可支地責備我的頑皮。

那一天我磨破卡其褲後回到家，只見門口停著一輛救護車，奶奶四肢如麻花般捲在一起，軀幹癱軟如泥躺在擔架上，據說是執意要下樓跌了個空摔落二樓樓梯再滾到一樓店面，父親母親、叔叔伯伯都圍繞在身邊，他們一個比一個哭得還激動，尤其是父親，他聲淚俱下地說：「媽！你走了我們怎麼辦啊？」

從殯儀館乘著棺材回到家的奶奶身穿壽衣，父親看著奶奶脖子上的傷疤與骨碎筋裂後向外翻轉的四肢，激動地對著親朋好友說：「我不能讓媽就這樣走，幫我把媽扶起來，我要幫她量尺寸，讓媽穿得體面，我要用最高級的野駝羊毛作一件西服外套。」

母親與大伯掩不住驚駭的神情，伸出顫抖的手扶起奶奶的屍體，奶奶的頭軟軟地垂落在旁邊，像是不屑地別過頭去。量完尺寸後，父親以堅定的步伐移到裁縫機旁打版剪裁，而母親與大伯急忙奔到廁所，像是吃壞了肚子，淚流滿面地嘔吐。

長輩排隊輪番哭過，一個個離開後，我走近祖母身邊，我看見她閉起的眼睛似乎張開了一點點，嘴角微微拉開，像是一個笑容。

那天晚上，守靈的夜裡，每一個人都聽見了閣樓的腳踏式裁縫機傳來嘎嘎的聲響，先是隱約地埋在天花板中，再慢慢地傳導到每面牆裡，最後隨著火光破牆而出，刮過每個人的耳膜。

燒金紙的母親停止動作，父親也噤聲不哭，工作梯靜靜地斜倚在牆角，為了預防我擅自爬上閣樓，工作梯兩隻腳被母親用鎖鍊鎖起。偌大的鎖鍊在金紙的火光中時隱時現，火光搖曳，金紙即將燒完了，室內逐漸陷入黑暗，母親急忙拆了一疊丟入火爐，突然竄起的火光把我們的影子妖大地浮貼在牆上，跟著縫紉機的轉動聲晃動搖擺，而我們卻被定格在客廳裡。奶奶睡在客廳的棺材中，畫過妝的臉勉強蓋著一層肉色，既蒼白又紅潤，像退冰的肉塊。我們的眼神由奶奶的臉移到天花板，卻沒人敢上樓去看，裁縫機的聲響持續了一整晚，甚至在出殯後，閣樓裡的裁縫機仍舊像是探測著風吹草動，把一家人由淺眠的夢裡驚醒。

一家人都去看了心理醫生，也服了藥，每一個人又回到安穩無夢的睡眠裡，一切經歷被當作幻覺而遺忘了，只有我例外，偶爾會在半夜醒來，緊閉著眼，聽著一整晚的輪盤運轉聲，想著奶奶一個人在上面，空轉著裁縫機，針線不停地穿過空無一物的面版。

終於，我鼓起勇氣爬上衣櫃，在深夜中小心翼翼地拿著衣架頂開天花板，深呼吸後往前一躍。

沒有月亮的夜裡，閣樓內沒有光，我循著聲，摸著牆，避開廢棄的家具走到裁縫機旁，突然，我感覺到一雙冰冷而爬滿皺紋的手摸上我的臉頰。

「奶奶？」我問。

看不見的手撫著我的臉頰，順著手往上延伸，我勾勒出一個無形的臉在黑暗中點頭笑著。

在漆黑的室內，伴隨著微弱的啜泣聲，我看見一雙比黑暗還黑的手從我赤裸的肩上取下一件半透明、蒙著微弱的光的衣服，那雙手捧著那件衣服，在裁縫機上任由針頭來回穿線補洞，最後再取下衣服套回我身上。

然後，我的眼前就不再是一片漆黑了。我清楚看見奶奶的身影，她穿著父親替她縫製的深藍色西服外套，簡單而硬直的線條撐出了她整個人的精神，她摸著我的頭，不停地哭。

「以後沒有人會幫你補衣服了，你要小心，別頑皮，這件衣服破了就很難補了。」

「奶奶，你怎麼了？」

她搖著頭，沒有回答我。

「奶奶，你還活著嗎？爸爸他們都說你死了。」

她繼續搖著頭，只是每搖一次頭，身影就愈模糊，最後完全消失在在黑暗裡。

此後，奶奶不再出現了，每次我爬上衣櫃翻上閣樓，都會發現裁縫機比上一次積了更厚的灰塵，家人遺忘了奶奶的死亡過著更幸福的生活，只有我變得不一樣，我看見父親身上除了西裝與襯衫外，還有一件在黑暗中蒙著光的半透明衣服，上面像是蟲蛀過，滿是坑洞。

出殯的前一晚，我在家人都睡著後偷偷爬進棺材裡，靠著奶奶的胸膛小睡了一下，奶奶的臉上浮著一層古龍水的香味，父親親手縫製的西服外套拉高了領子，遮住了脖子上的傷疤，看起來非常體面。

昂貴的外套撐起了奶奶身上的線條，略駝的背不見了，斜而下垂的肩膀挺起來，小腹上方收起了腰身，手貼褲縫，腳跟收攏，野駝羊毛纖維細密，多層次的色澤浮游其上，我拉開衣領，發現父親將縫線藏在內裡，連著奶奶的皮膚縫在一起，將四肢與身體收緊靠齊，像把人偶身上的線拉緊，拉扯出一個挺立的睡姿，父親縫製的是一件軟滑豔麗的陽衣外套。

在接到第二十件深藍色西服外套的訂單後，父親開始情緒不穩，任何一點小挫折都歸咎於奶奶的冤魂在作怪，縫線脫落或衣料出現污漬就大聲嚷嚷說這是奶奶來過的證據。

這次父親不看心理醫生，反而請來了道士，道士說奶奶的靈魂盤踞在閣樓，一隻鬼壓著一整間房子，所以不得安寧，他畫了四張符，兩張燒化後和在冷熱水各半調成的陰陽水裡，分別淨身與飲用，一張貼床頭，最後一張合著四方金燒化。

符紙被火焰吞化後，父親整個人癱在椅子上，那一天他很安靜，專心趕製客戶的訂單，家人都入睡後他還在忙，夜半時分我起身上廁所，路過父親的工作室發現他手握裁縫的長剪刀對著牆上的影子發了癡，我背後的燈光映入工作室，裡面散落一地碎布。

「爸，你怎麼了？」我走上前問他。

「我剪死你這鬼影！」

他手握大剪刀，朝我牆上的影子猛剪，頭髮、脖子、胸膛還有手。

「剪死你！剪死你！」

我後退閃躲，他卻追著我的影子過來，他看著牆上的影子，大剪刀直朝我刺，我抬手阻擋，手掌恰巧伸入剪刀的開口。

我的尖叫聲吵醒了母親，她急奔而出，一個箭步，對著發顛的父親用力一踹，父親手上的大剪刀跌落地上，母親急忙將我送醫，沒有回頭看癡呆的父親。

在醫院縫了二十多針回到家後，父親以愧疚的眼神看著我，吃飯時總多夾一塊肉給我，直到我手上的繃帶解掉，他的眼神由愧疚轉為好奇。

某天夜裡，我被強烈的刺痛感驚醒，只見父親蹲在我床邊，左手撫摸著我手上的疤痕，右手拿著針線，他說：「乖，別動，這兩片肉沒縫好，縫線外露很難看，我幫你弄個無縫針織。」

這一次，母親被我的尖叫聲驚醒後，叫來的是警車，警察把父親的手押在背後，父親雙眼暴突，嚷著：「一定會縫得不留痕跡的。」

所有人的視線都集中在父親扭曲的臉上，我卻看見父親拖在地上的影子，它頭垂向一旁，四肢向外翻轉，身上到處都是剪刀剪下的裂縫，窗外漸遠的警車燈一紅一藍掃過上面，影子慢慢縮起身體，像爬在肉上的水蛭，蠕動著靠向我。

影子吸走了檯燈的亮度，在漆黑的房裡逐漸成形，略駝的背與內縮的肩膀，那是奶奶，她擠著雙眉發出老鼠般的尖笑聲。

「奶奶，你為什麼要這樣做？」

她不停轉著眼珠，抽搐的臉頰掀動唇齒，雙手抱頭說：「沒辦法，我忍太久了，沒辦法。」

她打著哆嗦，尖叫一聲竄上閣樓。

事情過後，家裡所有的剪刀與針都被藏起來，父親像被閹割的狗，在桌椅間鑽入鑽出，找不到可以插入容身，心安歇息的位置，受不了歧視眼光的父親開始長時間躲在閣樓上。

在這個父親不存在的屋子裡，我與母親再次過起平靜的生活，直到某天夜裡屋頂上再次響起老式裁縫機的輪盤轉動聲。

我來到二樓，用衣架頂天花板，只見父親雙手緊緊抓著一個黑影，腳踩縫紉機，將黑影往針頭送，被針頭刺過的黑影如沙塵散落一地，像漆黑的夜色淹沒父親雙腳，父親腳踩輪轉，死命地刺破奶奶的黑影，而散落一地的奶奶化成一渠水、一面紗、一片黑，繞著父親，把他縫入現實世界之外了。

——《縫》，群星文化

張耀升

張耀升（一九七五—）。曾就讀中興大學外文系、臺北藝術大學電影創作研究所，就學期間獲得全國學生文學獎、中央日報文學獎、臺中縣文學獎、時報文學獎小說首獎。著有短篇小說集《縫》，長篇小說《彼岸的女人》。除小說家外尚有導演、電影編劇等影像創作者身分。

文字風景

作為我近幾年來上課的教材之一，張耀升的這篇〈縫〉無疑是短篇小說中的技法大全集。他華麗操作各種雙關、隱喻、象徵，復以魔幻寫實的手法，拼貼出三代親子之間的衝突與暴力，甚至以靈異傳奇式的讖言預示，摹畫了家庭成員之間荒涼的精神異境。節奏明快，情節緊湊而富有獵奇式的恐怖趣味，無怪乎能在文學獎的決審會議上獲得評審的一致推薦，而成為首獎。

小說題目「縫」，本身就是具有歧義性、可作多元解讀的強烈意象。以裁縫為業的家庭，出現裂縫的親子關係，通往閣樓彷彿異次元縫隙的密道，守靈夜裡破牆而出的裁縫機聲響……小說一層層翻轉變化「裂縫」與「縫補」這一對孿生的概念，最終結束在父親「縫裂」了奶奶的黑影，而奶奶的黑影則化身成為更加巨大的黑暗，把父親縫入現實世界之外。最後這神來一筆，雙重逆轉了字義，讓超現實的場景上升為詩意的場域，更可見小說家構思的巧妙。

故事中的父親透過隔離的手段來去除奶奶的影響，已經算是妨害自由的拘囚虐待，卻又在奶奶意外離世後，癲狂地要為她製作高級西服外套來取代壽衣。此舉令眾人大為驚駭（甚至都吐了），但並非不能理解。張耀升處理的是「傷害」，是因為無法溝通、不能解讀，因而生出的「愛的不在場」這樣的錯覺。要等到奶奶死去，父親才意識到那份永恆的失落，只是他再也無法得到回應。是以對於奶奶的死，他反應最為激烈，渾然忘記了自己平日裡的作為。或許對父親而言，他才是受傷最深的那個情感上的受害者。

故事後半魔幻寫實的靈異場景，可以視為是父親心靈求愛不得，持續扭曲的過程，最終以精神完全的崩潰為結局。小說裡奶奶為孫子縫補的那件「蒙著光的半透明衣服」，對照父親身上那件一樣半透明，卻是「像蟲蛀過，滿是坑洞」的衣服，我們不難猜出它是心靈的隱喻。小說家指點我們看見了這片荒涼，卻沒有給我們救贖的可能，大概是我們六年級這一輩的寫作者，對於立足在一片後現代風景裡的共同感受吧。

浮血貓

胡淑雯

六歲那年，殊殊看見生平第一支，成年的陰莖，那不是爸爸的，她沒有爸爸，也不是媽媽朋友的，那叔叔已經離開，搭上基隆出發的一艘遠洋漁船。

那不是一支正在洗澡、睡覺或尿尿的陰莖，不，那種陰莖沒有眼睛。殊殊碰到的那支陰莖是立體的，摸一下就站起來，繃緊牆角的空氣，瞪著她眼睛。

假如她不怪罪那個人，別人就會說，她是自找的。人們一旦說起別人的壞話，精神總是特別好的，更何況，更何況，那支陰莖比殊殊，大了六十歲。

那個人，每一天，從兩個街區之外遠道而來，拍拍殊殊家門口那只氣喘噓噓的小冰箱，將殊殊從故事書裡的城堡叫醒，由身世飄零的公主，變回雜貨店的女孩。

殊殊不必看鐘也知道，時間是下午五點半，不必等對方開口就直接打開冰箱，拿出一瓶養樂多。從春初到夏末，這個人每日出現在同一時間，買同一樣東西。

那些玻璃瓶裝的養樂多，每天由同一個女子，騎著同一輛腳踏車，踩著晨露送上門來，有專用的長勾，剔開堵在瓶口的圓形紙蓋。

「一瓶三塊半，」殊殊把養樂多放在方形的小冰箱上頭，自以為精明的，說著生意人該說的事。對方則一如往常，掏出一枚五圓硬幣，將它擺在攤開的掌心——展示，等待，誘捕，她纖小的手指。

殊殊的家細細長長，捨不得開燈，幽暗如甬道，擠迫著蝦米與麻油的香氣。前頭是店面，到底是廚房。晚餐前，媽媽在屋底忙得什麼也聽不見。

幾秒鐘的沉默對峙之後，那人依舊不動手付錢，要女孩自己伸手來拿，食蟲花似的不動聲色，飽經世故，以植物般潔淨無求的沉默作為掩護。

他的手心向上，並不向下，看起來不像付出而像，乞討的手勢。

殊殊輕易就上了當，把自己年幼的手心讓給了食蟲花：先是手心，再是手背，繞著手腕逗留一陣，沿手臂的內緣向上，來到肩膀，再往下滑進腋窩。

夏末的溽暑中，男人掌心冒汗，像肉食者分泌的唾液。要等到被揉得很煩很累很莫名其妙了，殊殊才懂得抽身。

殊殊並不了解肉體的價值。她不知羞恥。

假如她不怪罪那個人，大人們會說，是這女孩自找的。

1

那人住的地方圍著高牆，栓著鐵門，名為「博愛院」，其實也兼作教養院，收容獨身老兵，也管訓太妹。太妹吸膠、吸安、吸男人，送進博愛院管訓，繼續吸膠、吸安，吸更老的男人。或者翻出牆外，穿越永遠在等待修治的破馬路，溜進對面的貧民窟，吸更窮的男人。太妹沒錢就去賺，賺到窮人就少賺一點，並不貪多。

殊殊她媽不喜歡把博愛院稱作教養院，不喜歡這個辭彙裡流淌的野蠻、放縱，與分泌物的腥味，卻不反對將平民住宅稱作貧民窟。在她戰戰兢兢的腦袋裡，窮人是一種有限的配額，假如有人需要這個位置，她是很樂意出讓的。彷彿只要指著遠處說，「不在這，在貧民窟那邊」，自己就可以拾階而上，升格為有錢人。

她指的遠方，在別人眼中，根本就是旁邊而已。但是她絕不會說，「我就住在貧民窟那一帶」，就像某些蕨類並不認為自己，其實也是苔蘚。

殊殊她媽跟所有的鄰居一樣善妒，一樣幸災樂禍，喜歡聽取別人家的哭鬧聲，講述別人的悽情慘事。譬如斜對面那家姓張的二女兒，被父親毒打一頓之後已經消失七天，大概是墮胎去了。——就算實情不是這樣，她也要把故事說成這樣，彷彿「未婚懷孕」是某種限量發行的標籤，一旦黏上別人，自己的那份就會自動失效。

殊殊她媽始終沒有搞懂，只有表彰權力與榮耀的徽章才是限量的。榮譽是一種排除的遊戲，屈辱並不。財富是壟斷的，貧窮並不。

最近，街區裡最風行的故事，是貧民窟裡那個死了一半的老小姐。據說她腐爛的背已經跟床板黏在一起，剩下的一口氣不夠她呼救，也不夠她求死，像一具醒著的屍體，靜靜地餵養著背裡的蟲卵，直到幼蛆長成蒼蠅，在封閉的房間裡嗡嗡地撞出噪音……

救護車趕到的時候，貧民窟門口圍滿了觀眾。有人說，救護員捨棄了擔架，把老小姐滑進屍袋裡去，以免她那滴著血水與腐汁的身體，再一次黏住擔架上的帆布。有人目睹醫生吐暈過去，於是斷言：老小姐之所以被裝進屍袋，是為了空出擔架，搬運昏倒的醫生。

傍晚的熱風傳送著人們的閒言閒語。圍觀者一言一語咀嚼著她的哀傷，在回憶裡還給她一張漂亮的臉、富有的家世、挺拔的未婚夫，以便搖著頭說「可惜，可惜」。慈悲的空氣底下，浮動著一股興奮的安慰之情。

2

那人是個跛子，左腿缺了半截，卻堅持跨過兩個街區，撐著拐杖閃避汽車，跳過雷雨後的積水與坑洞，光顧殊殊所在的雜貨店。如此不辭勞苦，浪費時間與汗水，為的當然不是一瓶養樂多。

他是來這裡追求幸福的。

像他這樣一個又窮又臭的老東西，在女孩透明的手臂之外，是找不到其他的幸福的。

難得有這樣一雙，近乎空白的手臂，未經色情的馴養，也還沒被禮教浸透，在世俗的色澤之外赤裸著，無知亦無不知，無欲亦無抵抗。戒心還是有的，卻也沒少掉天賦的好奇心，衣不蔽體亂蹲亂坐，一身的赤野，天生的獵物。

而且便宜。

養樂多一瓶三塊半，他給五塊，利用找回一塊半的瞬間，接住女孩的手。他偷偷摸摸地接住，接住，接住就不放開。在一塊半掀開的、隱晦如窗簾的空間裡面，偷偷摸摸。

他在殊殊軟綿綿的掌心之中，享用陌生人的體溫，幾乎是心懷感謝的，送給她一個又一個小東西。幾顆彈珠，幾張紙牌，工地裡摔裂的磁磚，唱詩班下課後扯下的彩帶。

殊殊跟所有小孩一樣享受聚斂，將美麗而無用的垃圾當作寶貝：一截還沒用完的黃色粉筆，頭戴橡皮擦的半枝鉛筆，彩色的糖果紙，出油的駱駝貼紙，一張印有芭蕾舞女的書籤，嗆著腥重的香水味。

她把這些寶貝收進餅乾盒裡，睡前一一點名、道晚安，像一隻富足的鳥雀，巡視自己從外面啣來的枝枝葉葉。那些漂亮的廢物，躺在生鏽的鐵盒子裡，執拗地表現著過時的風采，像一則又一則褪色的夢想。

殊殊是這樣將自己的手交出去，再收回來，給出一點不知名的東西，再拿回一點不值錢的東西。假如她不怪罪那人，鄰居們會說，這女孩是自找的，或者說，一切都是女孩她媽的錯。誰叫她媽還沒結婚，就生了小孩。

3

殊殊怕貓，怕暗地裡纏綿的哭叫，棄嬰似的，彷彿連鬼都不要。

她怕貓如同棄子害怕自己的身世，如罪人害怕自己的祕密。她深受貓咪吸引。

這天下午，她又聽見了貓哭，愈是摀住耳朵不聽，愈是淪陷其中，終究還是放棄了抵抗，溜出店家，穿過發邊的柏油路面，往貧民窟的方向跑去，心裡牽掛著午睡的母親，還有香菸櫃底下小抽屜內、來不及收好的幾張鈔票。

真是沒有責任感哪……殊殊還沒罵完自己，就被貓聲奇異的變化分了心。一個尖銳的高音驟然墜落，拖曳在地，昏倦如死，彷彿不是聲音而是，聲音的殘餘。兩秒鐘的停頓之後，忽而又高亢起來，哭喊，呻吟，神志不清。

假如那聲音表現的不是痛苦，會是什麼？假如那是痛苦，則殊殊以為自己可以結束那痛苦。她追逐貓咪的表情，像在追逐一樁晦暗不明的祕密。

出於孩童慣有的好奇，與好奇衍生的破壞力，她扯下路邊的花，吸了蕊心的蜜，又踢翻垃圾桶，踩死了幾隻散逃的蟑螂。當她聽見蟑螂的身體破裂、那又飽又脆的爆炸聲，恍惚間她記起以前。以前，彷彿不是太久以前，有誰養的貓咪生了孩子，而那幾隻小貓好像，好像，才剛出生就死了。她記得自己曾經親眼看見，她覺得自己踩在不斷重複的夢境裡邊。

翻倒的垃圾桶旁，高高低低站了一排儲存餿水的塑膠桶，沿著灰泥牆往貧民窟的方向延伸，停了三輛垃圾車。貓咪的叫聲，是從垃圾車那頭的草叢裡傳出來的。

殊殊追到貓哭邊緣，追到故事與真相的邊緣，卻在真相的幾步之外停了下來。也許她害怕看清她渴望看清的，也許她敬畏那不該看見的。這時貓咪像是受了天打雷劈，叫得如火如荼，令殊殊分不清楚那究竟是撤除了戒心的呼喚，還是淒厲的嚇阻。

也許她敬畏那不該看見的，也許她害怕看清她渴望看清的。她小小的腦袋進行了生平第一次複雜的思考，決定放棄，停止對貓哭的追究與探問，把貓咪的事情留歸貓族，不去驚動牠的快樂，也不去驚動牠的痛苦。

如此明明白白將自己拒於事外，反而心安理得，轉身要回家的時候，卻像得到一份補償似的，遇見另一隻貓。

是一隻茶色的胖貓，在圍牆的高處停頓著。牠昂起精緻的臉，走了幾步，再高高跳上牆邊的樹頭，將殊殊的頸子折成仰慕的角度。

殊殊張大眼睛追著牠，身體也追逐著跑了起來，穿過一截馬路，來到貧民窟對面的博愛院。

博愛院一反平日大門深鎖的習慣，敞開厚重的鐵門，展示一座比真人更高更壯碩的銅像，預告十月的慶典。月初替國家慶生，月底紀念統治者的冥誕。這個統治者死還不夠久，銅像嶄新得恰到好處，足夠累積未來半世紀的塵灰、與自由的鳥糞。

跟所有的獨裁者一樣，統治者死後依舊進行著他的統治。這裡的退伍老兵維持著軍中的習慣，每日升旗降旗呼口號，為銅像淨身打蠟三鞠躬，每門每戶都插了旗子掛了肖像，將寄身養老的院落妝點成一座寺廟，以一種未亡人的心情，崇敬著未亡的國家，以腐而不爛的忠誠，向統治者獻上秩序。

殊殊追著貓咪，闖進為統治者精心剪裁過的、必恭必敬的樹林，在圓的方的動物狀的樹叢當中迷了路，跟丟了貓咪，卻見到那個人，遠遠的向她招手。

4

那人的房間，是由一間房剁成兩半，再剁成兩半的。長寬都只剩一半。侷促間，彷彿連天花板也被拉得矮了一截。小小一格窗，擋去了大片的陽光。鐵架上搭了木板就算一張床，像是給犯人睡的，潦草的把房間變成一格囚室，拘留著一個被歷史綁架的人。

床底塞滿了一堆又一堆用剩的、撿來的東西：等著修理後轉賣的、賣不出去的、缺了一葉的電扇、斷臂的鍋、漏水的壺，用過但不知用乾了沒有的電池、泡過水的燈泡、發霉的收音機、壞掉的鐘。——這房間就像一只壞掉的鐘，無聲無響地弄丟了一大片時間、一大片的人生。一屋子屯積，屯積，屯積著匱乏，擺得沒有餘地。

可坐。

殊殊進了門，只顧呆站著，不僅因為小孩不懂作客之道，也因為她小小的身軀其實無處

所有的空間都不得空閒。

唯一的凳子上，晾著滴水的汗衫。狹小的白鐵桌上，擠著剩下的飯菜。床板上除了被單、衣褲與毛巾，還盤據著幾個鐵罐與塑膠袋。罐子裡有的裝錢，有的裝鹽，有的裝酒。袋子裡有的裝藥，有的裝襪子，有的裝饅頭。

坐呀。

那個人說，坐呀。一面收起汗衫，把凳子擦乾。

然而這房間還真是、真是沒空啊，沒有可以叫做「空間」的地方。連牆上都糊滿報紙，覆蓋水痕與霉漬，抵擋不斷剝落的油漆。

即便空氣也是擁擠的，擠撞著樟腦、髮油，與漂白水的氣味。

一屋子清潔過度的空氣裡面，稠滯著某種陳腐的怪味。

漂白水底下，浮動著疫病的氣息。

髮油底下沾黏著，皮屑酸朽的氣味。

在那不留餘地的房間當中，不留餘地的床鋪上面，逼擠著一個沒有餘地的人生。這副人生沒剩多少轉圜的空間，也沒剩多少時間。他沒有時間等待、遲疑，沒有時間感到羞恥，逕直掏出四角褲裡那一根、與獨居的晚年同等寂寞的陰莖。

悶熱的下午四點，蟬聲沸騰。

殊殊看著那東西脹大，立起，彷彿有自己的呼吸。那呼吸充飽了整個房間。

妹妹妳要不要摸摸看？

他問。

悶熱的下午四點，零分十三秒。屋裡的鐘是壞的，無從計算與陰莖同步甦醒的時間。

殊殊並未猶豫太久，大膽伸出好奇的指尖，輕輕點一下，那東西就脹一下，再縮一下。

那東西長得很怪，底下的毛髮也捲得很怪，令她感到有些害怕，卻也正是因為害怕，她要再試一下，再玩一下，看看自己怕的究竟是什麼。

殊殊的膽子正好，比恐懼多出一點點。

當殊殊縱容自己孩童的冒險，釋放出第二、第三根手指，摸起那東西，老人像是放棄什麼似的，自喉底發出一陣低低的哀哭。雖然他的恐懼，比他的寂寞更立體，但是他不管了，他再也管不了自己了。

他要殊殊握握看，殊殊就握了，就像接受一個陌生的玩具。

她只是握著，並不動，感覺老人的下腹一起一伏，粗重的鼻息像麻繩，摩擦著周圍的空氣。

那陰莖無法勃起到底，反而更像一隻活體。掙扎著起身，剛要站起來，卻又累壞似的疲軟下來。傾頹至躺下以前，又緩緩呼吸，振作，用力爬起來。

老人以高亢的情緒鼓動著自己、與那腫脹的肉器。殊殊的手還在、還沒離開，但她的不耐煩已經傳到指尖，老人覺得女孩要放手了，趕忙抓起床腳的鐵罐，對著她工作中的小手，淋上厚厚的沙拉油。

這罐油擺了很久，老而稠膩，在熱烘烘的下午四點，四分零三秒，抽送出一股熱烘烘的、不新鮮的味道，阻塞了殊殊的嗅覺，卻加快了陰莖的勃大起伏。

一陣涼風顫動了小小的窗格，有細沙自門底的裂縫掃進來。

他得到的不是高潮而是，高潮剩下的東西。卻依舊感動得哭泣。

只是，他的眼睛跟他的陰莖一樣，荒枯太久，只能燥燥的發著高熱，流不出什麼東西。

5

當殊殊跟媽媽抱怨老人，她只是覺得煩，覺得煩而已。

那種煩，就像門戶洞開的雜貨店，被野狗可憐兮兮眼睛纏得浮躁不安。

（那些徘徊不去的野狗，總是能夠詭詐地、以鍥而不捨的耐心，自殊殊的飯碗中榨取一塊排骨。還有那來歷不明的流浪漢，豎起顫抖的食指與中指，做出夾菸的手勢，對著指縫用力吸吐，索討幾枝散裝的長壽菸。）

當殊殊跟媽媽提起老人對她做的、與她對老人做的那些事，她只是嫌他煩，嫌他煩而已。煩的感覺，以六歲的話語表達，成了「討厭」。

「除了討厭呢？」媽媽叫來的大人追問著。

或許還有一點想吐的感覺吧。殊殊想起那個小房間裡、消毒水又苦又嗆的味道、穿牆透壁的黴菌、脂肪般黏熱的沙拉油。就像走進一家不潔的餐廳。

「別怕，」媽媽叫來的大人說，「這不是妳的錯。」

殊殊並不害怕，但是她找不到反駁的話。

除了害怕，殊殊還感覺到大人們需要她，表現出其他的感受，創傷的感受。

她媽幫她洗澡洗得好用力，洗得她皮膚都腫了，還用酒精擦她全身，令她覺得那不是洗澡，是在洗她。

內衣內褲全扔了。陌生人拿著紙筆問她問題，調查她的情緒。

「這不是妳的錯。」他們一邊說，一邊期望看見她難過、傷心的表情，於是她難過傷心，為自己必須難過傷心而難過傷心。她被弄得真的哭了出來，令大人們更加確信，她受到嚴重的傷害。

殊殊為必須表現受害而受害。受害者的責任是指控、降罪。指認加害者，承認自己受了罪，以免成為罪人。

殊殊說不出老人的名字，也說不清他住在哪裡。但是她說出養樂多時間，交出他送的那一盒破爛。

陌生人接下破爛盒子，一邊翻看一邊囑咐，「這不是妳的錯，」令殊殊更加確信自己，一定做錯了什麼。

日後，殊殊在記憶裡反覆回到那天傍晚……

雜貨店門口人聲嘈雜，像個堆滿是非的小碼頭，有海鳥盯著發臭的魚肉。

媽媽一見那個人走近店面，舉起關門用的鐵勾作勢要打，一旁看熱鬧的鄰居卻搶先出手，奪下那人的拐杖，捶打路邊的水溝蓋。

忽而揚起一陣風沙，凍結了這場凌亂的暴動。——是雜貨店背後的那座小山，被人砍掉樹林，挖石、採砂、蓋公寓，狠狠禿了一大片，一陣大風就是一筆狂沙。

風沙一停，眾人揉揉眼睛，重新投入這場小型的暴動。媽媽扔掉鐵勾，換成掃把，放心而肆意地、全力撲打起來。旁觀者加入拖鞋、畚箕、曬衣棍、空酒罐，滿口詛咒圍剿著、這骯髒的老東西。

纏打著老人的眾人當中，有個落魄的失業人，是隔壁小姊姊阿津的父親，大學新聞系畢業，街區裡學歷最高的一個，廣播電台招募記者，他筆試第一，口試被刷了下來。國語不標準，不能報新聞。考電視同樣榜首，也為同樣的理由失掉工作。

「很抱歉，你的台灣國語，實在，實在，很嚴重。」

「很嚴重？」

「你自己不知道嗎？」彷彿他們正在談論一種疾病，而生病的人理當了解自己的病。

他原本以為自己會得到一個修飾過的、迂迴的拒絕，由一張吞吞吐吐的嘴給出一份怯懦的解釋。但是不。對方絲毫不以自己的意見為恥，那樣無愧於心理直氣壯，令他無從抗辯。就像一個人拒絕你的追求，直說「因為你太醜」而不說「我們不適合」，你就只能怪自己太不知醜。

要知道，「醜陋」的定義權，從來不屬於被定義的那一方。於是他封起嘴巴，不再動用他難聽的台灣國語，為自己爭辯一個字。

但是他敗得多不甘心哪。那一整年下班後的苦讀，成就的盡是一片虧損。

那欺凌他的，是他難以言說也不敢公然挑釁的力量，於是他轉而苛責自己，勤苦地矯正自己。他模糊地知道公道是討不回的，那代價太過高昂，他負擔不起，還是屈從比較簡單。

他成為一個酷吏般的父親、憤世嫉俗的鄰居，宰殺自己不成，整個人便以黴菌啃噬一顆橘子的速度、靜靜地腐化了，並且在這樣的腐化之中，遇見了一隻替罪的羊。

於是殊殊看見了：在那纏打著老人的人群當中，事不關己的一個打得最凶。

他抓著一支與他人生同樣滿是瘡孔的破傘，充當刺刀與棍棒，激烈地討伐、戰鬥。

混亂中，媽媽喊著殊殊，叫她回去，回到店裡面去。

但殊殊感覺自己的腳抓不到地，無法移動。

母親再叫一聲，殊殊還是不動，彷彿有誰把地面抽空了，留下稠狀的時間。

時間發稠，跟殊殊一樣不肯移動，於是有人插手了，扣住殊殊的肩，將她往店裡推。那雙手煩躁的推撞著，那推撞令殊殊感覺像是一種攻訐，彷彿他並不打算將殊殊送往任何一個柔軟的房間，而是要將她關進濕暗的廁所。骯髒的羞恥之地。

破碎的夕陽當中，有一團固執的紅，像一張不死的嘴。任憑黑暗團團擠壓層層淹覆，那不死的依舊不放棄。——不放棄的除了美麗，還有別的。譬如黑暗。不放棄的除了黑暗，還有月光，星光，人的眼睛。於是殊殊看見了，在日夜交疊的地平線上，同一片時空當中，並存了星星、月亮、與太陽。它們為彼此收斂了光線，因而顯得更加完整，不必流汗也不必顫抖，輕輕抬起整座天空。

「月亮都出來了，妳的功課寫完了沒呀？」

殊殊抵抗著那雙大手的推撞，感覺太陽公公溫柔地問候自己。

「還沒啦，」殊殊聽見月亮對太陽說，「你都還沒下山呢！」

陽光溢出了日夜的秩序，溢出是非與黑白的秩序，說了幾句安慰的話，令殊殊敢於轉過頭，停下來，以目光撫恤那挨打的人。

那人跌坐在地，顫動著嘴巴，像在回憶什麼，又像在申辯著什麼。

假如殊殊（一如大人所期望的）應該感到害怕，則她最感害怕的，無非此時此刻。那股自胃部抽升而上的感覺，除了害怕，還有恐慌，一種道德恐慌——假如她不怪罪那人，則鄰居們會說，是這女孩自找的，自找的。

6

殊殊明明在睡，卻張著眼睛，走出屋外。

才剛走進月光就停下腳步，無法再跨出半步。

有東西擋住了她。

只是一個小小的東西，占去一塊小小的路面，殊殊可以繞過它，跨過它，不看它，繼續向前，跟著時間往前走，或走到時間前面。

然而殊殊沒辦法，沒法跨越那個小東西。

是一隻貓，漂浮在一只袋子裡。

那是一只透明的塑膠袋，絲毫不受重力拖累，穩穩的定住，像一個大碗般張開袋口，抵擋時間拉扯下墜的力量。彷彿有一隻看不見的手，護著它不讓它垮下。

一個不會垮掉的塑膠袋，盛著一隻貓，像盛著一顆湯餃。

小貓剛剛脫胎，濕答答的眼睛裹在胎膜底下。倘若牠正在流淚，也沒人看得出來。載著貓的水是紅的。初生的雛貓，浮在新鮮的血裡。

殊殊憑直覺便認出那種血，是從女人體內流出的血。那不是男人流得出的血，那種味道。性的味道。女性的味道。關於月經、分娩，以及，最年少的一次性交。

那最最甜美新鮮，因而也最容易敗壞的。她的血。她的貓。她最初的冒險。

殊殊醒了。經痛而醒。下腹一陣收縮，記憶隨經血流出。

她分不清把自己弄醒的，是隨血水流出的痙攣，還是夢裡那隻、浮在血裡的小貓。

殊殊十八歲了，正在等聯考放榜，整個人懶呼呼的泡在暑假悠長的午睡裡，不急著起床清理，那些，遺漏在床單上的血跡。

她看著從氣窗注射進來的光束，回想公車上遇見的那個人。

光束裡的世界透明安靜，令浮塵看起來格外的焦躁不安。

她乾乾淨淨的一顆心，越是往乾淨透明的安靜裡去，越是聽見浮塵騷亂的摩擦。

7

那是前天的事情。殊殊搭公車回家，從起站坐到底站，自縣境出發，越過縣市交界那條越來越臭的溪水，再繞過城市的心臟，回到城市另一邊、直腸與尿道那邊，從木板隔間的頂樓加蓋，回到那雖說有個門口、卻從來無門可關的老家。

殊殊她媽一個人，守著那間小小的店面，任女兒去追尋自己的一間、得以關起門來的房間，因為殊殊再也關不住那越來越趨強烈的、對門的嚮往，總是躲到別人家門後，玩關門的遊戲；把自己捲進窗簾裡，玩躲避的遊戲；裹進被單裡，玩消失的遊戲；抱著棉被爬進紙箱，玩幸福的遊戲；埋身於工地的沙堆底下，玩下葬的遊戲。

公車粗聲粗氣拖行在午後的暴雨中，封存了滿滿一車腥雨的苦臭。

這一路真是長啊。殊殊下腹微微抽痛，到家時衛生棉已經滿了。

「天要下紅雨囉，」媽媽說，「妳還記得小時候那個季叔叔嗎？後來去跑船的那個？」媽媽吸一口菸，吐一口霧，「他居然寫了一封信給我，說他一直記得我借給他的五萬塊，問我帳號，說要還錢給我。」

「老天真的要下紅雨囉，」媽媽再吸一口菸，「唉，他居然還記得我的地址。」

殊殊並沒有糾正她媽：抽菸要以手就嘴，不是派嘴去找菸，這樣僵著脖子繃緊下巴鎖住鼻息，吐出一團渙散的穢氣而非集中的煙束，不但做作，而且笨拙。想學抽菸的壞，卻讓壞的人笑乖，真是划不來。——那麼現實的一個女人，竟然，曾經，將積蓄奉獻給愛情。

回程搭同一路公車，雨剛停，人們散落在空蕩的座椅之間，露出乘客特有的、漠然的疲態。

一個男孩從瞌睡中醒來。「媽！什麼東西這麼臭？」他的聲音跟他的天真一樣洪亮。

「小聲一點。」媽媽低聲壓制著男孩的意見。

「好臭！臭死了！」男孩皺起寬寬的鼻子：「有人踩到大便了啦！」

「小聲一點，沒禮貌！」媽媽的聲音壓得更低，然而一車子的安靜都在偷聽。

「亂講！」男孩的妹妹說，「是臭豆腐啦，有人在吃臭豆腐啦！」

女孩深深吸了一口氣，閉起眼睛陶醉著，「這是我聞過最香的東西了。」

童言童語攪動了濕熱的空氣，卻沒有驚動任何人——陌生人在公車上隔著座位大聲議論的時代，已經過去了——除了那兩個孩子，所有的乘客都知道，味道是從倒數第二排傳出來的。

是一個老人。嘴巴不停動著，彷彿在嚼食空氣，卻依舊動用了殘存的理性，將自言自語收在喉嚨裡面。像一尾待宰的魚，密集地掀動著腮幫，瞪著眼睛，突然一陣抽搐，扭動了尾鰭。「苦啊！好苦啊！」一句話衝口而出，老人嚇到了自己，馬上閉起嘴巴。車行一站，嘴巴鬆開，又喃喃念了起來。

他身上那件運動衣，彷彿是從遙遠的過去、向一個無憂無慮的少年借來的。胸口縫了一隻唐老鴨，歡闊地張開橘色的嘴，吸著汽水。腹部橫著一片海洋，母鴨母狗一個個穿著比基尼，睫毛一束一束翹上額頭，躺在橡皮艇上。

然而還沒完呢。在這件嘈雜的衣服上面，堆積著無數的白色碎片。再也沒有比這久經堆積的頭皮屑更骯髒的白色了——殊殊站立的位置，恰巧挨著老人，她專注於眼前這豐饒到近乎華麗的醜陋，無法移開自己的眼睛。

她看見他忙碌的手指，在塑膠袋裡窸窸窣窣，整理著一包又一包吃剩的食物。

猛然間一個煞車，老邁的引擎承受不住，公車心臟痳痺，斷了氣。

這突兀的靜止驚動了老人，他眨眨眼皮，緩緩轉動頭顱，面向殊殊。

他的目光穿過殊殊，遠遠落在殊殊身後，彷彿眼前並沒有人。

他沒看見殊殊，然而殊殊看見了，看見他分秒不歇、碎碎念念的嘴，把眼眶熬成發燙的紅色。他沒認出殊殊，但殊殊一眼就認出了他。

她以為自己已經忘了過去，過去卻不曾將她遺忘。

8

殊殊跟著他下了車，一路尾隨。

他走進一個兼賣檳榔的小店，一聲不問便坐上店裡的椅子。店主絲毫不以為意，彷彿那把椅子與老人本是舊識，彷彿那不是一張椅子而是一隻大狗。

老人不買東西，只是坐著，坐在店裡分享人間的蕭索，以及電視機裡重播的台語劇，縱然他聽懂的沒有幾句。

他將黃昏前的這一點時間，寄存於這個孤僻的小店，殊殊則為了潛入他的時間，將自己寄放在店門外的冰果攤，隨便點了一碗冰，上面淋著黑色的糖水，灑了彩色的軟糖。

她沒吃幾口便放下湯匙，帶著一種對自己的嶄新認識：她變了，變得在乎衛不衛生、好不好吃、有沒有色素，不像小時候，一切彩色的都是快樂，一切甜甜的都是美味。她發現那些豔色斑斕的糖果，疲軟中帶著一種難以消化的硬，跟橡皮筋一樣越嚼越毒，不可吞食。

賣檳榔的男子臉上沒有喜怒，任憑電視劇裡的人性誇張起伏，他兀自面無表情地捲著檳榔，彷彿那電視並非一台可以關閉的機器，而是一個生病的親人、或發瘋的鄰居，他忍受經年已經習慣了。只有在大聲接起電話的時候，才洩露了一點人性，邊笑邊罵幹你娘。掛了電話，像是忽然記起什麼似的，遞給老人一枝菸，再為自己點燃一枝。依舊，沒跟老人交換一句話。

蒼蠅徘徊不去，一隻野貓賴在牆角的涼蔭裡。有個女人擺著攤子，販賣自己編製的髮夾。那些由塑膠花裝飾的髮夾，有一種被太陽曬褪了的狼狽神色，好像已經等待了很久很久。

一個看似她女兒的小孩蹲坐在地，數著鐵盒裡的紙牌與彈珠，小小的臉上，有一種清算財產才有的認真。

夏天呼著熱氣，消化碗裡的碎冰，殊殊拿起湯匙，翻弄著一粒粒塑膠般的軟糖。——有些美味是一去不返的，即使面對分毫不差的顏色、氣味，也無從再經歷一次同樣的滋味了。——童年的事物與殊殊之間，隔著厚重的時間，剩下的是對美味的回憶，與融化的糖水。

然而僅僅是這份記憶也足夠她，了解眼前這個小女孩。她自己的那個鐵盒，至今還躺在雜貨店老家、某個鏽到拉不開的抽屜裡面。那張她怎麼也捨不得撕開的貼紙上面，手持魔棒的仙子，恐怕已經又老又皺，油滋滋的冒出死水了。

新的玩具取代了舊的，殊殊掏出書包裡的香菸，吸了起來，一邊吞吐時間，一邊將菸灰彈落，在融化的糖水裡面。

兩根菸的時間過後，老人起身準備要走，沉默的檳榔男子終於，終於，開口說了一句：下禮拜我要回雲林，這裡不開。他講得那樣漫不經心，其實深怕老人聽不懂，以台語講過一遍，又用國語交代了一遍。

9

舊時的平民住宅後方，一百多公尺外的山腳下，棲息著一群進不了或受不了平民住宅的人。整排的鐵皮寮相應而生，沿著山壁搭起來，一格吻著一格，相互安慰著。那一個個應該被稱作「門口」的地方，有的根本沒有門，有的歪斜著一片半死不活的木板，恍若一處處傷口，曝曬在人間。老人現今的住所就在其中。

鐵皮寮旁邊，一棵兩百歲的荔枝樹下，終年駐紮著一頂帳篷，住著另一個不老的男子。年紀是老的年紀，該有六七十了，然而胸肌起伏，臂力飽滿，一肩就能扛起一張桌子。這人有一頭澎湃的鬈髮，灰白中燃燒著紅豔的底色，據說祖先是個荷蘭來的醫生。

他的嘴巴很忙，不時咒罵著。因為瘋狂或者癡傻，他遺落了歲月，咒罵中自有一股青春。罵累了就唱歌，有時台語，有時日語，由於長大後不曾學會任何一首新歌，他老舊的聲帶裡，記得的盡是童謠。

除了帳篷，他還擁有一輛不斷殘障不斷修復再不斷殘障的三輪車，那是他心愛的鐵馬，載著他四處拾荒。

那棵兩百歲的荔枝樹，在此刻，當下，生命最衰朽的時分，長出了鮮嫩的新花。它坎坷的樹皮上，有發炎腐爛的瘡，百年來，這裡發生過無數蟲蟻的戰爭，無數的再生與死亡。終於，在停止開花百年之後，這棵兩百歲的樹，冒出纖緻如嬰的荔枝花。

花開當下，亦是拾荒人的當下（每一個我們認知的當下，都必然是人生最晚最後最來不及的一瞬），他驚心動魄地發現自己，總是驚心動魄地等待某個女人經過，渴望送她禮物，見她笑。

女人移動著一隻跛腳，養著一隻栓著領帶的大狗，在另一頭拾荒。他騎著心愛的鐵馬追上去，送給她一把老虎鉗子，「全新的，連包裝都沒拆，」他說，「今天最好的一塊貨，店裡要賣三百多。」女人輕輕皺起她洗不掉的紋眉，重重問一聲幹嘛送我。他說，我願意把我的地盤也送給妳。

慈悲的樹鬚，拂過腥涼的午後，將樹葉摩擦的聲響，送進愛人竊竊私語的耳朵，也將暖烘烘的荔香飄送到遠處，給正在焚香祝禱的、殊殊正跟蹤的這個老人。

鐵皮寮背面，山坡上亂墳滿地，每隔兩週都遷來一個新的死人。老人總是遠遠跟著送葬的隊伍，像個不名譽的子孫似的，收拾喪家留下的滿地花束，再以十朵六塊錢的價格，賣給另一個殯葬業者。

他喜歡本省人的葬禮，沸騰般吵吵鬧鬧的，多好啊，就像有好多子孫一樣。即便是穿心刺腦的嗩吶聲，在他聽來也是活潑可愛的。還有那孝女白琴，發神經似的糾纏著擴音器，痙攣般的哭號，再怎麼虛假，總歸是人的聲音。

跟葬禮比起來，死亡吵多了。太吵了。戰場上皮肉綻裂的聲響，斷肢焚燒的氣味，血噴發的速度。他將耳朵抵在同伴的下顎，輕輕一動便扯脫了他的肩膀，聽他嘶叫著「我不要死」，彷彿他真能救他似的。同伴持續哀號直到斷氣，他捧著破碎的屍身，恍惚中啃了一口，滿嘴血淋淋。

他連自己都不知被丟到哪去了，哪還能救得了誰呢？

老人焚香祝禱，向亡者請願，索取花束，再將賣花所得的錢，全都拿去買了冥鈔，自己燒給自己，為身後的鬼日子募款存錢。在紫紅色的向晚時分，背對哀豔的天色，守在為自己預購的墳邊，一邊燒著冥鈔，一邊喊自己的名。

10

殊殊找上門的那天，老人躺在床上。他不知道自己得了白內障，只覺得路面起伏，陽光剝開花與霧。他在一種異樣的清醒下一腳一步，撿拾鬼月裡流落墳間的花束，然後，在一種豐收的恍惚中，摔進一個待掩的空墳。他昏了大概有一分鐘或一小時，也許更久，也許更短，或者比久更久，比短還短，就像死了一樣，記得的盡是遺忘。

殊殊一踏進他的屋子，胃裡便起了烏雲。

記憶絞緊了，像一條潮濕的抹布，擠出幾滴餿暗的舊水。——那些牆上，竟然，跟小時候一樣，糊滿一層又一層的舊報紙。她感覺自己遭到歷史的瞪視。過去黏在牆上，黏在這裡，彷彿帶著原有的時間與空間，一同遷移到此時此地。

「請問，你要吃飯嗎？」殊殊問老人，「你要吃飯嗎？我帶了便當。」

老人沒有回答。

殊殊謊稱自己是社工員，兩眼大膽巡邏著屋裡的一切，然而腳步怯生生的，怎麼也放不開。

室內窗簾委敗，食鹽發霉，一陣夏季的暴雨就滿是積水。陰溝的廢水漫溢，混淆了廁間。這屋子躺在自己的排泄物裡面。腥風掀動了成片的惡臭，釋出一團腐敗的香味。原來是門後的牆腳邊，堆了一束束喪花，是老人受傷後來不及賣掉的。花瓣潮濕，腥黑，已經成屍。

這些在葬禮中剝落了一層芬芳、未及讓下一場葬禮再剝一次便荒枯了的、死過兩次的花，給了殊殊一道緩衝，一個理由，讓她在老人以外的世界待久一點。

她將花束移到戶外，慢條斯理的分類，配色，搭砌，疊成塔形，再點燃一束小火，慢慢慢慢地燒了它。

花屍冒出焦香，在火燄裡滾滾翻動，著了火的花心在風中竄飛，燙上殊殊的耳朵。就要化成灰了，還是有野性的。

殊殊火化了所有的花，像是完成了某種儀式，掃除了一場疫病，足夠她再一次走進屋內，靠近那人的床。

你要吃飯嗎？

殊殊問：你要吃飯嗎？

不要。

那人說：我不想吃。

那，你需要什麼？

我，我要洗澡。

他說：可以幫我洗澡嗎？

他的手肘挫傷，額頭的破皮已經結痂，稀亂的眉毛沾了乾掉的血漬，像一對生病的羽翅。他很臭，他確實需要一趟熱水澡。殊殊一面煮水，一面在滿室的破銅爛鐵裡翻尋毛巾與肥皂。

他起身走了兩步就滲尿，衣服脫到一半便央求著，「我手痛，妳幫我脫，」浸到熱水裡，兩手隨便潑一潑，又遞出肥皂可憐兮兮地說，「妳幫我擦。」依然是舊日那個，賴皮賴到失禁的人。

歷史的折磨與生活的艱苦，沒有將他磨練成一個堅強誠實的人，一點也沒有。

殊殊覺得他真是猥褻，猥褻到令她不得不將自己的雙手當作一組性器。這麼多年過去了，她已經識得肉體的價值，知道自己除了雙手，還有大筆大筆的青春可以販賣。一個十八歲的少女，熟透了然而新鮮的肉體，她的每一寸肌膚，每一根毛髮，五官，聲音，風格，姿態，她分分毫毫的女人味，都有價格可供兌換。這其中最有價值的，是她的空白與無知，而世人最覺浪費的可能是，她竟然將其免費奉送，送給一個幼時糾纏過她的老東西。

她張開雙手，洗滌這副久違的身軀，勤快如社工，如看護，如僕役，而且沒戴手套，赤手抹除了他們之間的界線——施與受，施洗與受洗的界線。

他已經忘了，但是她記得。

她想清洗乾淨的，除了他或許還有自己。十二年前在他身上降下的那場刑罰，不是六歲的她同意的，或者說，她未曾抗辯就同意了，所以她自認虧負於他，負他一份跟那場刑罰等量的東西。

她為他按摩，推散皮肉之間、被死寂長久占據的硬塊。

她的手指到過哪裡，他的皮膚就醒到哪裡，舒適感匆匆流過，痠與痛立即跟了上來，滿足與匱乏循環接替，正反相生，令他找回歡喜，也找回哀傷，記起了時間，以及躲藏在時間夾層中的一段、遙遠的回憶：關於一件圓點小洋裝，蟬聲爆滿的夏日，一雙軟綿綿的手心。

「這裡也要，」他指指胯下，說，「這裡，這裡也要洗。」

「不行，」殊殊凶著臉說，「這裡你要自己洗，」邊說邊怕口說無憑似的，把毛巾塞給他。「你自己洗，乖！」

「我手痛，不會洗。」

「那就用另一隻手啊！」

「這隻也不行，這隻骨折。」

「少來了，這幾百年前的骨折早就好了。」

「沒有，還沒好……」他擺動錯位的腕關節，展示它崎嶇的角度，說，「這是以前被人家打的，一直好不了，有時候還是會痛。」

殊殊看得懂他的詭詐，然而那詭詐不關她的事，她只管把自己該還的那一點東西還給他。她用厚厚的肥皂對付那截肉莖，製造一堆泡沫掩藏自己的手，卻由於肥皂的潤澤，在那支肉莖上製造了誇張的甦醒。他懇求她用力一點，她就用力一點。他懇求她握住不動，她就握住不動。

那不是同情，只是了解。但假如同情就是了解，則殊殊並不反對「同情」這個辭。就像某個陌生人曾經告訴她的，「像我這樣的一個人，所能倚靠的，無非是，陌生人的好心。」這個陌生人名叫白蘭琪，是一部電影的女主角，她虛榮成癡，撒謊成性，然而她說的這句話是真的。

我所能倚靠的，無非陌生人的好心。白蘭琪這麼說。

老人說不出這種話，但他跟白蘭琪是一樣的。

殊殊也一樣。她看著這部電影，《欲望街車》，對著女主角白蘭琪說我也是、我也是。我能倚靠的，也是陌生人的好心。

老人要求躺上床去，殊殊不理。

他繼續求，殊殊還是不理。

他接著哀哀嗚嗚亂叫亂踢，簡直是在哭了，滿口說著我給妳錢，我給妳錢。

她罵了兩句，教訓孩子似的用毛巾打他幾下，再擦乾他的身體，幫助他在床上躺下。

黑暗降下一份莊嚴，讓猥褻顯得不那麼猥褻。她握住他，以一種生澀的節奏摩擦起來。他節制著自己難堪的身體，節制著，以免它忘情顛擺得不可收拾，才發現自己還留有羞恥之心。他兩腿間的皺褶，掙扎著放肆與收縮的表情，但殊殊看不見這些表情，也聽不見他的呻吟，直到她敢於張開眼睛注視的一刻，才看見他垂老的陰莖底下，已然不剩一根毛髮，像荒地裡一截受傷的樹，蒼涼中遺下的，竟是孩童般的無辜。

她掏出她僅有的一點、陌生人的好心，善待無辜，如對待一支年幼的、空白的陰莖，在那忽起忽落、不完整的勃起當中，尋獲一份陰柔。一種被沒收了攻擊性，軟弱到近乎困頓，喪失了衝刺感，屬於摩擦與擠壓的，老男人獨有的溫柔。像貓咪腳底的一塊肉掌，像小男孩腿間的一個軟囊。

她忽然就意識到了，一隻裹著胎膜的嚶嚶小貓，聽見牠細軟如毛的哭啼。

她張著眼作夢，看見夢裡那隻浮在血裡的小貓，再閉上眼睛，走進回憶的屋簷。她的手還沒離開老人這裡，恍惚間卻又已經移到另一個男孩那裡，兩支陰莖疊合起來，兩筆時間疊在一起，像一對失散的小貓，在夜市的垃圾堆裡相遇，遙遙對望起來。

11

她已忘記是哪個季節，只記得事情發生在「養樂多事件」之前。

鄰居哥哥家裡的貓要生了。哥哥沒有媽媽而她沒有爸爸，這讓他們成為彼此最好的玩伴。玩結婚的遊戲，女生上男生的床。

除了貓，哥哥家裡還養了兔子，烏龜，松鼠。還有一隻受傷的鷹，是從他爸的計程車輪底下搶救出來的。一種一隻，孤獨得像個棄子，關在生鏽的鐵籠裡，晴天曝曬於花台，雨天晾在屋簷下，就像他爸，在計程車裡餐風露宿，在這不像樣的人生裡漸漸走樣。松鼠的尾巴拖在地上，頹喪如死。老鷹羽毛掉落，放出籠子也不飛。他爸出車一趟兩天才回，拚命賺錢像在自殺。

唯貓咪擁有特權，直來直往，穿梭於朽木凋敗的家門、紗網破裂的矮窗。貓咪出外遊蕩，打架，撒野，撒歡。懷了孕，才知道牠是母的。

子宮收縮，記憶剝落，帶著輕微的疼痛。

祕密像血，流出來……母貓在分娩，已經生出一隻了，哥哥拉著她的手，帶她進了他的家。

母貓嘶叫著像在哀求，驚醒了窗簾上陳舊的月色。空氣中滿是刮痕，彷彿被貓爪用力劃過。貓身起了暴動，自己扭打著自己，把餐桌上剩菜的腥味也搗碎了。胎水肆溢，摻著淡淡的血腥，第二隻出來了，接著是第三隻，黏黏的空氣底下，稠滯著一種動物性的、狂歡的氣息，震動了兩個小孩。

一個問：動物為什麼會生小孩？

另一個反問：那大人呢？大人為什麼會生小孩？

一個說：你看過爸爸媽媽半夜玩的遊戲嗎？

另一個：我又沒有爸爸。

一個再說：那一定是一種很好玩的遊戲，我爸和我媽玩過以後都好高興，連吵架都在笑。

——你媽不是跑了嗎？

——我是說以前，我爸和我媽還玩那個遊戲的時候。那時候，每次我聽見半夜的洗澡聲，就知道他們還是相愛的，覺得很安心。

子宮收縮，記憶剝落，帶著輕微的疼痛。

祕密像血，流出來。殊殊起身檢查月經，換了一塊新的棉。

這一晚像一筆花不掉的錢，她手中沒有大鈔，只有一堆面額一塊五塊的舊銅板，供她一次一點點，一點點，兌換細碎的小東西。

她無法一次出手就大筆出清她的回憶。回憶自有它的強制性。這一晚的時間，她只能慢慢花用，小心翼翼，帶著赤裸的羞澀，一次一點，緩慢地，兌現她的記憶。

她記得哥哥穿的吊帶褲，上面有一隻米老鼠，米老鼠的鼻子突出來，捏一下就叫一聲，逗得她呵呵笑。這種遊戲風格，於今已成低級趣味，在當年卻是不折不扣的高級品。美國進口的，哥哥告訴她，他母親偷偷回家，強迫灌毒似的在他嘴裡塞滿巧克力，送一大堆昂貴的禮物，彷彿這些東西的價格，與她的母愛之間，存在著對價的關係。——這表示媽媽決心要走了，而且不打算帶他一起走。他媽抱著他亂親亂啃，簡直是在舔他了，像一隻母獸。他忍耐著那些冗長的吻、潮濕的舔舐，親暱過頭以至於假的、絕望的擁抱。他知道那是最後一次了。

他翻出媽媽遺留的香水，灑在客廳的長椅上，要殊殊躺上去，玩大人的遊戲。衣服脫掉，內褲脫掉，身體面對面疊起來，扭動屁股，就像騎木馬一樣。

哥哥六歲的手吸附著她五歲的胸，她伸出五歲的手握著他六歲的莖囊，三歲的母貓還在受難，激動的嘶叫近乎狂喜，時而哀豔低迴，恍恍惚惚。哥哥跟著貓聲學著貓叫，殊殊有樣學樣，卻比哥哥更有貓樣。玩了一陣只覺得累，不知道這遊戲的重點在哪，這樣對遊戲一無所知的在其中翻滾擺盪，很快就要變成無聊了。

翻身，換班，換殊殊在上，搖晃想像中的木馬，在空洞的搖晃之中，加入擠壓與摩擦，加入故事與歌唱。平常她是這樣騎木馬的，這騎法總是挨罵。

正當她疲困地準備放棄這場遊戲，驟然間一個滑動，她忽就抓到了重點。哥哥在她底下循循地融入節奏，忘記眼睛也忘了嘴巴，一陣顫抖之後，發出自己不曾發出的聲音。那聲音並非出於對貓咪的模仿而是，自己的聲音。自己的，不由自主的聲音。幾乎同時，姝姝也發現了全新的、屬於自己的聲音。男孩與女孩，在遊戲中提前習得那不該習得的，成為一對男女。暫時的男女。

黑夜像一團腫塊，壓迫姝姝的睡眠。

月光出現，溶去腫塊的上半部，卸除了夜的重量。

姝姝起身，吸一口氣，離床走動，繼續跟蹤自己的故事。

母貓生了四隻，在產後殘餘的痛覺中喘息，有人摔開紗門，進了客廳，見到兩個幼童，全身赤裸面對面，交疊在一起。

那一對身體若是靜止也就罷了，但是他們在動，在扭。那兩張年幼的嘴巴甚至，甚至，不是靜默無聲的。

他不打別人的女兒，所以加倍痛打自己的兒子。在家門裡施暴的父親，擁有至高無上的權力。他將初生的小貓抓起來，憤憤地往地上摔。一隻，兩隻，三隻，四隻，小貓還裹著胎膜，來不及張開眼睛，就已經被人的憤怒投向死亡。一聲，兩聲，三聲，四聲，不明不白的悶響，悶重地打碎了生命，也打碎了那不知該稱作生前還是死前的，唯一一次叫喊。

那是一種比纖維還短促的苦叫，一聲，兩聲，三聲，四聲，細不可聞，如安靜的石灰牆上綻裂的、一道隱匿的縫。一切細不可聞的毀壞，由此開始。

殊殊自悲傷中醒來，彷彿從自己的遺體中醒來。

這一覺睡得又重又長，醒來時疲憊不堪。

她記得那些小貓，那些屍體。她記得。五歲的她注視著牠們嘴鼻上冒出的血，捨不得移開眼睛。她驚訝於自己病態的好奇與殘忍，又猜想人們以為病態的，其實是人的常性。她拎著自己的意識，徘徊在介於夢與醒之間的小醒，尋找夢中的那隻浮血貓，感覺自己伸手就能觸摸到牠，將牠救起。

那是她的貓，她的血，她最初的冒險。

冒險的女孩無須大人告訴，自己就懂了。未經大人允許，自己就做了。所以妖邪，所以可疑，所以可惡。她襲取了大人的特權。

然而大人們其實忘記了，成長是一連串遺忘的過程，所以遺忘的大人不會相信，女孩並不是學了新的事物，而是記起了本來的，本來的事物——她之所以「能夠」，正因為她是一個小孩子，還沒忘記大人已然忘卻而必須重新學習的事。冒險的女孩一錯再錯，正因為她純潔地待在遺忘之外。

所以，沒錯，是她自找的。

五歲以後的六歲那年，在老人房間裡發生的事，是她自找的。幾天前，也是她自己找上鐵皮寮的。沒錯，是她自找的。她一再重回五歲的那個夜晚，試圖翻寫自己的故事。那個被打得半死的男孩，連同被摔死的小貓，始終在場。那一對無辜的小男女，始終在場。那一段夭折的清純冒險，一直在等待一場平反。

忘記的記起了，才了解自己忘了。一度她連自己也欺瞞了過去，以為自己在向老人贖罪，或是多麼善良的在給。於今她發現自己付出的，並非陌生人的好心，那甚至不是付出而是追討，追回被沒收的那段時間。女孩與男孩之間、乾乾淨淨的一段時間。

所以非如此不可，非招惹那老人不可。

被沒收的時間，藏在老人大腿內側，那截蒼白的肉色裡面。

終

有好長一段時間，他活著的第一個標誌，是清晨一聲帶痰的咳。

現在多了一樣：清晨不完整的勃起。

這使他的黎明變得，比黃昏更加灰暗。

女孩沒再出現。

他掀開被子，坐在汗濕的木板上，那個據稱是床的地方，吸收時鐘的滴答聲。

女孩離開的時候，床板下那顆壞掉的時鐘復活了，指針踢一下，動一格，撼動了床底的蛛網。然而當時，除了網上的蜘蛛，沒有人聽見時間在動。

屋外降下細雨。

針尖般的雨絲，刺激著陰溝裡的廢水。

水面生波，動了動，雨停後依舊是死水一灘。

女孩沒有出現。

這屋子曾經壞死，如今復甦了不少，這隻鐘雖然並不準時，起碼還會走。他甚至搜出床底的收音機，治好了它的啞巴，才剛扭開就被一串鞭炮般的笑聲嚇了一跳。收音機裡裝了新的聲音，新的名詞，新的流行語，他不在乎自己全聽不懂，他只想知道今天幾號星期幾。女孩說過幾天再來，究竟過了幾天了呢？現在人說的過幾天，到底是幾天？

他艱難地活起來，洗澡，剃頭，剪指甲，去市場買新衣，還為女孩挑了一份禮物：塑膠花編的髮夾，她戴上一定好看。衣服貴得嚇人，然而他更驚嚇的，是自己竟然沒有殺價。他好像變了個人，這令他有點害怕。

他發現自己原來並不厭世，他所處的這個不像樣的世界，終究是他習慣的世界，只是他剛剛經歷的這件事，把一切弄得陌生了。

然而，為了重回他度過的那個如花似錦的黃昏，就算要在七十幾歲的高齡重新改做左撇子，他也是願意的。

他面對天空，看著一團白雲堆聚成一隻狐狸，狐狸潰成貓，潰成魚，又被風驅散成一片莫名其妙的獸群。他突然意識到自己坐在戶外觀賞天色，這陌生的興趣令他感到害怕。

一道厚重的紅霞拖曳著滿天殘餘的光束，緩緩失了力氣，燃燒起來——這天空以前也是這樣的嗎？這樣從容不迫，柔豔如織嗎？他每天這樣對著它，對著它燒紙錢、啃饅頭、喝菜湯，卻直到這一刻才認識了它。

殊殊真的錯了。她不該一時心軟，胡亂說話。「過幾天吧，」她說，「我過幾天再來。」她沒想到自己應該出面交代一聲，叫他別再等了。就像大多數人並不認為，把一個自殺的人救活，是要負責任的。

然而他也錯了，錯在把殊殊的話看得太重。把年輕人一句隨口的承諾當真，可見他是真的，真的，過時了。過時以後才開始眷戀生，眷戀活，眷戀生活，才看懂了天空，自以為有力氣向死神爭奪，他方興未艾的人生。

他再度扭開收音機，聽見一個活潑的聲音，以某種與世情不容的輕快，介紹著一樣時髦的產品。主持人一直催，一直催，要聽眾趕快打電話，時間不多了，再猶豫就來不及了。

不遠處，就在這排鐵皮寮旁邊的荔枝樹下，那個搭營的拾荒人，正與他覓得的愛人，沉醉在一首溫柔的老歌裡面。時光不再。時光不再。他們倆不知從哪撿來一台報廢的唱盤，不認命的修了好幾天，居然能唱了。時光不再。時光不再。時光不再。他們喝著撿來的剩酒，聽這不知死了多久的女人唱著：時光不再，時光不再。

女孩會來嗎？會喜歡他送給她的髮夾嗎？

一層薄薄的霧被空氣提了上來，將他與他習慣的這個世界隔開，也將他習慣的自己隔開，霧中有鳥雀在叫，有蝴蝶的翅膀閃過，他的耳朵在聽，眼睛在看，感覺自己的太陽穴底下，有血管跟著心臟在跳。

他撫弄著髮夾，將它別上自己蒼茫的髮，就在髮夾喀嚓一聲緊緊咬住什麼的時候，猛然聽見許久不曾聽見的，陌生的聲音，才發現自己，一直在喃喃自語。

——《哀豔是童年》，印刻

胡淑雯

胡淑雯（一九七〇—），臺北市人。臺大外文系畢業，曾任新聞記者、報社編輯、專職婦運者，目前專事寫作。曾獲梁實秋文學獎、教育部文藝創作獎短篇小說獎、時報文學獎等。二〇〇六年出版短篇小說集《哀豔是童年》，二〇一一年出版《太陽的血是黑的》。

文字風景

接受李屏瑤採訪時，胡淑雯提及小說的本命該是撼動現實。小說家胡淑雯處理現實題材，往往精準而冷冽，以銳利的眼光注視事件本身。她說當傷害已然發生，療癒是一個更大的課題：「療癒不是從此不痛，就此忘記」，「我真的相信人一生只要做到了解自己，知道自己為什麼變成今天這樣，知道自己哪裡壞掉了，知道自己為什麼會痛，這樣就很足夠了。」短篇小說集《哀豔是童年》裡頭，那些受過傷並且尋求療癒之道的主角們，一再演練著胡淑雯安排的人生課題，迎接各自的命運，去面對當傷害已經發生的種種難堪。

胡淑雯的小說筆觸流露著頑豔哀傷，意象繁複驚人。她在小說中關注女性的成長經驗，揭露那些既私密又公眾的個別歷史，因為性、性別產生的巨大張力，令人讀來每覺戰慄。

〈浮血貓〉這篇小說敘寫小女孩殊殊的成長歷程，從而連結社會結構的殘忍與殘缺，小說家處理性與性別的壓迫帶有濃烈的血腥味，毫不留情地將社會集體病徵一一掀開。胡淑雯極力刻劃血與貓的意象，以此作為主角人物殊殊的生命折射。殊殊深受貓咪吸引，然而她又怕貓，「如同棄子害怕自己的身世，如罪人害怕自己的祕密。」有一天殊殊看見一隻貓漂浮在一只袋子裡，「初生的雛貓，浮在新鮮的血裡。」殊殊認出那是從女人體內流出的血，不是男人流得出的血。「她分不清把自己弄醒的，是隨血水流出的痙攣，還是夢裡那隻、浮在血裡的小貓。」如此精巧地對照人與貓，無非是要凸顯女性的存在處境。這也難怪，駱以軍認為她的小說，「精準得像一隻花極長時間觀察人類愚行與不幸的貓」。

懵懂無知的童女殊殊，縱容自己孩童的冒險。六歲時遇見的老男人猥褻她，五歲時與鄰居哥哥邀她進行性的遊戲……，引發後續成人世界的「處置」，兒童的性往往是被成人所界定與限定的。性的暴力、關係的暴力、道德倫理的暴力，讓人猝不及防，而且顯得無比血腥。殊殊童年記憶中那些小貓的屍體，或許也是某種死去的自我吧。只是大人會說，是女孩自找的。

人最痛苦的遭遇無非是，凡存在就會產生傷害。我不能不讚嘆，胡淑雯在描繪人生暗面的同時，用奇異的筆觸塗抹了戰鬥的色彩。

虛構一九八七

賴香吟

1

我的一九八七年，開始於一個傳言中的喪禮。

前一年聖誕節的鈴聲中，班上一個名叫謝彩文的同學去世了。新年假期裡大家竊聲竊語地問：誰去？誰代表？班長站出來宣佈了時間和集合地點：導師會去，希望各位幹部也都要到。我是學藝股長，但我還是沒去，當時有關死亡的任何事物仍然被謹慎隔離於我的生活之外。我從來沒有參加過任何喪禮，西式教會的也好，傳統吹吹打打的也好，母親自小就把我遠遠地抱離在人群之外。長大之後，母親仍然沒有確切告訴我這其中到底存有什麼禁忌，但是，每自喪禮返家，她總是很快洗澡洗髮還洗衣裳，她的舉止神情讓我覺得死亡非比尋常。

至於謝彩文，學校裡幾乎沒有人不知道她，但是，也從來沒有人理會她。我想，她之所以惹人注意，是因為她那又矮又胖，曲扭得讓人覺得其中必有病因的體態，事實上，護理老師曾在私下提過可能的病名，只是誰也沒用心在聽，反正病就是病，在我們那種專出美女、才女與財女的明星女校裡，像她那樣的存在是很少的，沒有人有興趣和她來往。直到她消失的那一天以前，一直是我坐在她的座位後邊，每天苦惱於她的髮味，因為她有一頭誇張的、油膩膩的捲髮。

那一天下午，午睡剛醒的第五堂課，記憶中教室瀰漫一種昏睡的氣息，彷彿大家都還在打盹，只有教地理的韋老師好脾氣地在念那日復一日的老講義：長江以南是紅壤，秦嶺淮河以南是紫棕壤，以北是黑鈣土、栗鈣土、漠鈣土……

忽然間，前座的謝彩文舉起了手臂，我清醒過來，聽見她說不舒服，請求老師讓她到保健室去。

「很痛嗎？」韋老師關切地問：「要不要叫同學陪你去？」

教室一片沉默。對坐在後頭的我來說，那片沉默如此巨大，但是，眾目睽睽之下，我仍然掙扎著不願公開表示我對謝彩文的友好。

終而她撫著肚子自己走出去了。

那天不過是個一如往常，慵慵懶懶的午後。那天中午，謝彩文一如往常，回頭探探我便當的菜色，試圖與我多搭幾句話。我記得那天她問的是撲克牌到底有幾種花色。那時候我們數學課剛開始教排列組合，撲克牌的圖案可能數是常見題目。謝彩文說她怎麼都搞不懂，我給她說明了一會兒，發現徒勞無功，原來她連撲克牌長什麼樣子都沒見過。

「改天我拿一副撲克牌來給你看。」我記得我這麼結束我與她的對話：「到時候你自然就懂了。」

我沒想到，我不會再有機會拿撲克牌給她，那天下午之後，這個叫謝彩文的女孩再也沒回來過。

然後，大家就說她住院了。然後，死了。

我很震動。死了？我看看她的座位，第一次感覺到死亡與我如此親近。

喪禮過後，我的座位前移一格，每天坐在謝彩文的位置上，起立，敬禮，坐下。

「謝彩文的死是一件令人非常遺憾的事……」導師在班會上說：「我希望大家有什麼問題或想法，隨時來找老師談，不要放在心裡，此外，身體健康要特別留心……」

「倒數第一七七天。」導師看看黑板邊的數字：「我希望各位同學絕對不要功虧一簣，因為，能參加大學聯考說來也是各位的幸福，你們要知道，像謝彩文，就無法像大家享受這種幸福。老師最後一次去看她，她還跟老師說，想回來上課，否則會趕不上進度，謝彩文說，她就是要考大學，她要趕快好起來回來考大學……」

說到這裡，導師停頓了好一會兒，全班都明明白白看到她掏出手帕，擦了擦眼淚，扶扶眼鏡，再清清嗓子，然後，她把教室從左到右打量一圈，鄭重地結論：「我希望，各位同學要加緊用功，這一年再拼一拼，上大學你們就自由了。」

上大學就自由了。上大學就自由了。當時我們每一個人，包括老師，都深信不移地念著這個紅蘿蔔般的咒語。上課，下課，日子一天一天過去，我很清楚自己若是落了榜，必然得往補習班去，想到這點，我變得很警醒，因為那種走道永遠冒著尿臊味的地方，我想我是怎樣都不要去的。

我變得很用功，找重點，編筆記，畫地圖，聽寫背誦，通通自己來，唯一外援是我參加了一種叫做通訊教學的東西，他們會定期將教科書的重點整理寄來，並按進度寄來模擬試題，要受試者聽令行事答完寄回。隔一陣子，他們會把成績寄來，並同時顯示該成績在所有參加者的排名數。

這個東西很有趣，想要有效，就是得自我督促，確實闔書作答。學校裡我的成績明顯進步，但我並未對人提及通訊教學，更實際說，高三一年，我過得很封閉，除了自己與計畫表的對話，很少認真與人談過什麼。我想，除了書裡的文字與符號，我並沒有注意到外界發生了什麼變化，不，以我當時的智識，是不足了解的吧。

然而，這樣的我，在聯考中取得了好成績。

2

小鎮的夏季總是豔陽高照，因而我的膚色看起來是那麼明顯地比他們黝黑。我深深覺得自卑，穿著白色的衣裳，坐在角落裡，默默聽課。

然而，我很快感到無趣，盡是一些艱澀或說笑的字彙，或是，他們互相說著祕語，彷彿這樣的體驗是大家都知解，這樣的暗指是大家都明瞭的。我覺得喪氣，我只有十八歲，他們講的內容，我不完全懂。

我離開教室，登上我的腳踏車，決定自己去閒晃。

太陽仍然艷麗，這是小鎮裡最好的大學，滿校園都是綠意。我路過看見幾個貌似文藝隊的人在鳳凰樹下抽菸聊天，我拆下胸前的學員證，故意繞過去聽他們說些什麼。

「聽說這是唯一沒有發生槍殺的城鎮。」

「全是望族仕紳的後代嘛。」

「我看解不解嚴這裡都沒什麼變化。」說話的男人穿著紮皮帶的短褲，腳上是短襪加休閒鞋。他們不停地拭著汗，受不了小鎮酷暑的模樣。

有人在走廊上搖鈴，是文藝隊下課的表示。他們站起來離開，教室裡也釋放出零落的學員。這是一群由外地文人作家學者所組成的文藝團隊，這個夏天選定小鎮辦一年一度的研習活動，要讓南台灣愛好藝文的人有親近作家或習作的機會。我是在聯考之前報的名，兩週前收到密密麻麻的課程表和營區圖，我興致勃勃騎著腳踏車來，但才一天下來，已經有點提不起勁。

我踩著車子離開營區，決定翹掉今天後兩堂課。我沿著熟悉的路徑在校園裡散心，然後往校外書街去。

在我常去的書局裡，遇見韋老師也恰巧在那兒。我走過去和他打招呼，他很高興：「好久不見了，畢業生。」

韋老師是我很喜歡的一個老師。早在高二他教我們地理之前，我就已經認識他。他是學校的圖書館室主任，我經常去借書便見熟了。圖書室裡還有一個黃先生，是成日都在那兒的。我問：「黃先生好嗎？」

「很好，很好。最近學校給我們派了台冷氣，他可樂了。」韋老師說話還是一樣的腔調：「我跟黃先生說妳考上好大學了，不信，他說妳成天窩圖書室看閒書，怎麼可能考好大學呢。」

我笑笑：「老師來買什麼書？」

「就是翻翻，暑假淨待宿舍無聊。妳呢？考完試不去外頭跑跑？」

「跑過了，一身汗，不如來這裡吹冷氣。」

「妳這孩子就是愛看書，還好，學校總也考上了，妳們班好像考得不錯？」

「嗯，百分之七十都上榜了吧。」

「很好，很好，哎……」韋老師忽然嘆了一口氣：「就可惜你們班上那個謝彩文，年紀輕輕……」

我有點意外韋老師忽然提起謝彩文的事，事實上，這半年來，我已經快把這件事忘記了，好像根本沒有發生過，導師同學間也不曾在聯考前後提起她。不過，與韋老師一聊，我才知道，從前謝彩文常常在午休時間跑去圖書室讀書。

「她到底是因為什麼而死呢？」我大膽地問。

「肝吧。」韋老師解答了我的困惑：「自己和家人都太疏忽了。」

臨別的時候，韋老師送我一本《沈從文自傳》，說是給我當畢業禮物。我很高興地收下，韋老師在台灣沒有子女，有時對學校裡的學生很好，我答應日後回來小鎮有空就去看他。

晚餐之前，我騎車回家，或是出於歉疚或懷念，整條路上我不斷想著關於謝彩文的事。比如說，每天早自修前，經常看見她站在樹下背英文單字，她非常用功，但成績還是不好，所以，她總過分算計她的時間與分數，因而便更惹同學討厭，一聽到謝彩文的名字就煩……然而，今天，關於謝彩文這個名字，想來想去只剩下過去的零碎記憶，我一點都不需要猜想以後她可能起怎樣的變化，成為怎樣的人，因為她死了，關於她，就是已經完全停止了，我這樣想著，不知道這樣是不是理解了死亡……

3

兩天之後，我重返文藝隊，參加結業式。許多學員簇擁著要和老師照相，當我坐在班上席位的時候，他們大都不認識我，因為自那天下午蹺課之後，我就沒再回來上課了。

那天晚上，整夜我仍然在想關於謝彩文的事。那是一種很奇妙的經驗，我似乎不曾那樣入神地思想過什麼。先是具體的回憶漫無秩序地在我腦中穿來游去，接而我發現自己在擴張想像更多關於謝彩文的材料，甚至我開始串連她與他人的關係，編織她生活裡的情節與情緒——我不得不說，那是一種令人精神為之一振的幻想之旅，白天課堂上那些作家學者所說的材料、語言、形式、主題等等，我都未盡明白，但我依然衝動地陷在一種組織的挑戰中，我坐在書桌前，整整兩夜將腦中蔓生的思緒編寫成具有故事外貌的文章。

謝彩文成了韋老師隻身來台之後所收養的女兒。然而，畢竟是異樣的血統罷，韋老師那文人的教養怎麼也傳承不到謝彩文身上，且謝彩文那日趨病態肥胖的外貌，讓韋老師愈來愈難以面對。日久，韋老師毋寧是灰心的了，甚至，望著這樣不相同且不美好的女兒，年老的他益發懷想起自己生命曾經擁有過的美麗事物，如他故國家園的晨曦，如他春天般的年輕愛人，他遙念著過去的美好，對眼前窘促的異地生活感到極端地難受。

謝彩文再如何不敏銳不細心，也能察覺到父親疼愛的不再。每天放課後，她依舊到圖書室等候父親一起返家，相對於父親的冷漠，同室黃先生的看護無疑顯得十分溫暖，甚至少女謝彩文進而幻想愛情的成份，她不能清楚地拿捏到黃先生不過是基於一般對少女的愛護，且其中還夾雜著討歡上司韋先生的私心。

故事就這樣醞釀著，直到某一日，黃先生要調職離開這小鎮的學校了。少女謝彩文感到即將失去生命的依偎，在圖書室裡說出她的心事，然而，對方告訴她，在現實上她是完全地想錯了，語氣裡掩不住流露出奚落的笑意，甚至黃先生將這愛想轉告了韋老師，使得謝彩文遭受到一頓較死還難堪的斥責……

那是一個短短數千字的故事，除了人稱、場景堪稱屬實之外，其他可說是完全虛構，且那些人物的生涯、性格與夢想，於我也幾乎是完全陌生的經驗，然而，我兩個夜晚卻伏在桌前，寫得如此投入，甚至我還因著那文字的氣氛而兀自感動莫名。第三天，我帶著那篇故事去參加文藝隊的結業式，並因此達成了繳交小說作品的規定。

4

雖然是座繁華的大城，但在這秋天的午後，巷弄裡十分靜謐，宛若處在沈睡之中。我的窗子緊臨著小學的後牆，隱約能夠看見孩童在窗裡上課的景象。

我趴在陌生的書桌上，塗寫我的第二篇小說，然而情況非常地陌生且拘謹，我只是在文字周圍踱著腳步，寫了又改，改了又丟，畫水彩般一層又一層塗抹，我想起中學的時候畫靜物，美術老師走過我身邊，看了看，丟下一句：「蘋果都被妳畫爛了。」

我喪氣收拾空蕩蕩的腦袋，離開屋子往學校去。這是我和系上直屬學長初次碰面的日子。

午後六點鐘，夕陽還沒下山，我詫異地盯著他的滿腮鬍子，難以置信年輕人也有這樣的流行。學長帶來許多教科書轉給我用，也指導我一些選課事項，此外，他問我打算參加哪一類社團，我搖頭說我一點概念都沒有，他便咯咯暗笑，我窘得氣惱，暗想怎麼他們這些大城裡出身的學生都這樣輕率且傲慢。

他並沒有察覺，繼續對我說：「如果你有興趣，可以到我的社團來看看，我們最近正在試著討論二二八。」

二二八？我愣了愣，在哪裡聽過的說法。

「有這麼緊張嗎？」學長笑著說：「解嚴後已經不是禁忌了。」

二二八加上解嚴，這兩個祕語近來不斷出現生活之中，我愈來愈感迷惑。我努力回想，應該是在為聯考準備的社論閱讀中看過這兩個詞，但不管是當時或現在，我還不明瞭它們意義的所指，但我愈來愈相信那必然非比尋常，就像我的母親談到死亡或喪禮，每個提及二二八或解嚴的人臉上都有那種凝重的神情。

後來我真的去了學長主持的社團，像個乖巧學妹那樣坐在圓桌的邊邊，漸漸知道了許多事情，但我並不瞭解，按過去的道理來講，我是不應該知道這些事情的。那時，我天真地以為這些事情，本來就是到了此時——也就是說，像高中老師所說的，上了大學自由了之後——

我自然就會知道的；我不知道諸事的揭曉原來是因為我恰恰逢到了解嚴的時刻。周遭如此躁動。

這是唯一沒有發生槍殺的城鎮。

我忽然瞭解這句話是什麼意指。

輾轉我收到文藝隊寄來的信函，我所交的那篇小說竟然受到了青睞。我按著號碼撥電話去，心中忐忑不安，然而當我聽到那位被稱為鄭老師的聲音時，意外地，卻沒有多少驚惶的感覺，或許，是被讀書會的詞調所比下去了吧。

「喔，妳只是個大學生啊。」鄭老師話家常般說：「你應該是我班上的學員，怎麼我對妳一點印象都沒有？」

「對不起。我蹺課。我在家裡寫這篇小說。」

「是寫得不錯。不過，結尾是不是做作了些？」

「做作？」我不太懂，但還是受教地答應修改，鄭老師說改完之後要幫我找地方發表。

接下來幾個禮拜，不用上課的時間，我就經常面對著這篇必須修改的小說，但大多數的時候，腦袋仍然一片空白，頂多不斷閃過「做作」兩個大字，我想當時我並不明白鄭老師所說結尾過於做作是指些什麼，我只是囫圇吞棗地點頭，所以，陷於苦惱之中，不瞭解到底只要織造另一種結局接上原來的故事，還是要徹底地修改整個故事？

「怎麼最近都沒看到妳？」學長在軍訓課攔住我說：「這種課不用上了，走，幫我去貼海報。」

我們沿著籃球場外的海報牆一路黏，是讀書會這個月的座談會宣傳，每月一次，學長都會請黨外相關人士來社團裡談話，同時開放給非社員，以吸引新成員，並塑造社團形象。

「妳很久沒來了，都窩家裡做什麼？」學長問。

「改一些自己的東西。」

「也好，妳應該開始試著發表一些自己的看法。妳寫了什麼？可以的話，拿來社刊登。」

我搖頭：「不過是些像小說的東西。」

他驚訝且不確定地看著我：「小說？」

我聳聳肩：「沒寫過，試試看。」

他想了一會：「嗯，這年頭什麼都可以試試看。不過，妳寫些什麼？」

「一些身邊的事情吧。」

「我看，小說這種東西，要寫得有意識一點，刺激一點。」

「刺激？我不懂。」

「不懂就算了。」他潦草地說：「我要去吃飯，妳去不去？」

5

謝彩文考上大學，離開了小鎮，然而少女以來的不美麗不順遂仍然緊跟著她，而且，在這繁複如網的大城裡，在這滿溢青春傲氣的校園裡，她矮胖的姿態著實顯得可憐，她甚至懊惱自己身上的穿著，在電話裡和小鎮的韋老師哭訴，但韋老師對這時代年輕人的繁華是不解的，他斥責謝彩文一到城市就守不住樸實，他又搬出那引用百次的戰亂經來把謝彩文數落了一頓。

學長是謝彩文在這城市裡的唯一寄託，學長走路的速度總是非常之快，且他蓄意豢養他的鬍子，以使看來更富草根的氣息。妳之前的教育多麼地封閉；學長在認識謝彩文之後如此驚呼說道。他也訝異謝彩文的家庭。妳知道妳的身世嗎？學長問她：妳不會連妳是本省外省人都不知道吧？

謝彩文不知如何回答，她沒想過這個問題。她天真地去問她的養父，但此大大地觸怒了韋老師，他掛了電話，兀自傷心著，感覺到異地親情的不可指望，感覺到政治的無限蔓延。

當學長在假期中連同謝彩文到這小鎮來遊玩的時候，他看著女兒開始出落得美麗，感到心口一陣絞痛。

突來的昏厥。

生活忽然就亂了陣腳，幸而還有學長幫忙護送就醫，韋老師漸漸康復，但謝彩文處在兩者之間，仍然感到他們彼此存有陌生與懷疑。在這座島嶼上沒有人能真正擺脫政治與歷史的陰影，學長如此對謝彩文說。他說他尊重韋老師是個慈祥長者與父親，但他不同意他隱瞞謝彩文的身世。韋老師病後身體愈來愈差，連帶地連感嘆都顯得苛薄了，他任性罵道：我讓妳讀書是叫妳來忤逆我嗎？養育之恩比不過外頭小言小論？謝彩文徘徊在親情愛情之間難以明瞭是非，然而，就在這期間，學長愛戀了更美麗的女子，他說這純粹是愛情的緣故，無關政治也無關歷史。

謝彩文感到自己是說不出的醜陋與笨拙……

6

我如此改成了那小說，完全更動為另一個不同的故事，至於結局，謝彩文這個角色依舊是朝向死亡，我未改變這個初衷，因為這是我之所以提筆寫這故事的原始動力，我想，是謝彩文的死給我掀開了日常生活的薄紗，讓我感覺到原來生活周遭也隱藏著苦澀與變故。

然而，冬天來臨之前，我寄出的小說被退了回來。鄭老師說：「怎麼愈改愈做作呢？」還是「做作」，我忍不住感到灰心了。我知道我的確套用許多新近知道的事物來虛構一個新的故事，但我並不以為這是多離譜的想像。至於結局，我問鄭老師：莫非真要一個「生」的結局嗎？

「也不盡然。」他說：「就是連接上太突然，你們年輕人常常動不動就喜歡搞自殺。」

我不知道該說什麼。

「不要想太多。」聽我一言不發，鄭老師轉而用爽朗的口氣說：「頂多再寫一篇就是了。我看妳的文字不錯，應該好好把握，明年報禁一開放，媒體會需要很多很多的文字。」

我掛斷電話，重看自己所寫的故事，發現感情消失大半。或許，虛構一旦受到質疑或否定，就會像雲煙一樣散去吧。那麼，如何才能寫出真實的情感，倘若我根本不具那些經驗？整個一九八七年末，我都在暗自思想這個問題，「做作」這個詞也始終迴盪在我的耳際，使我每提筆就頓挫不已。我想，事實上，我根本就不瞭解謝彩文，兩年同學，我跟她說的話那麼少。她生前的體態已經夠她難過了，死後我想及她，若不是拿她的體態大作文章，就是翻來覆去捏造她的死因，想及這點，我的確目睹自己做作的形貌。

整個冬天，我的情緒因而有點沉滯，社團也去得少，坦白說，社團裡的求知與談話使我感到做作，我想，我們彼此炫耀知識，唯恐暴露自己所知仍然停留在解嚴之前，唯恐同伴譏諷自己心靈不夠勇敢，這樣的急切，才真正透露禁忌在我們心靈埋下何等陰影吧。我獨自在校園走著，社團裡朋友遇見我不免流露惋惜，又一個熱情快速退燒的同志。他們往往只是客氣地說：「上周四的座談很精彩，妳沒來真是可惜」；或是，「最近很少見到妳，發生什麼事嗎？」只有學長還是堅持告知我，行憲紀念日將有一場抗議萬年國會的示威遊行。

「這是很重要的事情。」他依舊是那種教導的口氣。

我離開他，繼續沿著圍牆往前走。殖民。虐殺。戒嚴。迫害。萬年國會。就在不久之前，這些辭彙從未出現我的腦中，呵，我的世界多麼純潔，多麼無知，如今，他們如祕語般，如潮水般，對我湧來，喚動著我，考驗著我，我的世界破了一個大洞，是的，就是這樣的感受，天地忽然破了一個大洞，祕密與醜陋如泥漿般滾洩出來。

腳陷泥漿，我感到一種沒頂的殘缺與沮喪，逃開社團，那多少是因為我想躲避那種沒頂的感受，我想學會處理消化這些情緒，我不能只是紊亂地將它們揉在一起（怎麼愈改愈做作呢），也不能只是簡單地讓它們挑動我的激情（意識一點刺激一點）。也許，翻來覆去，根本問題就在我對眼前時興的抗議或悲傷瞭解太少了，我不可能只是以解嚴後短短幾個月的時間，就妄想明白那漫長且複雜的過程。

我不可能只是站在謝彩文的死亡點上，回溯且虛構我所不了解的謝彩文的人生。

我思念起小鎮溫暖的冬陽。

「暫時之間，我不再去社團幫忙了。」我對學長說：「我想在家裡好好地讀點書。」

「知識與行動是不衝突的。」

「但我個人感到迷惑了。」

「好吧，既然妳這麼說；好像喜歡文學的人總是過於潔癖或理想。」

「不要這麼說。」

一切又回到了高三時候的自修計畫，對我而言，解嚴可能從此時才真正開始，世界之於我的確是破了一個大洞，但我想要獨自且自由地走入那份殘缺之中。

大城之冬如此冷瑟，校園到處貼滿示威遊行與聖誕節舞會的海報。

我寄了張聖誕卡到圖書室給韋老師和黃先生，不久之後，收到黃先生的回函，說是韋老師身體不好，辭去了圖書室主任的職位。

「妳穿得太單薄了。」學長初次挽住我的手，自我不再去社團之後，我們便只是在系上課堂見見面，他問我讀書或小說進展如何。

我沒說什麼，倒是提到小說，使我想起謝彩文是聖誕節前去世的。

「去年這個時候，有個同學過世了。」我忽然說。

「喔？」學長摸不著頭緒。

「她家境很差，人很用功，但腦袋和身體似乎都有點毛病，不知怎地就過世了，聽說是肝病的緣故。」

「妳跟她很好嗎？」

我搖頭：「我想，我對她再殘忍不過了。」

語畢，我忽然鼻頭一酸，感到非常難過。

學長雖不明白因由，但還是溫柔地拍拍我的臉頰：「好了，好了，都過去了。」

「那就是我在寫的小說，不過我把它寫壞了。」

「不會寫壞的，不會寫壞的。」學長安慰著我。

我停了哽咽，望著學長的眼神，非常安穩，我覺得好一些了。

我們走到大道的盡頭，遠遠望見校門口簇擁成群，抗議布條已經舉起，更遠的街上充滿了聖誕節的裝飾與熱鬧。

這個一九八七年就要結束了，原來這一整年是如此地不尋常，如此地做作，不過，我想這一切都是對的，我們必須透過這麼不尋常這麼做作的方式，才瞭解了自己。

「寒假讓我與妳一同回去小鎮吧，我從來沒有去過那裡。」學長說。

「你不會是要去那裡辦個寒假鄉土營吧。」我消遣他。

「那也要我先去看過再說呀。」他放開我的手：「我要去參加遊行了。」

我站在這一年的盡頭，看遊行的隊伍如此走上大街。

——一九九八年第二屆台灣文學獎短篇小說首獎

賴香吟

賴香吟（一九六九－），臺南市人。國立臺灣大學經濟系畢業，日本東京大學總合文化研究科碩士，曾任職於誠品書店、國家臺灣文學館籌備處、國立成功大學臺灣文學系。曾獲聯合文學小說新人獎、吳濁流文學獎、九歌年度小說獎、臺灣文學金典獎等。著有《文青之死》、《其後それから》、《史前生活》、《霧中風景》等書。

文字風景

小說家之所以虛構，有時候是為了更好地看見真實。尤其是當這個真實太過龐大、繁雜，充滿歧見與爭議，小說家便會選擇抽去、簡化一些線索，來凸顯另外的，更加需要我們去關注的現象，而賴香吟這篇〈虛構一九八七〉正是如此。小說處理的，正是發生在一九八七年七月的解嚴。這個事件對臺灣而言影響太過重大，但對於一般人來說，除了被宣稱的政治意義之外，幾乎覺察不到它對日常生活的影響。尤其是未曾遭遇過白色恐怖，在平安穩定中成長起來的一代，即使親身經歷了「解嚴」，也幾乎無法辨認出它究竟是什麼。想要理解它，還是得靠小說家的虛構。

〈虛構一九八七〉描繪了一個南臺灣小鎮出生的女孩，在一九八七這一整年中所經歷的事件與轉變。這些事件包括了同學謝彩文之死，考上大學並在暑假參加文藝營，第一次以謝彩文為主角虛構小說，在大學學長的引導下開始試著了解解嚴等等。作者以「虛構」為主要概念，巧妙地將小說創作與政治隱喻編織在一起，讓這幾個事件指向同一個核心，也就是真正的自由來自於對於真相的主動追索，而非被動地接收那些極有可能是偽造的，為了某些目的而創造出來的知識。

整篇故事的重點，在於主角的小說創作。敏銳的讀者可以察覺到，作者刻意讓謝彩文之死在創作過程之中進行了多次翻轉，從原初不為人所關心的真實，到最後成為附加了多重政治與歷史隱喻的作品，而藉著鄭老師「造作」的點評，暗示了當代新臺灣化運動的重要問題：我們追求的往往不是真相，而是激情。如同小說中貼滿校園的示威遊行與聖誕節舞會的海報，似乎也揭露了二者本質並無不同，而主角作為思想開始真正解嚴的旁觀者，她對於重新過起高三自修生活的選擇，或許也是小說家給予讀者的某種指引吧！

罪人

郭強生

一

左鄰右舍都說不上來，到底他們最後一次見到玉枝是何時的事。是在建商在這一帶開始四處購地，準備興建公寓大樓那之前？還是之後呢？

彼時家家戶戶都在忙著搬遷，就算打過照面，也不會有人刻意與她寒暄。多少年了，大家都早已習慣與她之間保持著距離。她就像是一個永遠在服喪中的女人，大家從不知該如何向她表達弔慰，到頭來寧可讓那份欲言又止哽在喉間，彷彿那便是接受與理解她存在最容易的一種方式。

沒有人真正想去揭開什麼。

從那個時代走過的人都知道，有些事情最好不要多問。

民國四十年後才出生的小輩，並不懂得大人們總有緒多警告的那種疑神疑鬼從何而生。在他們後來的記憶中，將那些不明白也看不見的威脅，找到生活裡可以具體投射的對象，是少年時不斷上演著一場想像力的遊戲。一片暗密的竹林，一道架有鐵絲網的高牆，都提供了合理的場景，讓他們相信生活中那些莫名的恐懼，那些大人們口中「不要多問」的歹事，並非全然空穴來風。

兒時最陰晦莫測的，莫過於位在巷底，那座占地數百坪的荒園老屋。

那曾是他們當年生活地圖的邊界之境，一道跨越不過的障礙，也是「過去」二字全部的形狀與氣味的化身。住在裡面的玉枝，以他們當年的理解，無疑就是那些警告之所以存在的理由。

一提到這個名字，小鬼們都愛嗚嗚發出怪鳴，同時也忍不住吐舌發笑。瘦如竹竿的中年女人，兩隻眼睛陷在深坑般的眼窩裡，毫無表情的一張臉活像骷髏，再冷的天氣也只有一件薄呢外套裹身。

他們看到的也許不是一個人，而更像是某種行走著的罪，一行潦草的宣判。在孩子們的眼裡，那就是不顧警告的人最終會有的下場。

只有老一輩的人還猶記少女時期五官深邃的玉枝，都曾背後猜測，她應該有著番人血統。

聽說是逃家出走的查某干，或許，連她自己都搞不清自己的出生來歷。

曾有人宣稱在那個大風雨夜裡，看見她披散著髮站在巷子底，哇哇哭喊著沒人聽得懂的瘋話。不過因為隔日大家打開報紙，發現同樣是在那個風雨夜裡國家元首「崩殂」（ㄅㄥ ㄘㄨˊ）的消息——市井小民在那之前聽都沒聽過的一個詞——所以對目擊者被那形影嚇得魂不附體的流言，根本也就無人有追究的興趣。

如果那人所言屬實，玉枝的頭髮應該在當時就已經整個花白了，在閃電照耀下那一頭披垂的無色長毛，光用想的也會讓人背脊發寒。

接下來偉人紀念堂的籌劃，加速了大力闊斧對周邊舊區的整地與改建。整條巷子的老屋，就在那一波中拆除了。

從十五、六歲來到陳家，一待就是一輩子，但是最後卻沒人記得她在陳家老屋中困守到何時。當鄰近家家戶戶都領取了安家費開始搬出，那景象是否曾讓她想起在戰敗後，當年那些與陳家為鄰的日本官員，匆忙著打包回國的景況呢？

日本人走後，陳家的好景也同時開始蒙上闇影，一樁事情接連著一樁發生。先是陳桑過世，然後是二二八，次年女兒與母親也離開了臺灣。最後，那宅子就只剩下她留守，陪侍著曾經留日的陳家獨子。

日據時代以經營布莊發跡的陳家，竟然就在大家視而不見的目光中無聲地消失了。位於臺北千歲町的那座日式府邸，之後多少年來只剩大門深鎖。

如果大家連玉枝究竟何時搬走的都沒在意了，更不用說，那個陳家少爺在去日本後就瘋了這檔事，後來知情的人更是少之又少。

二

皇民化積極推動中的臺北，商圈之間仍存在著門戶之見。西門市場多賣供日本人消費之用的舶來品，永樂與南門這頭才是本島人最主要的商業活動範圍。陳木榮除了在大稻埕擁有店面，更在千歲市場開幕啟用前，搶到了周邊一塊寶地開設了分行。白手起家的他，以一個本島布商最後竟能在多是日本官邸所在的千歲町購置了豪宅，足可見他在商界的鵲起與長袖善舞。

那幾年的生意真是風光，各方來求助陳桑贊助幫忙的不少。雖然書讀得不多，但陳木榮是個喜歡附庸風雅之人，對一些臺灣新劇的演出，文藝刊物的印行都出過力，也不時看見他出入音樂演奏會與一些具文藝氣息的咖啡座。在外人的眼中，他與文藝界的來往未必無所圖，除考慮到時代風向的轉變之外，更主要的恐怕是為了栽培一心想成為作家的寶貝獨子。

陳愼出生於這麼優渥的環境，又得父親的寵愛與望子成龍的期盼，性格驕縱自是難免。跟他一起上過公學校的同學們都記得，他總愛穿著一件黑色長斗篷，當其他與他一樣有背景優勢的臺灣同學都仍孜孜不倦，把醫科當成在殖民地唯一的前途發展，他卻每天手上抱著德國文學的日譯本，開口閉口靈魂自由激情與現代主義。

自視甚高則是帝大同學對他的印象。陳桑為了兒子，與文學界的前輩做足了關係不說，也曾讓他在一些自己出資協辦的文學刊物上發表過幾首日文的現代詩創作，但尚待提攜跨入文學界的陳愼，一開始竟然就發下豪語，要進軍「母國中央文壇」，對本島藝文刊物表現出不值得一顧的傲慢。甚至在一次文藝聚會的場合，二十歲的他大言不慚，站起來批評了這種殖民地文學的可悲：

「對於母國現在盛行的新感覺派小說，諸君們有任何理解嗎？那種真正挖掘內心的文學才是真正的文學！諸君只要一日不放下殖民地人民的心態，就無法真正理解文學藝術更高的價值！想要藉由幾篇小說或幾首詩來建立自己被殖民的存在感，就等於是承認自己還在低層的現實打轉！難道各位不了解，世界上有多少大作家，他們從來服膺的只有藝術。不是社會，不是政治！他們的精神是屬於人類的！他們的作品是超越地域的！母國現在也出現了這幾位幾乎要與歐洲文學並駕其驅的大作家們，讀讀他們的作品吧！做為身在臺灣的新日本人，我們也應該朝他們看齊！」

這番誑語自然很快傳到了陳木榮的耳裡。

穿梭於政商各界的陳桑雖然不屬於守舊派的人物，但是他的與時俱進，充其量也只是權宜的靈活手腕，對於兒子的這一番話已觸怒本地勢力的嚴重性，他立刻就有了警覺。

他們這一代表面上對配合皇民化政策不遺餘力，但私下聊起下一代已漸漸自認是日本人，對於這樣的潮流並非沒有怨憎或遺憾。但陳木榮畢竟是個深懂見機行事的生意人，明白才剛開打的日本與支那戰爭，對臺灣往後的情勢必會造成巨大的影響，福禍實難預料。那些把兒女送往中國留學的富商友人，在陳木榮看來，押錯寶的風險甚高，既然寶貝兒子在臺灣已惹了禍，不如快快將他送去日本，讓他真正見識一下他心目中的母國現代文明，也許有朝一日，陳慎二字果真在中央文壇闖出名號也不一定哪……

陳慎一去四、五年，許多人都等著看好戲，連一篇作品都沒登上日本刊物的他，是否還有臉回到臺灣。

以陳桑的財力，養著這個紈綺子在東京繼續遊手好閒並不是問題，所以當眾人聽說陳慎回國的消息時都異常驚訝。

三

二〇一二初秋，一個中年日本男人走進了區公所，說是想要尋找當年叫做千歲町這個地方的某個住址。

高樓林立的這一區，如今早已沒有任何日據時代建築的遺跡了。辦事人員苦惱地問對方要尋找這個地址的緣由，是灣生回鄉還是早年父母曾派駐臺灣？結果都不是。

對方用日語解釋，他的父親應該曾經居住在此。

但是據他所知，他的父親一直是個小鎮雜貨商，從沒有提過自己曾經到過臺灣。直到父親一年前去世，他才發現有許多幀舊照片都在同一地點拍攝，其中一張背後有著鋼筆墨水字跡記下的這個地址，令他非常好奇。

他取出那幾張照片給眾人傳閱，畫面中二十來歲的青年，蓄著那個年代流行的中分長髮，戴著圓形的金絲框眼鏡，或著毛呢西裝，或著日本浴衣，臉上帶著一絲戲謔性的睥睨神情。

沒錯，背景都是同一座日式木造建築，看那梁柱的工法，應該是個大戶人家。按照那青年不羈自在的態度與服飾的夏冬之分，顯然他在此處曾度過不短的時日。

翻遍當年日據時代的戶籍資料，並沒找到這位已過世的橫光信男在千歲町曾有登記。區公所求救於已退休的老辦事員張三郎，他雖認不得那住址，倒是在看到照片時脫口就說出，喝！這房子我知道！

陳家獨子曾是精神病患這樁八百年前的舊事會被重新翻了出來，就是這麼一件歪打正著的意外。

日本人提供的那個地址，從日據千歲町二丁目到光復後門牌改為羅斯福路，該處登記有案的戶籍資料竟然保存得極為完整。甚至還記載了一九四四年秋，名喚陳慎的男人曾被列管隔離，曾由此處轉進位於現今五分埔的「養神院」（總督府府立精神病院）。一九四六年戰後，又從精神病院搬回了位在千歲町的家中。最後歿於民國六十五年，享年五十七。

最後在世期間始終足不出戶的陳慎，過世時還曾引起過鄰里間的一番騷動，當時還在念初中的張三郎對這事仍有模糊的印象……

至於林玉枝，當張三郎看到她的戶籍是在兩年前才註銷時，不免暗自心中一驚。整區舊房改建後，沒有人關心過她離開陳宅後去了哪裡。沒想到，她竟然最後活了這麼大歲數！

四

日本人走了，新的住戶一一搬進了千歲町。他們對唯一沒有被新政府收去的那片宅園自然感到好奇。有人從已改名為南門市場的附近老店家那裡，聽說了一些零星的訊息。陳桑在二戰末已發現自己罹患了腫瘤，再加上家業無人可繼承，布莊的生意在他過世後只得收起，也是莫可奈何的事。

一連串變故並未在此畫上句點。

在大學裡擔任講師的女婿，某日被幾個穿黑西裝的人從學校帶走後就下落不明。陳桑生前曾因資助文藝活動而結為朋友的一些作家與教授，也在那一陣子逃的逃關的關，最後連女兒都被請去審訊了一天一夜。

戰後的陳家，幾乎是過著遺世獨立的日子。陳木榮生前行事作風強悍，勢利現實之名早在同行間傳播。對於窮酸親友們他總是提防著上門借錢或來分他一杯羹，最後皆與他們斷絕往來。隨著陳桑過世，女婿被捕，最不缺的便是旁觀者的冷嘲熱啐，陳家母女在臺灣的最後兩年過得蕭條冷落，連最後避走他鄉也是偷偷摸摸，趁著夜裡登船，連個送行的人都沒有。

能夠打聽到的傳聞到此為止，這就是故事的終點。無論是說者或是聽者，他們都意識到那陰森森的無形監視。

風聲鶴唳的時代已展開，讓躁亂血腥終止的唯一途逕只有低頭噤聲。

已由新統治者接收的官邸已門禁森然，陳家大門則是另一個不得觸探的邊界。兩扇大門之間，尋求安身立命的小老百姓們，這一端望去是痛苦，那一端望去是失落，只有這兩端之間所空出的範圍，才是屬於他們的安全地帶。這是倖存者與生俱來對生存領域的認知，不需任何明文告示就能立刻意會的一張地圖。

張三郎與他的同代人就在這樣的一個世界中成長，不知道自己失去了什麼，一路倒也平順，之後成家立業，一個個開始告別這個逐漸衰疲的老社區。

他自己也早在三十年前遷居大直，雖然遇到偶然機會自動請調回到此區，但是如今回想起來，他對老家滄海桑田的變化似乎從來沒有過特殊的遺憾或追念，頂多關心的是這一帶房價的起伏，與現在大直的房價相比差距幾何，計算一下當年賣屋換房到底是虧是賺。

直到這個叫橫光的日本人的出現，他才意識到自己是在一個如何冷漠的環境中度過了童年。從未有過懷舊感傷的他，想必是在成長過程中，早就無形接收到了大人們的念頭，總在盤算著如何能早點與過往切割。

也許不只是他，張三郎心想，或只有住過往日千歲町的人。也許他們整個世代都是如此，連如今的下一代也都是如此。

五

日本人又造訪了區公所幾回，依然得不到任何他盼望中的解答。張三郎為減輕昔日同事的負擔，自願為橫光擔任導覽前往當年的舊址走一遭，也算對日本人專程來臺聊勝於無的補償。

這裡，就是照片上看到的那棟房子，原來的位置……張三郎只能用破碎的日語，加上比手畫腳，對日本人大致描繪著他兒時印象中的陳家老宅。我，住在那邊，再過去，以前是稻田……邊說邊做出張口扒飯的動作：米，你知道，吃的米……

五十年前，張三郎的父親與附近的鄰居多是公教人員，一排排水泥二層樓房都屬於不同機關的公家宿舍。同陳家一樣占地廣闊的幾棟日式花園建築，也曾做為幾位政要的官邸，現在不是成了文創咖啡園區就是文物紀念館。小時候就聽大人說過，陳家是少數附近的私有財產，幾次改建徵地都動不到他們。但是真正的陳家人只剩一個兒子還住在裡面。

那，那個玉枝姨，跟那個男人是什麼關係？張三郎記得自己曾多次向母親如此詢問，但得到的回答總是「小孩子不要多嘴，不關你的事！」對於他們無法回答的問題，沒有比這更好的搪塞說法了吧？

裡面，住了什麼人？日本人手裡握著那幾張泛黃的相片，仰著臉打量著眼前的一座七樓電梯公寓。張三郎楞了一下，才聽懂他問的是照片中千歲町的那棟建築。

一個男的，跟一個女的……說完自己也覺得像是一句廢話。但是在下一秒，他的腦子裡像是有一道掃描雷射般的紅光閃過，讓記憶的門鎖無預警地感應開啟了。

一直以為自己從沒有見過住在園子裡的那個男人，事實上他不僅見過，甚至還與他說過話。

這個多年來不知道被壓藏在何處的記憶斷片，此刻由於日本人手中的照片，突然讓某個黃昏的畫面如同殘缺的一角失而復得。

也許那時候他才剛上小學，或者還要更早。與小朋友們在巷裡玩著騎馬打仗還是一二三木頭人的遊戲。媽媽們催促回家吃飯的聲音響起，然後突然人都散了。在沉淪的暮光中陳家的大門打開了一道縫。理著平頭的男子看不出究竟多少歲，站在門縫中朝他招手。他的膚色暗黃，但沒有皺紋。細長的眼睛黯淡無光，與臉上的笑意完全違和，反而給人一種非常悲傷而蒼老的感覺。男子對他說了幾個字，他搖搖頭，聽不懂……

畫面中接著出現的是一個氣急敗壞的女人，從屋裡奔出趕到門邊，對那男人大聲喝斥了幾句。男子張開原先握緊的拳頭，露出掌心中的糖果朝他面前送來。他害怕地看看男人，又望了望女人，直到聽到一個溫柔的聲音，拿去。

他會不會是唯一聽到過那聲音的人？還是說，那只是他半世紀後舊地重訪所產生的幻覺？

他努力集中精神，想把那男子的長相與輪廓看得更清楚。然而畫面忽明忽滅，無法分辨，到底是那個黃昏裡原本就光影稀微，還是意識裡有什麼東西在阻擋著他的記憶修復。

六

回臺第二年，陳慎住進了當時的府立精神病院，之前他在日本受到嚴重打擊而精神失常的外界傳說，也終於得到了證實。據少數在陳慎回國後見到過本人的友人轉述，幾年不見，那個驕傲自負的青年變得瘦枯憔悴，與其說是自東京返國，不如說更像是從地獄被釋放回到人間。

是因為失戀？還是因為創作之途上的挫敗？是染上了毒癮？還是……天之驕子受創的原因，眾說紛紜。嘴巴刻薄一點的，更直接下了嘲諷的結論：不管是失戀還是眼高手低，他到底只是日本人眼中的二等公民，這場夢終於可以醒了吧？

事實上，陳慎並不如外界加油添醋所描繪的那般瘋癲失常。他只是鎮日窩在房間，不時喃喃自語，偶爾夜裡會從睡夢中驚醒，如受到火刑炙烤般發出痛苦的嘶喊，除此以外，倒也沒有攻擊性的行為或更怪異的舉止。在家靜養的期間，固定有醫師來到家中做一些檢查，帶來一些藥劑與補品，他的體重也開始慢慢回復中。

沒有人比每日負責照顧陳慎生活起居的玉枝更了解他的病情。

如果就讓少爺繼續留在家裡不好嗎？為什麼要把他送進那個可怕的地方？一開始聽說老爺打算做這樣的安排時，玉枝著實感到納悶。

在鄉下的時候玉枝看過類似的中邪，不過通常都發生在女人身上，有的結婚後就不藥而癒，有的生完孩子就會慢慢正常。少爺的情況也許不同，但在她看來，還不至於需要被隔離的程度。而且聽說病人都會戴上腳鐐手銬，關在裝了鐵窗的小房間裡。有的病院隔離的不光是精神病患，還有一些傳染病的患者。病院裡還曾經發生過瘋人縱火事件。雖然害怕但也沒有選擇的玉枝，一邊整理著少爺的行囊一邊心裡哆嗦，誰要她是一個無處可去的人呢？

然而，進了病院後他們並沒有被安排與其他病人住在同樣的病舍。一定是老爺的身分地位不同，玉枝心想，才讓少爺得到特殊的待遇，住在可以自由活動的小洋樓，而她自己也分配到內部員工宿舍裡的一個小房間。雖然如釋重負，不過也更加深了玉枝的狐疑。一開始在遵照醫生的規定時，玉枝還得忍住自己不要發笑。她以為終於見識到了，這就是所謂的隔離治療。

就如同在家裡時一樣照顧少爺就好，醫生說，除了一件事。若是少爺問起這是什麼地方，切記要回答，這是東京郊外的一棟旅館，明白嗎？

明白明白，大家一起騙少爺這裡是東京，所以老爺太太也不能來病院探望，對嗎？只能每周由她回家稟報少爺近況，然後帶回家書，由醫生將信中內容唸給少爺聽。每封信的開頭總是，慎兒，家中一切安好，勿念。你在日本一切要多注意……也不知道少爺究竟有沒有在聽，他只是坐在窗邊的椅子上，身體微微搖晃，偶爾會突然冒出幾句日語，像是「卡將，身體無恙嗎？」或是「多桑，日本是一個偉大的國家呢！」……

父親生大病的事沒有人在他面前提起，他也無從知曉美軍飛機炸毀了昔日美侖美奐的「鐵道飯店」。沒有人告訴他，外面的世界跟他所記得的已經不同了，日本在戰場上節節失利，俄國已經加入了同盟國，戰爭結束已經指日可待。也沒有人告訴玉枝，究竟要在這地方陪少爺待到幾時。

七

電話的那頭響了數十聲，張三郎年近七十的姊姊才終於接起。婚後就與夫婿落戶臺中，平日與弟弟並不常聯絡，所以當她聽到張三郎打電話來，竟是為了這麼久遠以前的一件小事，認為一定是他退休後的生活太無聊。我哪記得那麼多？根本就很少看見他出門嘛！她說。

正想要轉移話題，向弟弟推薦最近服用的一款養生補品，結果立刻又被張三郎打斷繼續追問：那你總該記得，那個男人死的時候，好像還鬧出過什麼事？那時我才剛上國中的樣子，你應該都高中了，總會比我有印象。

你突然問起這些事幹麼？懶得動腦的姊姊冷淡地反問。

張三郎臨時把到嘴邊的話嚥下，不打算把日本人千里來尋父的原委道出，恐怕姊姊覺得他是不是有什麼偏執妄想，只好胡亂推說，退休的老同事們想要發起一個千歲町口述歷史的計畫。

這樣喔——電話那頭的人嘆了一口氣。說實在的，時間太久了，我也記的不是那麼清楚了。好像有這麼回事，警察都有來過。對對對，想起來了，那個男人被懷疑是活活餓死的。警察有把那個奇怪的女人帶走，過兩天又被放了回來，應該是證據不足還是什麼其他原因？不知道啦！

就這樣嗎？

不然要怎樣？那是什麼年代你搞清楚ㄟ，警察上門很恐怖的，誰敢多管閒事？

過去幾天的相處過程中，張三郎帶著日本人在近郊觀光走動，一方面希望能暫時舒緩他此趟來臺的徒勞，另一方面張三郎也在企圖博取對方更多的信任。

心頭的疑點，張三郎只能對妻透露。雖然對他這段童年舊事之前並無知悉，妻在聽完之後也不覺深嘆了一口氣。

你也沒有真憑實據，死者為大，還是不要太多事吧！妻說。

可是我覺得，橫光桑會老遠跑這一趟，心裡一定有太多糾結。也許，我是唯一能幫助他的人。

八

約莫到了春夏之交，玉枝明顯感覺到主人們對她的態度比起往日有了變化，說話的口氣異常親切不說，太太還會帶她去布莊量製新裝，連小姐也會塞給她一些脂粉香水之類的小禮物。

某日，太太甚至把她叫進臥房，拉她在床邊坐下，將一個金鐲子套進她的手腕，玉枝，我們從沒把你當外人，多虧了你，少爺現在比起剛回國的時候已好多了——

體己話沒說兩句，太太突然就沉下了臉；所以妳也要知輕重，自家人的事情絕不可對外人說。等事情過去，我們自當對妳有更好的安排。聽見了？明白了？

直到二十年後，那個突然風雨大作的夜晚。

滿天的雷電暴雨彷彿都是從玉枝心口噴出的血與恨，這麼多年來被陳家欺騙的無助與屈辱，在風雨的催化下，終於爆發成為發了狂的絕望。

九

子女都已成家，平日家中就是夫妻二人，邀橫光先生來家晚餐那天，張三郎特地把日文精通的外甥女莎莎也叫來作陪。飯桌上他與妻都顯得拘謹，談笑聲都是莎莎與橫光之間的互動。小女生對此餐的目的並不知情，張三郎認為這樣最好，待會兒才能客觀正確地翻譯出橫光說出的每一個字。等妻端出了咖啡與水果，大家移到客廳重新入座後，張三郎終於清嗓說出了他已準備多日的開場白。

「橫光先生，我們臺灣人喜歡說緣分。你從日本來，我沒有幫上太多忙，真的不好意思。雖然橫光先生後天就要回去了，但是我還是會繼續努力，如果有什麼發現，我會跟您聯絡。」

日本人起身九十度一個大鞠躬。

「但是，橫光先生，我希望你不要覺得我太無禮。因為這幾天與您相處下來，我知道您可能沒有把您所知道的全部都告訴我。我非常願意協助，如果您可以信任我，再多一點的線索會很有幫助的——比如說——我就直接問了，您的父親有沒來過臺灣，這件事為何對您這麼重要？」

日本人聽完莎莎翻譯的轉達，開始陷入了帶著哀思的長長沉默。然後——

「我寧願相信，他從沒有來過臺灣！」

果然。

張三郎屏住呼吸，甚至無法與妻交換一個眼神，深怕任何一個小動作都會改變橫光吐露實情的決定。

「從小，多桑都不太跟我們提到他的過去。在那樣的小鎮，那個年代，男人們多半沉默寡言，也是很平常的事。對多桑的過去一直知道得有限，我一直以為，是因為他們那一代經歷過二戰，一定有一些他們不想面對的往事……然後，這些相片出現了。年輕的多桑在這些照片裡看起來是完全不同性格的一個人。我開始去查閱他的舊日戶籍，發現他原本就是孤兒。奇怪的是，竟然在太平洋戰爭時他曾經被派駐在菲律賓，然後因為重傷被轉送到臺灣就醫——這太荒謬了！我非常確信父親全身沒有一處傷疤，他的身體到老時都還是非常光潔！——而他最後回國前的資料，竟然是登記在這裡的一間精神病院——」

彷彿灰霧般的寂靜再度降臨。好一會兒後，張三郎才用微見抖顫的嗓音重新開口：「您說的是，『養神院』嗎？」

他用筆在餐巾紙上寫下這三個字，由莎莎拿到了日本人的面前。

「他說是這個名字沒錯。」

坐在身邊始終沒有出聲的妻子，突然伸手緊緊扣住先生的五指。

十

其實他何嘗不想就此遺忘。

看似無意朝門後的一個偷窺，那些不可告人的堆積立刻如沙塵風暴般捲起。

他明白了為何人生中總有許多不得不遺忘的故事。他想，他只要記住終於拾回了那個黃昏的記憶，在那座神祕宅園的大門後，曾出現過一個女子溫柔的聲音與一個男子善意的笑容，也許就夠了。

那個叫玉枝的女人，不可能不知道這整件事的來龍去脈。也許在時光之流的某個出口，一輩子守口如瓶的她還在等待著。但是不該由他來伸出救贖的手。總會有下一個人，下一個巧合，將她帶出死後仍上不了岸的漂流。他相信，絕非世上已沒有知情的人存在。每個人知情的部分，都只是拼圖中的一小片。就算記得，他們也不會知道自己參與過的那一小部分，竟然在猶如骨牌相連的共同命運中推倒了下一張骨牌，讓許多人的人生在無知的狀態下全都走了樣。

傾倒的骨牌就到他為止。

甚至不需要讓橫光桑知道，這整件事的「巧合」究竟是什麼。

若是由他來提供真相的線索，那種成為共犯的不潔感便在他心裡油然而生。更有可能的是，在上個世紀所有曾居住在此的人，從頭到尾其實都扮演了共犯的角色。

真相的拼圖，只有完全無罪的人才有資格去完成。

總是會被發現的。不可能永遠沒人知道。

他只希望，日後不要再被記憶的敲門聲提醒，他最後所選擇的沉默。

十一

在他人生最後的那段時光，經常會要下人播放由本島女歌手愛愛灌錄的唱片。留聲機中傳送出的青春歌聲在屋裡鎮日迴蕩，彷彿他想要藉此沖淡漸漸籠罩各個角落的那股死亡氣味。

在那樂聲中，有時他會恍惚又看到在美軍轟炸中燒毀前的「古倫美亞唱片公司」，位於榮町「明治製菓」樓上的咖啡店，還有咖啡店裡親切可人的「女給」，以及四十出頭總是西裝革履、意氣風發的自己……也不過十年的時間，怎麼這一切就如沙灘上堆起的小城堡，一個浪潮就被打得四散五裂了？

在他內心深處的認知裡不是不知道，這一切，本來就是沙灘上的城堡——除非，能讓自己站在浪頭上。

為了這個目標，他從不曾因旁人的眼光而浪費力氣思前想後，與親友恩斷義絕，與同業爾虞我詐，向權勢行賄巴結，這些都沒有讓他感覺過懊悔或不值。直知道死期將近的這一刻，他仍為當年這些必要手段所為他換得的成果感到自豪。

除了讓小慎二十歲就離家赴日這一樁。

絕大多數殖民地的父母，如果能力許可，誰不想送兒子去日本習醫或取得工程師學位？在病榻上想到此事仍不免痛心。如果當初能夠堅持自己的看法，所有的悲劇都當可以避免。自己雖不是讀書人，不懂那些優美的字句與崇高的理想，但是身為經營者，他自認懂得管理之道，不能讓底下的人有太多的要求與想法是上層階級的不二法則。早有的先見之明，卻被兒子一場怒氣狂飆吹亂了方寸。他永遠記得兒子漲紅著臉，把一本擱在他桌上的黃曆撕得粉碎的那個畫面：

「你們這些人！你們這些人就是讓臺灣進步的絆腳石！永遠在懷疑，永遠活在過去，難道你們這些老傢伙看不見，日本人對此地的文藝活動已經有了完全不同的態度了嗎？日本人明治維新接受了全盤的西化，成為能與德國並肩作戰的強國，你們為什麼就不能接受全盤的皇民化？抱著這些支那的老骨董，究竟這些東西能帶你們到哪裡去？能帶我們年輕這一輩到哪裡去？我們都相信再過十年，臺灣『新日本人』就要成為完全的日本人了。這就是我的名字，這就是我的人生！」

做父親的對兒子的憤怒與激昂不是毫無同理之心，但是，為什麼要在這個時候？為什麼不再等等看，風向究竟會怎麼轉變？他怎麼能在我面前指責我是他的絆腳石？新？新？難道只有他聽說過這個字？「滿洲國」、「皇民運動」、「大東亞共榮圈」……這些名詞，哪一個在出現的時候不是新穎又具號召力的？哪一次我陳木榮不是從這些新風向中掌握到了商機？——

戰爭到了末期，日本軍的敗相已露，透過經常來往租界地的商人朋友，這樣的消息耳語想要遏制也難。出診來到家中為小慎看病的日本醫生，想必比他更早明白這場戰爭的結局。陳桑，包在我身上。人選都已經幫你挑好了，沒家沒眷的一個傷兵，跟小慎少爺年紀相仿。對方願意為小慎鋌而走險，當然還是看在錢的分上。但是——

他懷疑腫瘤細胞已經侵入了他的腦部，怎麼他已記不得，在接受醫生那個大膽提議的當下，自己有沒有過掙扎或猶豫？——是因為自己對小慎已徹底絕望了？或是覺得無法再面對這個恥辱？還是他太了解自己的兒子，就算復元以後，那也再不會是原來的小慎？——至少現在的小慎不必忍受學習支那語的痛苦，終於可以做真正的日本人了——這樣的安排，終究算是抵銷了之前曾讓他感到懊悔的錯誤，還是——

放下筆，揉掉了不知是第幾封無法寄出的家書草稿。

耳邊響起的，不再是婉轉俏皮的歌聲，而是兒時田間搭起的戲臺上傳來的絲絃與鑼鼓喧譁。也許迎接他的隊伍已經來到門前了。答案的揭曉，他知道，自己已經看不到了。

——《九歌106年小說選》，九歌

原載《印刻文學生活誌》二〇一七年五月號，第一六五期

郭強生

郭強生（一九六四—）。臺大外文系畢業，美國紐約大學(NYU)戲劇博士，目前為國立臺北教育大學語文與創作學系教授。高中時期便於「聯副」發表小說進入文壇，二十二歲出版第一本短篇小說集《作伴》。留美期間又陸續獲得時報文學獎戲劇首獎與文建會劇本創作首獎。二〇一二年出版長篇小說《惑鄉之人》，獲第三十七屆金鼎獎。散文集《何不認真來悲

傷》獲開卷好書獎、金鼎獎、台灣文學金典獎；《我將前往的遠方》獲金石堂年度十大影響力好書獎。其他作品包括小說《尋琴者》、散文集《我是我自己的新郎》、《就是捨不得》、日記文學《2003／郭強生》，以及評論文集《如果文學很簡單，我們也不用這麼辛苦》、《文學公民》、《在文學傍徨的年代》。劇場編導作品計有《非關男女》、《慾可慾非常慾》、《給我一顆星星》、《慾望街車》等多部。郭強生優遊於文學與文化不同領域，其文字美學與創作視角成熟沉穩，澎湃中見深厚底蘊。

文字風景

〈罪人〉是九歌一〇六年年度小說獎作品，其中對於「罪」的探索後勁十足。小說如此提醒我們：「真相的拼圖，只有完全無罪的人才有資格去完成。」然而，在這個世界上，究竟有誰是完全無罪的呢？〈罪人〉的起筆，是一位「像是永遠在服喪中的女人」林玉枝，她經歷的那個時代有些事最好別多問。但有人偏偏要追問，當時究竟發生了什麼事。二〇一二年初秋，一位日本人橫光來臺探訪昔日千歲町舊事，線索是一張寫有地址的舊照片。這張相片成了解決謎團的憑藉，也負載著一段日本殖民時期的沉重故事。這趟尋找真相之旅，必須從精神失常的富商之子陳慎與傭人玉枝說起……。

小說家挪借日本殖民末期的臺灣歷史情境，與大時代展開對話，辯證身分與認同的糾葛。青年陳慎懷抱著文藝夢，期待在「母國中央文壇」大展身手。由此看來，歷經皇民運動的臺灣人，無法「做真正的日本人」、無法「成為另一個人」，或許正是精神疾病的肇因。郭強生說：「所謂完整的『真相』，我們究竟能不能扛得起？所以我刻意用一件很小的事件來帶出整個年代。」然而，小說畢竟不同於歷史，小說裡的真實或許比歷史的真實更加有血有淚，小說有一種奇特的能量，可以觸碰人心最幽深的部分，讓理解與同感得以實現。〈罪人〉這篇小說負載的微言大義，正如郭強生所說的：「歷史不會同情那些曾做出錯誤選擇的人，但是小說可以。歷史擺脫不了意識型態，但是小說必須，並最終讓不同的聲音對話成為可能。」

〈罪人〉呈現的空間感令人驚豔，造境摹寫之功是這篇小說一大亮點。昔日女歌手愛愛的青春歌聲迴盪，尤其有畫龍點睛之妙。這篇小說中的空間場景，源自郭強生的童年回憶，他提到：「我的外公曾經是臺大教授，一直住在紹興南街的日式宿舍。那是我生命中很重要的一段記憶，當時形形色色的人，成了小說裡的的血肉，紀念回不去的時代。」〈罪人〉的格局宏大，情節開合有度，伊格言如此看待這篇小說：「現代性、殖民歷史、冷戰格局與個人卑猥的脆弱於此交會，交織而成一逼近長篇量體之史詩格局。」郭強生用這篇小說探問歷史，不為了究責，只是為了體貼那些受傷的靈魂，善待那些個別的祕密與回憶。

少女小漁

嚴歌苓

據說從下午三點到四點，火車站走出的女人們都粗拙、兇悍，平底鞋，一身短打，並且複雜的過盛的體臭脹人腦子。

還據說下午四點到五點，走出的就是徹底不同的女人們了。她們多是長襪子、高跟鞋，色開始敗的濃妝下，表情仍矜持。走相也都婀娜，大大小小的屁股在窄裙子裏滾得溜圓。

前一撥女人是各個工廠放出來的，後一撥是從寫字樓走下來的。悉尼的人就這麼叫：「女工」、「寫字樓小姐」。其實前者不比後者活得不好。好或不好，在悉尼這個把人活簡單活愚的都市，就是賺頭多少。女工賺的比寫字樓小姐多，也不必在衣裙鞋襪上換景，錢都可以吃了，住了，積起來買大東西。比方，女工從不戴假首飾，都是真金真鑽真翠，人沒近，身上就有光色朝你尖叫。

還有，回家洗個澡，蛻皮一樣換掉衣服，等寫字樓小姐們仍是一身裝一臉妝走出車站票門，女工們已重新做人了。她們這時都換了寬鬆的家常衣裳——在那種衣裳裏的身子比光著還少拘束——到市場拾剩來了。一天賣到這時，市場總有幾樣菜果或肉不能再往下剩，廉價到了幾乎實現「共產主義」。這樣女工又比寫字樓小姐多一利少一弊：她們掃走了全部便宜，什麼也不給「她們」剩。

不過女人們還是想有一天去做寫字樓小姐。穿高跟鞋、小窄裙，畫面目全非的妝。戴假首飾也吧，買不上便宜菜也吧。

小漁就這樣站在火車站，身邊擱了兩隻塑料包，塞滿幾葷幾素卻僅花掉她幾塊錢。還有一些和她裝束差不多的女人，都在買好菜後順便來迎迎丈夫。小漁丈夫其實不是她丈夫（這話怎麼這樣難講清？）和她去過證婚處的六十七歲的男人跟她什麼關係也沒有。她跟老人能有什麼關係呢？就他？老糟了、肚皮疊著像梯田的老義大利人？小漁才二十二歲，能讓丈夫大出半個世紀去嗎？這當然是移民局熟透的那種騙局。小漁花錢，老頭賣人格，他倆合夥糊弄反正也不是他們自己的政府。大家都這麼幹，移民局僱不起那麼多勞力去跟蹤每對男女。在這個國家別說小女人嫁老男人，就是小女人去嫁老女人，政府也恭喜。

又一批乘客出來了，小漁脖子往上引了引。她人不高不大，卻長了高大女人的胸和臀，有點豐碩得沉甸甸了。都說這種女人會生養，會吃苦勞作，但少腦筋。少腦筋往往又多些好心眼。不然她怎麼十七歲就做了護士？在大陸——現在她也習慣管祖國叫「大陸」，她護理沒人想管的那些人，他們都在死前說她長了顆好心眼。她出國，人說：好報應啊，人家為出國都要自殺或殺人啦，小漁出門乘涼一樣就出了國。小漁見他走出來，馬上笑了。人說小漁笑得特別好，就因為笑得毫無想法。

他叫江偉，十年前贏過全國蛙泳冠軍，現在還亮得出一身漂亮的田雞肉。認識小漁時他正要出國，這朋友那朋友從三個月之前就開始為他餞行。都說：以後混出半個洋人來別忘了拉扯拉扯咱哥兒們。小漁是被人帶去的，和誰也不熟，但誰邀她跳舞她都跳。把她貼近她就近，把她推遠她就遠，笑得都一樣。江偉的手在她腰上不老實了一下，她笑笑，也認了。江偉又近一步，她擡起臉問：「你幹嘛呀？」好像就她一個不懂男人都有無聊混蛋的時候。問了她名字工作什麼的，他邀她周末出去玩。

「好啊。」她也不積極也不消極地說。

星期日他領她到自己家裏坐了一個鐘頭，家裏沒一個人打算出門給他騰地方。最後只有他帶她走。一處又一處，去了兩三個公園，到處躲不開人眼。小漁一句抱怨沒有。他說這地方怎麼淨是大活人，她便跟他走許多路，換個地方。最後他們還是回到他家，天已黑了。在院子大門後面，他將她橫著豎著地抱了一陣。問她：「你喜歡我這樣嗎？」她沒聲，身體被揉成什麼形狀就什麼形狀。第二個周末他與她上了牀。忙過了，江偉打了個小盹。半醒著他問：「你頭回上牀，是和誰？」

小漁慢慢說：「一個病人，快死的。他喜歡了我一年多。」

「他喜歡你你就讓了？」江偉像從髮梢一下緊到腳趾。小漁還從他眼裏讀到：你就那麼欠男人？那麼不值什麼？她手帶著心事去摩挲他一身運足力的青蛙肉，「他跟渴急了似的，樣子真痛苦、真可憐。」她說。她拿眼講剩下的半句話：你剛才不也是嗎？像受毒刑；像我有飯卻餓著你。

江偉走了半年沒給她一個字，有天卻寄來一信封各式各樣的紙，說已替她辦好了上學手續，買好了機票，她拎著這一袋子紙到領事館去就行了。她就這麼「八千里路雲和月」地來了。也沒特別高興、優越。快上飛機了，行李裂了個大口，母親見大廳只剩了她一個，火都上來了：「要趕不上了！怎麼這麼個肉脾氣？」小漁擡頭先笑，然後厚起嗓門說：「人家不是在急嘛？」

開始的同居生活是江偉上午打工下午上學，小漁全天打工周末上學。兩人只有一頓晚飯時間過在一塊。一頓飯時間他們過得很緊張，要吃、要談、要親暱。吃和親暱都有花樣，談卻總談一個話題：等有了身分，咱們幹什麼幹什麼。那麼自然，話頭就會指到身分上。江偉常笑得乖張，說：「你去嫁個老外吧？」

「在這兒你不就是個老外？」小漁說。後來知道不能這麼說。

「怎麼啦，嫌我老外？你意思沒身分就是老外，對吧？」他煩惱地將她遠遠一扔。沒空間，扔出了個心理距離。

再說到這時，小漁停了。留那個坎兒他自己過。他又會來接她，不知問誰：「你想，我捨得把你嫁老外嗎？」小漁突然發現個祕密：她在他眼裏是漂亮人，漂亮得了不得。她一向瞅自己挺馬虎，鏡子前從沒耐煩過，因為她認為自己長得也馬虎。她既不往自己身上費時也不費錢。不像別的女性，狠起來把自己披掛得像棵聖誕樹。周末，唐人街茶點鋪就晃滿這種「樹」，望去像個聖誕林子。

江偉一個朋友真的找著了這麼個下作機構：專為各種最無可能往一塊過的男女扯皮條。「要一萬五千呢！」朋友警告。他是沒指望一試的。哪來的錢，哪來的小漁這樣個女孩，自己湊錢去受一場蹧賤。光是想像同個豬八戒樣的男人往證婚人面前並肩站立的一刻，多數女孩都覺得要瘋。別說與這男人同出同進各種機構，被人瞧、審問，女孩們要流暢報出男人們某個被捂著蓋著的特徵。還有宣誓、擁抱、接吻，不止一回、兩回、三回。那就跟個不像豬八戒的男人搭檔吧？可他要不那麼豬八戒，會被安安生生剩著，來和你幹這個嗎？還有，他越豬，價越低。一萬五，老頭不瘸不瞎，就算公道啦。江偉就這麼勸小漁的。

站在證婚人的半圓辦公桌前，與老頭並肩拉手，小漁感覺不那麼恐怖。事先預演的那些詞，反正她也不懂。不懂的東西是不過心的，僅在唇舌上過過，良知臥得遠遠，一點沒被驚動。

江偉偽裝女方親友站一邊，起初有人哄他「鍾馗嫁妹」、「范蠡捨西施」，他還笑，漸漸地，誰逗他他把誰瞪回去。小漁沒回頭看江偉，不然她會發現他這會兒是需要去看看的。他站在一幫黃皮膚「親戚老俵」裏，喉節大幅度升降，全身青蛙肉都鼓起，把舊貨店買來的那件西裝脹得要綻線。她只是在十分必要時去看老頭。老頭在這之前染了髮，這錢也被他拿到小漁這兒來報帳了。加上租一套西裝，買一瓶男用香水，老頭共賴走她一百圓。後來知道，老頭的髮是瑞塔染的，西裝也是瑞塔替他改了件他幾十年前在樂團穿的演奏服。瑞塔和老頭有著頗低級又頗動人的關係。瑞塔陪老頭喝酒、流淚、思鄉和睡覺。老頭拉小提琴，她唱，儘管唱得到處跑調。老頭全部家當中頂值價的就是那把提琴了。沒了琴托，老頭也不去配，因為配不到同樣好的木質，琴的音色會受影響。老頭是這麼解釋的，誰知道。沒琴托的琴靠老頭肩膀去夾，仍不很有效，琴頭還是要脫拉下來，低到他腰以下。因此老頭就有了副又淒楚又潦倒的拉琴姿態。老頭窮急了，也沒到街上賣過藝，瑞塔逼他，他也不去。他賣他自己。替他算算，如果他不把自己醉死，他少說還有十年好活，兩年賣一回，一回他掙一萬，到死他不會喝風啜沫。這樣看，從中剝走五千圓的下作「月佬」，就不但不下作並功德無量了。

耍了一百圓無賴的老頭看上去就不那麼賴了。小漁看他頭髮如漆，梳得很老派；身上酒氣讓香水蓋掉了。西裝穿得周正，到底也倜儻過。老頭目光直咄咄的，眉毛也被染過和梳理過，在臉上蓋出兩塊濃蔭。他形容幾乎是正派和嚴峻的。從他不斷抿攏的嘴唇，小漁看出他呼吸很短，太緊張的緣故。最後老頭照規矩擁抱了她。看到一張老臉向她壓下來，她心裏難過起來。她想他那麼大歲數還要在這醜劇中這樣艱辛賣力地演，角色對他來說，太重了。他已經累得喘不上氣了。多可悲呀——她還想，他活這麼大歲數只能在這種醜劇中扮個新郎，而沒指望真去做回新郎。這輩子他都不會有這個指望了，所以他才把這角色演得那麼真，在戲中過現實的癮。老頭又乾又冷的嘴唇觸上她的唇時，她再也不敢看他。什麼原因，妨礙了他成為一個幸福的父親和祖父呢？他身後竟沒有一個人，來起鬨助興的全是黃皮膚的，她這邊的。他真的孤苦得那樣徹底啊。瑞塔也沒來，她來，算是誰呢。當小漁睜開眼，看到老頭眼裏有點憐惜，似乎看誰毀了小漁這麼個清清潔潔的少女，他覺得罪過。

過場全走完後，人們擁「老夫少妻」到門外草坪上。說好要照些相。小漁和老頭在一輛碰巧停在草坪邊緣的「本茨」前照了兩張，之後陪來的每個人都竄到車前去喊：「我也來一張！」無論如何，這生這世有那一刻擁有過它，就是誇口、吹牛皮，也不是毫無憑據。只有江偉沒照，慢慢拖在人羣尾巴上。

小漁此時才發現他那樣的不快活。和老頭分手時，大家拿中國話和他嘻哈：「拜拜，老不死你可硬硬朗朗的，不然您那間茅房，我們可得去佔領啦……」江偉惡狠狠地嘎嘎笑起來。

當晚回到家，小漁照樣做飯炒菜。江偉運動筷子的手卻是瞎的。終於，他停下散漫的談天，叫她去把口紅擦擦乾淨。她說那來的口紅？她回來就洗了澡。他筷子一拍，喊：「去給我擦掉！」

小漁瞪著他，根本不認識這個人了。江偉衝進廁所，撕下了截手紙，扳住她臉，用力擦她嘴唇連鼻子臉頰也一塊扯進去。小漁想：他明明看見桌上有餐紙。她沒掙扎，她生怕一掙扎他心裏那點憋屈會發洩不淨。她想哭，但見他伏在她肩上，不自恃地飲泣，她覺得他傷痛得更狠更深，把哭的機會給他吧。不然兩人都哭，誰來哄呢。她用力扛著他的哭泣，他燙人的抖顫，他衝天的委屈。

第二天清早，江偉起身打工時吻了她。之後他仰視天花板，眼神懵著說：「還有三百六十四天。」小漁懂他指什麼。一年後，她可以上訴離婚，再經過一段時間出庭什麼的，她就能把自己從名義上也撤出那婚姻勾當。但無論小漁怎樣溫存體貼，江偉與她從此有了那麼點生分；一點陰陽怪氣的感傷。他會在興致很好時冒一句：「你和我是真的嗎？你是不是和誰都動真的。」他問時沒有威脅和狠勁，而是虛弱的，讓小漁疼他疼壞了。他是那種虎生生的男性，發蠻倒一切正常。他的笑也變了，就像現在這樣：眉心抽著，兩根八字紋順鼻兩翼拖下去，有點尷尬又有點歹意。

江偉發覺站在站口許多妻子中的小漁後馬上堆出這麼個笑。他們一塊往家走。小漁照例不提醒她手裏拎著兩個大包。江偉也照例是甩手走到樓下才發現：「咳，你怎麼不叫我拿！」然後奪去所有的包。小漁累了一樣笑，累了一樣上樓上很慢。因為付給老頭和那個機構的錢一部分是借的，他倆的小公寓搬進三條漢子來分擔房租。一屋子腳味。小漁剛打算收拾，江偉就說：「他們花錢僱你打掃啊？」

三條漢子之一在製衣廠剪線頭，一件羊毛衫沾得到處是線頭，小漁動手去摘，江偉也火：「你是我的還是公用的？」

小漁只好硬下心，任它臭、髒、亂。反正你又不住這兒，江偉常說，話裏梗梗地有牢騷。好像小漁情願去住老頭的房。「結婚」第二周，老頭跑來，說移民局一清早來了人，直問他「妻子」哪去了。老頭說上早班，下次他們夜裏來，總不能再說「上夜班」吧？移民局探子又看見了幾件女人衣裙，瑞塔的，他拿眼比試衣裙長度，又去比試結婚照上小漁的高度，然後問：「你妻子是中國人，怎麼盡穿義大利裙子？」

江偉只好送小漁過三條街，到老頭房子裏去了。老頭房雖破爛卻是獨居，兩間臥室。小漁那間臥室的衛生間不帶淋浴，洗澡要穿過老頭的房。江偉嚴格檢查了那上面的鎖，還好使，也牢靠。他對她說：老東西要犯壞，你就跳窗子，往我這兒跑，一共三條街，他撵上你也跑到了。小漁笑著說：不會的。江偉說憑什麼不會？聽見這麼年輕女人洗澡，癱子都起來了！

「不會的，還有瑞塔。」小漁指指正陰著臉在廚房炸魚的瑞塔說。瑞塔對小漁就像江偉對老頭一樣，不掩飾地提防。小漁搬進去，老頭便不讓她在他房裏過夜，說移民局再來了，故事就太難講了。

半年住下來，基本小亂大治。小漁每天越來越早地回老頭那兒去。江偉處擠，三條漢子走了一條，另一條找個自己幹裁縫的女朋友，天天在家操作縫紉機。房裏多了噪音少了髒臭，都差不多，大家也沒什麼囉嗦。只是小漁無法在那裏讀書。吃了晚飯，江偉去上學，她便回老頭那兒。她在那兒好歹有自己的臥室，若老頭與瑞塔不鬧不打，那兒還清靜。她不懂他們打鬧的主題。為錢？為房子漏？為廚房裏蟑螂造反？為下水道反芻？為兩人都無正路謀生，都逼對方出去奔伙食費？活到靠五十的瑞塔從未有過正經職業，眼下她幫闊人家做義大利菜和糕餅。她賺多賺少，要看多少家心血來潮辦義式家宴。

偶然地，小漁警覺到他倆吵一部分為她。有回小漁進院子，她已習慣摸黑上門階。但那晚門燈突然亮了。進門見老頭站在門裏，顯然聽到她腳步趕來為她開的燈。怕她摔著、磕碰著？怕她膽小怕黑？怕她鄙薄他：窮得連門燈也開不起？她走路不響的，只有悄然仔細的等候，才把時間掐得那麼準，為她開燈。難道他等候了她？為什麼等她，他不是與瑞塔頑脾頑得好好的？進自己屋不久，她聽見「哞」一聲，瑞塔母牲口一樣嚎起來。然後是吵。吵吵吵，義大利語吵起來比什麼語言都熱烈奔放解恨。第二天早晨，老頭縮在桌前，正將裝「結婚照」的鏡框往一塊茬，玻璃沒指望茬上了。她未敢問怎麼了。怎麼了還用問？她慢慢去撿地上的玻璃渣，跟她有過似的。

「瑞塔，她生氣了？」她問。老頭眼從老花鏡上端、眉弓下端探出來，那麼吃力。可不能問：是為你給我開了門燈（愛護？關切？獻殷勤？）本來這事就夠不三不四了，她再問；再弄準確些，只能使大家都窘死。

老頭聳聳肩，表示：還有比生氣更正常的嗎？她僵站一會，說：「還是叫瑞塔住回來吧？」其實並不難混過移民局的檢查，他們總不會破門而入，總要先用門鈴通報。門鈴響，大家再做戲。房子亂，哪堆垃圾裏都藏得進瑞塔。不不不。老頭越「不」越堅決。小漁斂聲了。她擱下隻信封，輕說：「這兩周的房錢。」

老頭沒去看它。

等她走到門廳，回頭，見他已將鈔票從信封裏挖出，正點數。頭向前伸，像吃什麼一樣生怕掉渣兒而去就盤子。她知道他急於搞清錢數是否如他期待。上回他漲房價，江偉跑來和他討價還價，最後總算沒動粗。這時她見老頭頭頸恢復原位，像吃飽吃夠了，自個兒跟自個兒笑起來。小漁只想和事，便按老頭要的價付了房錢，也不打算告訴江偉。不就十塊錢嗎？就讓老頭這般沒出息地快樂一下吧。

瑞塔吵完第二天準回來，接下來的兩三天會特別美好順溜。這是老頭拉琴她唱歌的日子。他們會這樣拉呀唱的沒夠：攤著一桌子碟子、杯子，一地紙牌、酒瓶，垃圾桶臭得瘟一樣。小漁在屋裏聽得感動，心想：他們每一天都過得像末日，卻在琴和歌裏多情。他倆多該結婚啊，因為除了他們彼此欣賞，世界就當沒他們一樣。他倆該生活在一起，誰也不嫌誰，即使自相殘殺，也可以互舔傷口。

據說老頭在「娶」小漁之前答應了娶瑞塔，他們相好已有多年。卻因為她夾在中間，使他們連那一塌糊塗的幸福也沒有了。

小漁心裏的慚愧竟真切起來。她輕手輕腳走到廚房，先把垃圾袋拎了出去。她總是偷偷幹這些事，不然瑞塔會覺得她侵犯她的主權，爭奪主婦位置。等她把廚房清理一淨，洗了手，走出來，見兩人面對面站窗口。提琴弓停了，屋裏還有個打抖的尾音不肯散去。他們歌唱了他們的相依為命，這會兒像站著安睡了。小漁很感動、很感動。

是老頭先看見了小漁。他推開正吻他的瑞塔，張惶失措地看著這個似乎誤闖進來的少女。再舉起琴和弓，他僅為了遮掩難堪和羞惱。沒拉出音，他又將兩臂垂下。小漁想他怎麼啦？那臉上更迭的是自卑和羞愧嗎？在少女這樣一個真正生命面前，他自卑著自己，抑或還有瑞塔，那變了質的空掉了的生命——似乎？這種變質並不是衰老帶來的，卻和墮落有關。然而，小漁委屈著尊嚴，和他「結合」，也可以稱為一種墮落。但她是偶然的、有意識的；他卻是必然的、下意識的。下意識的東西怎麼去糾正？小漁有足夠的餘生糾正一個短暫的人為的墮落，他卻沒剩多少餘生了。他推開瑞塔，還似乎怕他們醜陋的享樂唬著小漁；又彷彿，小漁清新的立在那兒，那麼青春、無殘，使他意識到她不配做那些，那些是小漁這樣有真實生命和青春的少女才配做的。

其實那僅是一瞬。一瞬間那裏容得下那麼多感覺呢？一瞬間對你抓住的是實感還是錯覺完全不負責任。這一瞬對瑞塔就是無異常的一瞬。她邀請小漁也參加進來，催促老頭拉個小漁熟悉的曲子，還給小漁倒了一大杯酒。

「太晚了，我要睡了。」她謝絕：「明天我要打工。」

回到屋，不久聽老頭送瑞塔出門。去衛生間刷牙，見老頭一個人坐在廚房喝酒，兩眼空空的。「晚安。」他說，並沒有看小漁。

「晚安。」她說：「該睡啦，喝太多不好。」她曾經常這樣對不聽話的病人說話。

「我背痛。我想大概睡得太多了。」

小漁猶豫片刻還是走過去。他赤著膊，骨頭清清楚楚，肚皮卻囊著。他染過的頭髮長了，花得像蘆花雞。他兩隻小臂像毛蟹。小漁邊幫他揉背邊好奇地打量他。他說了聲「謝謝」，她便停止了。他又道一回「晚安」，並站起身。她正要答，他卻拉住她手。她險些大叫，但克制了，因為他從姿式到眼神都沒有侵略性。「你把這裏弄得這麼乾淨；你總是把每個地方弄乾淨。為什麼呢，還有三個月，你不就要搬走了嗎？」

「你還要在這裏住下去啊。」小漁說。

「你還在門口種了花。我死了，花還會活下去。你會這樣講，對吧？」

小漁笑笑：「嗯。」她可沒有這麼想過，想這樣做那樣做她就做了。老頭慢慢笑。是哪種笑呢？人絕處逢生？樹枯木逢春？他一手握小漁的手，一手又去把盞。很輕地喝一口後，他問：「你父親什麼樣，喝酒嗎？」

「不！」她急著搖頭，並像孩子反對什麼一樣，堅決地撮起五官。

老頭笑出了響亮的哈哈，在她額上吻一下。

小漁躺在牀上心仍跳。老頭怎麼了？要不要報告江偉？江偉會在帶走她之前把老頭鼻子揍塌嗎？「老畜牲，豆腐撿嫩的吃吶？」他會這樣罵。可那叫「吃豆腐」嗎？她溫習剛才的場面與細節，老頭像變了個人。沒了她所熟悉的那點淡淡的無恥。儘管他還赤膊，齷齪邋遢，但氣質裏的齷齪邋遢卻不見了。他問：你父親喝酒嗎？沒問你男友如何。他只拿自己和她父親排比而不是男友。也許什麼使他想做一回長輩。他的吻也是長輩的。

周末她沒對江偉提這事。江偉買了一輛舊車，為去幹掙錢多的養路工。他倆現在只能在車上做他倆的事了。「下個月就能還清錢。」他說，卻仍展不開眉。看他膚色曬得像土人，汗毛一根也沒了，小漁緊緊摟住他。似乎被勾起一堆窩囊感慨，她使勁吻他。

十月是春天，在悉尼。小漁走著，一輛發出拖拉機轟鳴的車停在她旁邊。老頭的車。

「你怎麼不乘火車？」他讓她上車後問。

她說她已步行上下工好幾個月了，為了省車錢。老頭一下沉默了。他漲了三次房錢，叫人來修屋頂、通下水道、滅蟑螂，統統都由小漁付一半花銷。她每回接過帳單，不吭聲立刻就付錢，根本不向江偉吐一個字。他知道了就吵和罵，瞪著小漁罵老頭，她寧可拿錢買清靜。她瞞著所有人吃苦，人總該不來煩她了吧。不然怎樣呢？江偉不會說，我戒菸、我不去夜總會、我少和男光棍們下館子，錢省下你好乘車。他不會的，他只會去鬧，鬧得贏鬧不贏是次要的。「難怪，你瘦了。」在門口停車，老頭才說。他一路在想這事。她以為他會說：下月你留下車錢再交房錢給我吧。但沒有這話，老頭那滲透貧窮的骨肉中不存在這種慷慨。他頂多在買進一張舊沙發時，不再把帳單給小漁了。瑞塔付了一半沙發錢，從此她便盤據在那沙發上抽菸、看報、染腳趾甲手指甲，還有望獃。

一天她望著小漁從她面前走過，進衛生間，突然揚起眉，笑一下。小漁淋浴後，總順手擦洗浴盆和臉盆。梳妝鏡上總是霧騰騰濺滿牙膏沫；檯子上總有些毛渣，那是老頭剪鼻孔毛落下的；地上的彩色碎指甲是瑞塔的。她最想不通的是白色香皂上的污穢指紋，天天洗，天天會再出現。她準備穿衣時，門響一下。門玻璃上方的白漆剝落一小塊，她湊上一隻眼，卻和玻璃那面一隻正向內窺的眼撞上。小漁「哇」一嗓子，喊出一股血腥。那眼大得吞人一樣。她身子慌張地往衣服裏鑽，門外人卻嘎嘎笑起來。攏攏神，她辨出是瑞塔的笑。「開開門，我緊急需要用馬桶！」

瑞塔撩起裙子坐在馬桶上，暢快淋漓地排瀉，聲如急雨。舒服地長吁和打幾個戰慄後，她一對大黑眼仍咬住小漁，嚼著和品味她半裸的身子。「我只想看看，你的奶和臀是不是真的，嘻……」

小漁不知拿這個連內褲都不穿的女人怎麼辦。見她慌著穿衣，瑞塔說：「別怕，他不在家。」老頭現在天天出門，連瑞塔也不知他去忙什麼了。

「告訴你：我要走了。我要嫁個掙錢的體面人去。」瑞塔說。坐在馬桶上趾高氣揚起來。小漁問，老頭怎麼辦？

「他？他不是和你結婚了嗎？」她笑得一臉壞。

「那不是真的，你知道的！……」和那老頭「結婚」？一陣濃烈的恥辱襲向小漁。

「哦，他媽的誰知道真的假的！」瑞塔在馬桶上架起二郎腿，點上根菸。一會就灑下一層煙灰到地上。「他對我像畜生對畜生，他對你像人對人！」

「我快搬走了！要不，我明天就搬走了！……」

再一次，小漁想，都是我夾在中間把事弄壞了。「瑞塔，你別走，你們應該結婚，好好生活！」

「結婚？那是人和人的事。畜生和畜生用不著結婚，牠們不配結婚，在一塊配種，就是了！我得找那麼個人：跟他在一塊，你不覺得自己是個母畜生。怪吧，跟人在一塊，畜生就變得像人了；和畜生在一塊，人就變了畜生。」

「可是瑞塔，他需要人照顧，他老了呀……」

「對了，他老了！兩個月後法律才准許你們分居；再有一年才允許你們離婚。剩給我什麼呢？他說，他死了只要能有一個人參加他的葬禮，他就不遺憾了。我就做那個唯一參加他葬禮的人？」

「他還健康，怎麼會死呢？」

「他天天喝，天天會死！」

「可是，怎麼辦，他需要你喜歡你……」

「哦，去他的！」

瑞塔再沒回來。老頭酒喝個很靜。小漁把這靜理解成傷感。收拾衛生間，小漁將瑞塔的一隻空粉盒扔進垃圾袋，可很快它又回到原位。小漁把這理解為懷念。老頭沒提過瑞塔，卻不止一回脫口喊：「瑞塔，水開啦。」他不再在家裏拉琴，如瑞塔一直期望的：出去掙錢了。小漁偶爾發現老頭天天出門；是去賣藝。

那是個周末，江偉開車帶小漁到海邊去看手工藝展賣。哪裏有人在拉小提琴，海風很大，旋律被颳得一截一截，但小漁聽出那是老頭的琴音。走了大半個市場，並未見拉琴人，總是曲調忽遠忽近在人縫裏鑽。直到風大起來，還來了陣沒頭沒腦的雨，跑散躲雨的人一下空出一整條街，老頭才顯現出來。

小漁被江偉拉到一個冰淇淋攤子的大傘下。「咳，他！」江偉指著老頭驚詫道。「拉琴討飯來啦。也不賴，總算自食其力！」

老頭也忙著要找地方避雨。小漁叫了他一聲，他沒聽見。江偉斥她道：「叫他做什麼？我可不認識他！」

忙亂中的老頭帽子跌到了地上。去拾帽子，琴盒的按鈕開了，琴又摔出來。他撿了琴，捧嬰兒一樣看它傷了哪兒。一股亂風從琴盒裏捲了老頭的鈔票就跑。老頭這才把心神從琴上收回，去攆鈔票回來。

雨漸大，路奇怪地空寂，只剩了老頭，在手舞足蹈地捕蜂捕蝶一樣捕捉風裏的鈔票。

小漁剛一動就被捺住：「你不許去！」江偉說：「少丟我人。人還以為你和這老叫花子有什麼關係呢！」她還是掙掉了他。她一張張追逐著老頭一天辛苦換來的鈔票。在老頭看見她，認出渾身透濕的她時，摔倒下去。他半蹲半跪在那裏，仰視她，似乎那些錢不是她撿了還他的，而是賜他的。她架起他，一邊回頭去尋江偉，發現江偉待過的地方空蕩了。

江偉的屋也空蕩著。小漁等了兩小時，他未回。她明白江偉心裏遠不止這點彆扭。瑞塔走後的一天，老頭帶回一盆吊蘭，那是某家人搬房扔掉的。小漁將兩隻凳疊起，登上去掛花盆，老頭兩手掌住她腳腕。江偉正巧來，門正巧沒鎖，老頭請他自己進來，還說，喝水自己倒吧，我們都忙著。

「我們，他敢和你『我們』？你倆『我們』起來啦？」車上，江偉一臉噁心地說。「倆人還一塊澆花，剪草坪，還坐一間屋，看電視的看電視，讀書的讀書，難怪他『我們』……」小漁驚唬壞了：他竟對她和老頭幹起了跟蹤監視！「看樣子，老夫少妻日子過得有油有鹽！」「瞎講什麼？」小漁頭次用這麼炸的聲調和江偉說話。但她馬上又緩下來：「人嘛，過過總會和睦……」

「跟一個老王八蛋、老無賴，你也能往一塊和？」他專門挑那種能把意思弄誤差的字眼來引導他自己的思路。

「江偉！」她喊。她還想喊：你要冤死人的！但洶湧的眼淚堵了她的咽喉。車轟一聲，她不哭了。生怕哭得江偉心更毛。他那勁會過去的，只要讓他享受她全部的溫存。什麼都不會耽誤他享受她，痛苦、惱怒都不會。他可以一邊發大脾氣一邊享受她。「你究竟是個什麼樣的女人呢？」他在她身上痙攣著問。

小漁到公寓樓下轉，等江偉。他再說絕話她也絕不回嘴。男人說出那麼狠的話，心必定痛得更狠。她直等到半夜仍等個空。回到老頭處，老頭半躺在客廳長沙發上，臉色很壞。他對她笑笑。

她也對他笑笑。有種奇怪的會意在這兩個笑當中。

第二天她下班回來，見他毫無變化地躺著，毫無變化地對她笑笑。他們再次笑笑。到廚房，她發現所有的碟子、碗、鍋都毫無變化地擱著，老頭沒有用過甚至沒有碰過它們。他怎麼啦？她衝出去欲問，但他又笑笑。一個感覺舒適的人才笑得出這個笑。她說服自己停止無中生有的異感。

她開始清掃房子，想在她搬出去時留下個清爽些、人味些的居處給老頭。她希望任何東西經過她手能變得好些；世上沒有理應被糟蹋掉的東西，包括這個糟蹋了自己大半生的老頭。

老頭看著小漁忙。他知道這是她在這兒的最後一天，這一天過完，他倆就兩請了。她將留在身後一所破舊但宜人的房舍和一個孤寂但安詳的老頭。

老頭變了。怎麼變的小漁想不懂。她印象中老頭老在找遺失的東西：鞋拔子、老花鏡、剃鬚刀。有次一把椅子散了架，椅墊下他找到了四十年他一直在找的一枚微型聖像，他喜悅得那樣曖昧和神祕，連瑞塔都猜不透那指甲大的聖像所含的故事。似乎偶然地，他悄悄找回了遺失了更久的一部分他自己。那一部分的他是寧靜、文雅的。

現在他會拎著還不滿的垃圾袋出去，屆時他會朝小漁看看，像說：你看，我也做事了，我在好好生活了。他彷彿真的在好好做人：再不捱門去拿鄰居家的報看，也不再敲詐偶爾停車在他院外的人。他仍愛赤膊，但小漁回來，他馬上找衣服穿。他仍把電視音量開得驚天動地，但小漁臥室燈一黯，他立刻將它擰得近乎啞然。一天小漁上班，見早晨安靜的太陽裏走著拎提琴的老人，自食其力使老人有了副安泰認真的神情和莊重的舉止。她覺得那樣感動：他是個多正常的老人；那種與世界、人間處出了正當感情的老人。

小漁在院子草地上耙落葉時想，他會好好活下去，即使沒有了瑞塔，沒有了她。無意中，她瞅進窗裏，見老頭在動，在拚死一樣動。他像在以手臂拽起自己身體，很快卻失敗了。他又試，一次比一次猛烈地試，最後妥協了，躺成原樣。

原來他是動不了了！小漁衝回客廳，他見她，又那樣笑。他這樣一直笑到她離去；讓她安安心心按時離去？……她打了急救電話，醫生護士來了，證實了小漁的猜想：那雨裏的一跤摔出後果來了，老頭中了風。他們還告訴她：老頭情況很壞，最理想的結果是一周後發現他還活著，那樣的話，他會再一動不動地活些日子。他們沒用救護車載老頭去醫院，說是反正都一樣了。

老頭現在躺回了自己的牀。一些連著橡皮管和瓶子的支架豎在他周圍。護士六小時會來觀察一次，遞些茶飯，換換藥水。

「你是他什麼人？」護士問。對老頭這樣的窮病號，她像個仁慈的貴婦人。

老頭和她都賴著不說話。電話鈴響了，她被饒了一樣拔腿就跑。

「你東西全收拾好吧？」江偉在一個很吵鬧的地方給她打電話。聽她答還沒有，他話又躁起來：「給你兩鐘頭，理好行李，到門口等我！我可不想見他！……」你似乎也不想見我，小漁想。從那天她攙扶老頭回來，他沒再見她。她等過他幾回，總等不著他。電話裏問他是不是很忙，他會答非所問地說：我他媽的受夠了！好像他是這一年唯一的犧牲。好像這種勾當單單苦了他。好像所有的割讓都是他做的。「別忘了，」江偉在那片吵鬧中強調：「去問他討回三天房錢，你提前三天搬走的！」

「他病得很重，可能很危險……」

「那跟房錢有什麼相干？」

她又說，他隨時有死的可能；他說，跟你有什麼相干？對呀對呀，跟我有什麼相干。這樣想著，她回到自己臥室，東抓西抓地收拾了幾件衣服，突然擱下它們，走到老頭屋。

護士已走了。老頭像已入睡。她剛想離開，他卻睜了眼。完了，這回非告別不可了。她心裏沒一個詞兒。

「我以為你已經走了！」老頭先開了口。她搖搖頭。搖頭是什麼意思？是不走嗎？她根本沒說她要留下，江偉卻問：你想再留多久？陪他守他、養他老送他終？……

老頭從哪裏摸出張紙片，是張火車月票。他示意小漁收下它。當她接過它時，他臉上出現一種認錯後的輕鬆。

「護士問我你是誰，我說你是房客。是個非常好的好孩子。」老頭說。

小漁又搖頭。她真的不知自己是不是好。江偉剛才在電話裏咬牙切齒，說她居然能和一個老無賴處那麼好，可見是真正的「好」女人了。他還對她說，兩小時後，他開車到門口，假如門口沒她人，他調車頭就走。然後他再不來煩她；她願意陪老頭多久就多久。他再一次說他受夠了。

老頭目送她走到門口。她欲回身說再見，見老頭的拖鞋一隻底朝天。她去擺正它時，忽然意識到老頭或許再用不著穿鞋；她這分周到對老頭只是個刺痛的提醒。對她自己呢？這舉動是個藉口；她需要藉口多陪伴他一會，為他再多做點什麼。

「我還會回來看你……」

「別回來……」他眼睛去看窗外，似乎說：外面多好，出去了，幹嘛還進來？

老頭的手動了動。小漁感到自己的手也有動一動的衝動。她的手便去握老頭的手了。

「要是……」老頭看著她，滿嘴都是話，卻不說了。他眼睛大起來，彷彿被自己的不知天高地厚唬住了。她沒問——「要是」是問不盡的。要是你再多住幾天就好了。要是我死了你會記得我嗎？要是我幸運地有個葬禮，你來參加嗎？要是將來你看到任何一個孤伶伶的老人，你會由他想到我嗎？

小漁點點頭，答應了他的「要是」。

老頭向裏一偏頭，蓄滿在他深凹的眼眶裏的淚終於流出來。

——《少女小漁》，爾雅

原載民國八十一年四月三—五日中央日報副刊

嚴歌苓

嚴歌苓（一九五八—），生於上海，少年從軍，二十歲從文。代表作有：《扶桑》、《人寰》、《白蛇》、《少女小漁》、《第九個寡婦》、《小姨多鶴》、《金陵十三釵》、《穗子物語》、《陸犯焉識》等作品。一九八九年出國留學，就讀於芝加哥哥倫比亞藝術學院，獲文學創作藝術碩士學位。自一九九〇年陸續在海外發表近百篇文學作品，曾獲得臺灣和香港十項文學獎，在大陸也獲得多項文學獎。二〇〇七年出版第一部以英文直接創作的長篇小說《赴宴者》，被BBC廣播電臺選入小說連播。小說改編的電影《少女小漁》、《天浴》，分別獲得亞太電影節六項大獎和金馬獎七項大獎，根據她的長篇小說《金陵十三釵》、《陸犯焉識》改編，由張藝謀執導的影片分別參展於柏林和坎城影展。小說被譯成英、法、荷、義、德、日、西班牙、葡萄牙、希伯來等十六種語言。

文字風景

嚴歌苓的小說創作具有強大的影視感，她說故事的方式充滿光影與聲響，情節的推演節奏明快，很容易喚起讀者的感官知覺。小說改編的電影《少女小漁》、《天浴》、《金陵十三釵》、《歸來》，每一部都有獨到之處，藝術特質鮮明。〈少女小漁〉原係中央日報文學獎得獎作品，張艾嘉於一九九五年拍成電影，由劉若英與庹宗華擔綱演出。此片獲得亞太影展最佳影片、最佳女主角、最佳編劇等多項大獎。

電影文本置換了地理空間，小說中的悉尼（Sydney，雪梨）換成了紐約。影片中的故事架構與精神大致貼近小說文本，為了影像化的需求，增添了些許肌理——小漁與男友江偉移居美國，金錢開銷是異鄉生存的一大難題。江偉到魚市場打工，小漁在成衣廠賺取微薄工資。官員的突襲檢查，讓非法打工的小漁始終惶然不安。為了取得身分證，江偉安排小漁假結婚，讓小漁嫁給義大利裔美國人Mario……，人生的無奈往往就得從這種自作聰明的盤算說起。

小說中假結婚的對象沒有名字，而是稱之以「老頭」，這設計更顯得尖銳、有張力。小說原著可以說是嚴歌苓的「弱者的宣言」，性別、種族、階級的弱勢處境，全都匯聚在少女小漁身上。這也可看做是當代的、變形的「賣妻」故事，大概可以與王禎和〈嫁妝一牛車〉對讀。俗諺「賣某做大舅」，或許正是江偉的寫照。為了取得身分的金錢、婚姻交易，必然引起人性的試驗。老頭女友的刁難、江偉的嘲諷猜忌，在在構成小漁的生存困境。作為犧牲者、受害者的小漁，彷彿完全做不了主，完全沒有自我。然而，小說結局卻給了讀者微微的寬慰，小漁的女性主體意識正在萌發，她對老頭的憐憫關懷，也形成了一股動人的救贖力量。

老頭與小漁同是社會邊緣人，只不過邊緣亦有等級之分。同是天涯淪落人，彼此傾軋只會跌落深淵，或許只有真誠與善良可以為悲慘的命運帶來一些些光亮。當人生的錯誤已經發生，若能慈悲地對待他人口中的「要是……」，也許可以不再遺憾了吧。

花季

李昂

那是在我逝去的光耀的青春裏所發生的一小件事。

那時候，我還很年輕，年輕該是一個美妙的花季，可是我擁有的僅是從小書店買到的幾冊翻譯小說，和在我夢中出現的白馬王子。

事情發生得很簡單，還有些無趣。臨近聖誕節的十二月某一天，那早晨幾乎可以說是這個月份裏最光耀的，亮麗的陽光輕柔的成串灑下來，空氣清冷而乾燥。起床後，我留在後院，為察覺陽光是怎樣的喚起沉睡中的景物而心中充滿感動。

冬天遲升的太陽已照滿院子，我該去上學了，可是那種感動是這般深深的震撼了我。我想，懷著如此細楚的情致去枯坐在教室裏是十分可怕和不值得的，為什麼我不給自己一個假期？爸爸和媽媽都到工廠了，沒有人會知道我是否去上課的。

我再在院中待了一會，陽光暖暖的爬在背上，透過薄毛衣細細的撫著我，我在全然的舒弛下輕輕的旋轉起來。在想像中，這時候總該會有一雙美麗的黑眼睛在樹叢中或花堆裏細細的打量著我，那眼光是陰鬱的，略帶嘲諷的。我更加快速的旋轉起來，可是那對黑眼睛始終沒有出現。

枯坐在太陽下終是有些無聊的，我到屋中拿了一冊畫本，漫無目的地翻著，裏面的人物一個個像在陽光下的細小塵土不著邊際地飛閃過，翻到最後一頁，在一棵很大的耶誕樹下，王子同公主拉著手愉快的微笑著，畫旁有幾小行字：

「風吹動樹上飾著的風鈴，

王子和公主在十二月的聖誕裏。

追尋到他們永恆的幸福。」

聖誕節啊！我輕聲的說，感到有淚水爬上眼眶。我雖不能像他們一樣的過聖誕節，但我可以有一棵聖誕樹，一棵屬於我的，我可以用金鈴子來裝飾的聖誕樹。

我投身在市場，穿過湧雜的人羣，跨過地上擺著的蔬果，在一角找著一個賣花的花匠。

我要一棵樹，差不多有二、三尺高的。

什麼樣的樹？

什麼都可以，只要是有許多葉子的。

好的。

一個高大的女人突然一把抓住花匠，急促的說一些什麼，就擠沒入人潮了。我只能看到女人一雙長著青筋的，像寺廟裏盤著龍的柱子的腿，但不一會也就閃逝在肥瘦不同的腳羣裏了。

我站著，從早晨我沒去上課到現在，一切都是如此的可笑。逃學，公主與王子，莫名離去的花匠，我四周的鮮花，鮮花外湧嚷的人羣，一切一切都進行得十分古怪而滑稽，彷彿所有的秩序都給專愛惡作劇的精靈給擾亂了。

花匠再回來，手裏還推著一部腳踏車。

上去。他說，語氣粗率。

到那兒？我問。

去拿小樹。

哦，這個莫名其妙的花匠。

你的花不會給人偷走嗎？

不會的。答話中有明顯的不耐。

我坐上車子的後坐。好了。我說。

他開始踩動車子，安穩，緩慢，彷彿載著的不是向他買花的顧客，而是他女兒一類的東西。

我戲弄似的向四周的人微笑，熟識我的人會怎樣的張大他們鑲著金牙的嘴呵！我繼續的微笑著，可是在車子出了喧擾的人羣時，我的微笑已純屬是裝出來的，我竟然沒能遇著一個熟人，一個能夠引起任何騷動的熟人，我失望的將微笑按回嘴角。

車子滑過平坦的柏油路，漸向郊區行進，我仰著頭，讓十二月的寒風吹拂著我的額頭，揚起我的髮絲。我自覺這是一個美妙的姿勢，而總該有一雙美麗的黑眼睛在遠處深深的凝望著我的，我墜入我為自己編的黑眼睛的故事裏。

你的園子在那兒？四周已經很少行人，路旁開始出現幾區一人多高的甘蔗園，我才驚醒，有些驚慌的這樣問。

前面不遠的地方。是花匠的回答。

快到了吧！

快到了。

花匠平穩的調子並不能給我任何安全感，再加上四周荒涼的景物，使我想起可能發生的一件事。他會停下車子，轉過裝滿詭笑的臉，一把抓住我，帶我入那綿密的甘蔗園，他的被陽光晒成棕色的，還含著泥的手會掀開我的衣服，撫著我潔細的身子。一陣厭惡湧上，我轉動一下坐姿，彷彿這樣就可避免。

我必須要做一些什麼，我向自己說，否則我將成為犧牲品了。我還這麼年輕，屬於我的花季不該太早枯萎的。

迎面來了一個挑著兩個籮筐的農人。第一個快速來到我腦中的念頭是我跳下來，不管將有怎樣的傷害，再盡速奔向那個救命的農人。我猶豫了一下，我是多不願摔痛呵。就在這短短的時間內，車子又向前滾動了一些，農人離我已有相當的距離了，我只有作罷。

我決定還是坐在車子上，靜靜的等候可能發生的。如果花匠真有什麼舉動，我可以跑。在學校裏，我是一名快跑健將，我不相信我會輸給那麼一個已近殘年的男人。

我安心的坐著，開始構想一幕好戲。花匠再也跑不動了，我還能快速的奔跑，像一個矯健的山林女神，一面還回過頭來嘲笑她的愛慕者。在這個時候，花匠該有怎樣的一張臉孔呵！那必是為情慾激盪而扭曲了的，我這樣想。

還遠嗎？我嘲弄的拉著嗓子問。

不遠了。花匠微轉過頭來，安撫的笑了一笑。

我可以看到他被太陽晒成黝黑的側臉上高峙的勾鼻子和因臉頰下陷而拉下的薄唇的嘴角，他的額頭高潔，上有深刻的皺紋，眼睛埋在還算黑的眉下，映著太陽，似乎還閃著光。在這張臉上我讀不出來情慾，有的只是已經斷慾的老年人臉上才能有那種黝黑的嚴厲。我微有些失望。

車子猛一顫動，花匠快速的回轉過頭，我覺得車子似是撞上什麼東西。我機警的跳下來。

真太不小心了。花匠喃喃的說。彎低著身子嘗試將撞歪的把手扳正。我站在一旁。先前那種好玩的感覺又回來了。真可笑，我同一個陌生的男人來到一個我很少到的地方，還站在一旁看修理車子，這倒像是法國電影裏出遊的情侶。

算了，我想回家，我幾乎要這樣說，但也許是花匠安沉的臉給了我新的保障，也許是基於某一種原因。我只在路上來來回回的繞圈子。

妳再上來吧。花匠說，一腳跨上修好的車子。

我坐上後座。好了，我說。

在稍稍鬆弛下，我的想像力又恢復了。我想著花匠也許以前是讀書人（他的前額給我一種知識的肯定），不幸的卻有一個不貞的妻子，後來他的妻子和人私奔了，花匠在受到重大的打擊下開始依種花來謀生。我現在要到的必是開著細心栽種的各種花朵的園圃，在中央，有一幢白色的小屋子，四周爬滿長春藤，還有一個在傍晚會有冉冉炊煙的小煙囪。

為了要證實我的想法，我側轉過頭望了花匠一眼，可是在他平坦的背部上，我根本無法做任何確定的猜測。

我又想，他也許只是一個像他現在一樣的花匠，而且很可能是一個心理不正常的傢伙。一個人的外貌和他的舉動往往是有很大差別的，我以前曾聽說過這樣的一個故事，一個為人所敬仰的老人卻污辱了一個小學生。

車子吱的叫了一聲，突然煞住了。我還沒有完全放鬆的警覺使我很快的跳下來。我做出要起跑的姿勢，我必須在最開始就取得優勢，否則我將迷失在這一片像海洋的甘蔗園裏。

花匠下車，緩緩的轉過車子。就要來了，我對自己說，並退後一步。我的腿微微有些發抖，我懷疑我是否能夠奔跑，但我的心中充溢著一種說不出的新奇和興奮。這就要開始一個競賽了，不是平穩的無聊，而是刺激的，異於平常那種只能坐著等唯一的電影院換片的空漠生活。

我們要抄捷徑。花匠說，拉著車子率先進入一條不很明顯的小路。

我可以感覺到我的心在緩慢的，冷淡的跳動，隨在他身後，我怠惰的拖動腳步，身子虛晃晃的。

小路愈來愈狹窄，經常要撥開傾向路間的甘蔗才能通過。枯黃了的葉子條條垂在已經肥熟的棕紅色的蔗桿上，風一吹，就發出沙沙的啞叫聲。在這陽光無法透穿的蔗園裏，到處盡是枯殘了的生命和紅棕色蔗桿在薄光下所造成的邪意，我想起地藏王廟裏神像的臉，不覺打了一個冷顫。

剛剛由絕望引起的無所謂已由新的恐懼取代，我和花匠保持五、六步的距離，準備隨時轉身逃跑。以往閱讀過的神怪故事經由蔗園和對花匠的恐懼齊湧到我的腦中，以至走在幾步前的花匠在太陽下逐漸消失他的形體而變成一隻棕紅毛色的兔子。

我努力想驅除這些怪異的幻像，但並不很成功，直到我們走完蔗園，爬上一個小小的土丘，我才甩開那一片棕紅色——帶著毛和血的。

土質鬆而細，踩上去會再滑下來，我困難的一步步向上爬。太陽晒得我的臉孔發熱，蒸發得土丘更加的虛浮和散漫。我感到無助。四周沒有任何可依附的，沒有植物，更沒有綠色，天是清靜的藍，藍得沒有一絲雲，起不了一絲風，身後是枯黃和棕紅的蔗園，周圍則是一大片灰色的沙土。我渴想一隻扶助的手，不管是誰的，只要能幫助我逃離這個陷阱。而花匠困難的推著車子的身影卻使我開不得口。

我終於到達土丘上，相當猛烈且冰冷的風吹著我發汗的臉，寒冷再帶來恐懼，我離花匠遠遠的坐下來休息。在這兒，我驚奇的發現我就讀的學校的樓角在不遠的樹叢裏隨著風搖動樹木而忽隱忽現。我抬起腕錶，十點還不到，她們在上第二堂課。今天第二堂是國文，新婚不久的國文老師不知又要以怎樣輕柔的聲音來講課了，那真可笑，為什麼一個女人一結婚就變得像一塊軟糖一樣，還處處要顯露出她不勝負荷的新受到的甜蜜。

我們下去吧！花匠站起來。說。

我站好雙腳，輕輕的向前一滑，土粒的滑脫力相當大，使我幾乎要跌倒，我只有一腳跳一腳的向下跑。

實在不該走這條路的，不過快些，可以不必繞圈子。花匠喃喃的說，拉好自行車。上去。他說。

我坐好，我們就又向前行進。兩旁已不見甘蔗園，出現的是漠漠的水田。已經全拔完的茭白筍只剩下幾根枯枝佇留在水中，這些枯萎的植物我十分熟悉，如果猜得不錯，這條路該可以通達我就讀的學校。轉過那個小小的土地廟，就可以看到學校的樓角。

她們還在上課。如果我也坐在教室，該是又去計算國文老師的肚子又大了多少，是否她在婚前就已懷孕。懷孕這個詞彙一下子閃過我的腦子，如果我亦這樣？到那個時候，我該怎辦？像書中失身的女主角終日憂鬱，自殺？去墮胎？不會的，我向自己搖頭，我可以跑得很快，何況離學校並不十分遠。

學校的水塔已可望見。另一個新的疑懼升上，假如在校門口我不幸遇著一個任課老師，那我將作何解釋？不過那也許是好的，我將可以從這個我已不能完全決定，完全主動的遊戲中抽出身子。

校門口並沒有人，我有著莫名的不安和高興。在我尚未決定做些什麼，校門又遠遠的被拋在身後了。

到底還有多遠？再走一段路，我有些辛苦的問。

就在前面不遠的轉角。花匠依然平穩的說。

車子逐漸接近一大片墓地，累累的墳塋像成熟的豐盛果實。陽光下，墓碑閃著奇特的白光刺痛著我的眼睛。為什麼我不曾考慮到這個呵！他可能在利用完我後將我扼死，再拋到這荒塚裏，沒有人會知道的。我覺得冷，動了一下，幾乎一腳就要跳下來。

前面轉彎就到了。花匠說，似乎覺察到我的不安。

轉彎，墓地就在我的右後方了，我覺得好過一些。花匠下車，推開一扇竹子編的門。

就在這兒，進來看看。

一個不很大的園子，種了幾排綠綠的植物，我大多叫不出它們的名字，整個園子只有幾株菊花瘦弱的獨自開放。我難過得想要哭出來。沿途上我一直希望是開滿暖色花朵的小園圃呵！雖然現在已臨近聖誕，已是冬天。

花匠指給我幾棵小樹，它們是瘦小的，而且不適合用來裝飾。看著看著，我一直都不滿意。

在那一邊我還種有一些，去看看吧。

好的。我說。隨著他身後走入另一個小型的園子，在這裏，我又看到遠方散落的幾個墳塋，不祥籠上。我才注意到這個園子十分的封閉，四周被一些有刺的像仙人掌的植物團團的圍著，唯一的出口是剛才進來的那個小門，我環顧一下，想找出什麼可逃避的地方。最後，在一端的牆角我看到斜依著的一把鋤頭。我裝著是去看那兒的一棵樹，慢慢的，不著痕跡的走去。

這兒的幾棵也不錯。花匠說，隨在我身後。

我想盡快離開這個地方，就隨手指了一棵小樹，花匠低下身子去挖掘。我退到伸手可握到鋤頭的地方，站住，恐懼和好玩的心情又湧上。我幻想著將有的一場戰鬥。

花匠突然站直身子，我握緊鋤頭的柄，向前拉了一些，可是花匠毫不知覺的只伸了伸腰就去伏下身子。鋤頭從我手中滑落，撞上身後的植物，發出並不很大的聲響。

好了。他說。將掘起的樹包好，走向園門，我跟在他身後走了出來。

出了竹子編的小門，我回到大路，走幾步，一轉彎，墳塋就又可看見了。我提著小樹拔腿就跑，直到離墳地遠遠的才站住喘著氣。

一切竟是這樣的無趣，什麼也沒有發生，但我是否真正渴望發生一些什麼，我自己也不清楚。想著還要走那麼長的一段路，拉著小樹，我懶懶的拖著腳，一步慢似一步。

——《花季》，洪範

李昂

李昂（一九五二—），原名施淑端，彰化鹿港人。中國文化大學哲學系畢業，美國奧勒岡大學戲劇碩士，曾任教文化大學多年。曾獲聯合報文學獎，時報文學獎，賴和文學獎，吳三連文學獎等。二〇〇四年獲法國文化部頒贈最高等級「藝術文學騎士勳章」，二〇一六年獲中興大學頒授名譽文學博士學位。代表著作有小說《花季》、《殺夫》、《迷園》、《自傳の小說》、《北港香爐人人插》等，作品並被翻譯成多國文字出版。

文字風景

人們總說世界是一本大書，熱切追尋正確的打開和閱讀的方式。但所謂的「正確」恐怕只是一種集體的幻覺，而我們也只是活在自己對世界的想像裡，自編自導自演，還希望得到金獎肯定。這兩者之間有其連通的關鍵字，也就是「看」。如何向外窺看，如何被人窺看，如何在看與被看之間做出種種反應，成就日常生活的自我表演，乃是我們日日為之卻又毫無所覺，渴望公諸於眾卻選擇祕而不宣的心理樣態。

作為「天才文學少女」，十六歲的李昂所繳交出的初試啼聲之作〈花季〉，便是這樣的一篇作品。一般來說，讀者在閱讀這篇小說之時，很容易便能察覺作品中無處不在的性啟蒙的想像，以及日後成為李昂重要標記的，對於女性作為存在主體的反思。小說中的少女之所以會坐上花匠的腳踏車，去進行一場心理的冒險，其實是因為看見畫本中王子公主的幸福圖像。她渴望世俗的情愛與幸福，卻在路經學校的時候，對新婚不久的國文老師大加嘲諷，其中的轉折與諷刺極為明顯。前往花園取樹的過程中，這個少女的內心小劇場開始上演一齣又一齣關於性的誘引、性暴力與逃脫術的荒謬劇。然而那些想像中的情節終究沒有發生，少女一路上累積的興奮與恐懼的情緒全都落空，只剩下無趣與倦怠的感受，更讓我們看見小說家對於女性性心理的掌握。

然而我私自認為，小說中存在某些更細微的關鍵，它們才是令這篇小說故事情節能夠組構與推動的原因。故事的一開始，少女覺察了冬日早晨陽光的刺激，因而生出了逃學的念頭。這個刺激是帶有身體感的，彷彿一種觸撫，她隨即將它轉化成一種來自於異性的窺看，而這種「被窺看感」又更進一步的轉化成「主動表演」。這種表演之所以能夠成立，是因為女性的身體作為「被慾望的對象」而存在著，而少女意識到並利用了這一點，將表演當成了一場遊戲。

只是少女想像中的觀眾其實並不存在，而唯一與她互動的老花匠，也從來沒有真正地去「看」她。於是這場過度表演的遊戲就在無人觀看的狀態下結束，沒有掌聲，沒有獎勵，只有在小說之外身為觀眾的我們，欣賞了李昂初登場的處女秀。

命若琴弦

史鐵生

莽莽蒼蒼的群山之中走著兩個瞎子，一老一少，一前一後，兩頂發了黑的草帽起伏躦動，匆匆忙忙，像是隨著一條不安靜的河水在漂流。無所謂從哪兒來，也無所謂到哪兒去，每人帶一把三弦琴，說書為生。

方圓幾百上千里的這片大山中，層巒疊嶂，溝壑縱橫，人煙稀疏，走一天才能見一片開闊地，有幾個村落。荒草叢中隨時會飛起一對山雞，跳出一隻野兔、狐狸、或者其他小野獸。山谷中常有鷂鷹盤旋。

寂靜的群山沒有一點兒陰影，太陽正熱得兇。

「把三弦子抓在手裡。」老瞎子喊，在山間震起回聲。

「抓在手裡呢。」小瞎子回答。

「操心身上的汗把三弦子弄濕了。弄濕了晚上彈你的肋條？」

「抓在手裡呢。」

老少二人都赤著上身，各自拎了一條木棍探路，纏在腰間的粗布小褂已經被汗水洇濕了一大片。蹚起來的黃土乾得嗆人。這正是說書的旺季。天長，村子裡的人吃罷晚飯都不待在家裡；有的人晚飯也不在家裡吃，捧上碗到路邊去，或者到場院裡。老瞎子想趕著多說書，整個熱季領著小瞎子一個村子一個村子緊走，一晚上一晚上緊說。老瞎子一天比一天緊張、激動，心裡算定：彈斷一千根琴弦的日子就在這個夏天了，說不定就在前面的野羊坳。

暴躁了一整天的太陽這會兒正平靜下來，光線開始變得深沉。遠遠近近的蟬鳴也舒緩了許多。

「小子！你不能走快點兒嗎？」老瞎子在前面喊，不回頭也不放慢腳步。

小瞎子緊跑幾步，吊在屁股上的一只大挎包叮啷哐啷地響，離老瞎子仍有幾丈遠。

「野鴿子都往窩裡飛啦。」

「什麼？」小瞎子又緊走幾步。

「我說野鴿子都回窩了，你還不快走！」

「噢。」

「你又鼓搗我那電匣子呢。」

「噫——鬼動來。」

「那耳機子快讓你鼓搗壞了。」

「鬼動來！」

老瞎子暗笑：你小子才活了幾天？「螞蟻打架我也聽得著。」老瞎子說。

小瞎子不爭辯了，悄悄把耳機子塞到挎包裡去，跟在師父身後悶悶地走路。無盡無休的無聊的路。

走了一陣子，小瞎子聽見有隻獾在地裡啃莊稼，就使勁學狗叫，那隻獾連滾帶爬地逃走了，他覺得有點兒開心，輕聲哼了幾句小調兒，哥哥呀妹妹的。師父不讓他養狗，怕受村子裡的狗欺負，也怕欺負了別人家的狗，誤了生意。又走了一會兒，小瞎子又聽見不遠處有條蛇在遊動，彎腰摸了塊石頭砍過去，「嘩啦啦」一陣高粱葉子響。老瞎子有點兒可憐他了，停下來等他。

「除了獾就是蛇。」小瞎子趕忙說，擔心師父罵他。

「有了裝稼地了，不遠了。」老瞎子把一個水壺遞給徒弟。

「幹咱們這營生的，一輩子就是走。」老瞎子又說，「累不？」

小瞎子不回答，知道師父最討厭他說累。

「我師父才冤呢。就是你師爺，才冤呢，東奔西走一輩子，到了沒彈夠一千根琴弦。」

小瞎子聽出師父這會兒心緒好，就問：「什麼是綠色的長乙（椅）？」

「什麼？噢，八成是一把椅子吧。」

「曲折的油狼（遊廊）呢？」

「油狼？什麼油狼？」

「曲折的油狼。」

「不知道。」

「匣子裡說的。」

「你就愛瞎聽那些玩意兒。聽那些玩意兒有什麼用？天底下的好東西多啦，跟咱們有什麼關係？」

「我就沒聽您說過，什麼跟咱們有關係。」小瞎子把「有」字說得重。

「琴！三弦子！你爹讓你跟了我來，是為讓你彈好三弦子，學會說書。」

小瞎子故意把水喝得咕嚕嚕響。

再上路時小瞎子走在前頭。

大山的陰影在溝谷裡鋪開來。地勢也漸漸地平緩，開闊。

接近村子的時候，老瞎子喊住小瞎子，在背陰的山腳下找到一個小泉眼。細細的泉水從石縫裡往外冒，淌下來，積成臉盆大的小窪，周圍的野草長得茂盛，水流出去幾十米便被乾渴的土地吸乾。

「過來洗洗吧，洗洗你那身臭汗味。」

小瞎子撥開野草在水窪邊蹲下，心裡還在猜想著「曲折的油狼」。

「把渾身都洗洗。你那樣兒準像個小叫花子。」

「那您不就是個老叫花子了？」小瞎子把手按在水裡，嘻嘻地笑。

老瞎子也笑，雙手掬起水往臉上潑。「可咱們不是叫花子，咱們有手藝。」

「這地方咱們好像來過。」小瞎子側耳聽著四周的動靜。

「可你的心思總不在學藝上。你這小子心太野。老人的話你從來不著耳朵聽。」

「咱們準是來過這兒。」

「別打岔！你那三弦子彈得還差著遠呢。咱這命就在這幾根琴弦上，我師父當年就這麼跟我說。」

泉水清涼涼的。小瞎子又哥哥呀妹妹的哼起來。

老瞎子挺來氣：「我說什麼你聽見了嗎？」

「咱這命就在這幾根琴弦上，您師父我師爺說的。我都聽過八百遍了。您師父還給您留下一張藥方，您得彈斷一千根琴弦才能去抓那服藥，吃了藥您就能看見東西了。我聽您說過一千遍了。」

「你不信？」

小瞎子不正面回答，說：「幹嘛非得彈斷一千根琴弦才能去抓那服藥呢？」

「那是藥引子。機靈鬼兒，吃藥得有藥引子！」

「一千根斷了的琴弦還不好弄？」小瞎子忍不住哧哧地笑。

「笑什麼笑！你以為你懂得多少事？得真正是一根一根彈斷了的才成。」

小瞎子不敢吱聲了，聽出師父又要動氣。每回都是這樣，師父容不得對這件事有懷疑。

老瞎子也沒再作聲，顯得有些激動，雙手搭在膝蓋上，兩顆骨頭一樣的眼珠對著蒼天，像是一根一根地回憶著那些彈斷的琴弦。盼了多少年了呀，老瞎子想，盼了五十年了！五十年中翻了多少架山，走了多少里路哇，挨了多少回曬，挨了多少回凍，心裡受了多少委屈呀。一晚上一晚上地彈，心裡總記著，得真正是一根一根盡心盡力地彈斷的才成。現在快盼到了，絕出不了這個夏天了。老瞎子知道自己又沒什麼能要命的病，活過這個夏天一點兒不成問題。「我比我師父可運氣多了，」他說，「我師父到了兒沒能睜開眼睛看一回。」

「咳！我知道這地方是哪兒了！」小瞎子忽然喊起來。

老瞎子這才動了動，抓起自己的琴來搖了搖，疊好的紙片碰在蛇皮上發出細微的響聲，那張藥方就在琴槽裡。

「師父，這兒不是野羊嶺嗎？」小瞎子問。

老瞎子沒搭理他，聽出這小子又不安穩了。

「前頭就是野羊坳，是不是，師父？」

「小子，過來給我擦擦背。」老瞎子說，把弓一樣的脊背彎給他。

「是不是野羊坳，師父？」

「是！幹什麼？你別又鬧貓似的。」

小瞎子的心撲通撲通跳，老老實實地給師父擦背。老瞎子覺出他擦得很有勁。

「野羊坳怎麼了？你別又叫驢似的會聞味兒。」

小瞎子心虛，不吭聲，不讓自己顯出興奮。

「又想什麼呢？別當我不知道你那點兒心思。」

「又怎麼了，我？」

「怎麼了你？上回你在這兒瘋得不夠？那妮子是什麼好貨！」老瞎子心想，也許不該再帶他到野羊坳來。可是野羊坳是個大村子，年年在這兒生意都好，能說上半個多月。老瞎子恨不能立刻彈斷最後幾根琴弦。

小瞎子嘴上嘟嘟囔囔的，心卻飄飄的，想著野羊坳裡那個尖聲細氣的小妮子。

「聽我一句話，不害你。」老瞎子說，「那號事靠不住。」

「什麼事？」

「少跟我貧嘴。你明白我說的什麼事。」

「我就沒聽您說過，什麼事靠得住。」小瞎子又偷偷地笑。

老瞎子沒理他，骨頭一樣的眼珠又對著蒼天。那兒，太陽正變成一汪血。

兩面脊背和山是一樣的黃褐色。一座已經老了，嶙峋瘦骨像是山根下裸露的基石。另一座正年輕。老瞎子七十歲，小瞎子才十七。

小瞎子十四歲上父親把他送到老瞎子這兒來，為的是讓他學說書，這輩子好有個本事，將來可以獨自在世上活下去。

老瞎子說書已經說了五十多年。這一片偏僻荒涼的大山裡的人們都知道他：頭髮一天天變白，背一天天變駝，年年月月背一把三弦琴滿世界走，逢上有願意出錢的地方就撥動琴弦唱一晚上，給寂寞的山村帶來歡樂。開頭常是這麼幾句：「自從盤古分天地，三皇五帝到如今，有道君王安天下，無道君王害黎民。輕輕彈響三弦琴，慢慢稍停把歌論，歌有三千七百本，不知哪本動人心。」於是聽書的眾人喊起來，老的要聽董永賣身葬父，小的要聽武二郎夜走蜈蚣嶺，女人們想聽秦香蓮。這是老瞎子最知足的一刻，身上的疲勞和心裡的孤寂全忘卻，不慌不忙地喝幾口水，待眾人的吵嚷聲鼎沸，便把琴弦一陣緊撥，唱道：「今日不把別人唱，單表公子小羅成。」或者：「茶也喝來煙也吸，唱一回哭倒長城的孟姜女。」滿場立刻鴉雀無聲，老瞎子也全心沉到自己所說的書中去。

他會的老書數不盡。他還有一個電匣子，據說是花了大價錢從一個山外人手裡買來，為的是學些新詞兒，編些新曲兒。其實山裡人倒不太在乎他說什麼唱什麼。人人都稱讚他那三弦子彈得講究，輕輕漫漫的，飄飄灑灑的，瘋癲狂放的，那裡頭有天上的日月，有地上的生靈。老瞎子的嗓子能學出世上所有的聲音，男人、女人、刮風下雨，獸啼禽鳴。不知道他腦子裡能呈現出什麼景象，他一落生就瞎了眼睛，從沒見過這個世界。

小瞎子可以算見過世界，但只有三年，那時還不懂事。他對說書和彈琴並無多少興趣，父親把他送來的時候費盡了唇舌，好說歹說連哄帶騙，最後不如說是那個電匣子把他留住。他抱著電匣子聽得入神，甚至沒發覺父親什麼時候離去。

這只神奇的匣子永遠令他著迷，遙遠的地方和稀奇古怪的事物使他幻想不絕，憑著三年朦朧的記憶，補充著萬物的色彩和形象，譬如海，匣子裡說藍天就像大海，他記得藍天，於是想像出海；匣子裡說海是無邊無際的水，他記得鍋裡的水，於是想像出滿天排開的水鍋。再譬如漂亮的姑娘，匣子裡說就像盛開的花朵，他實在不相信會是那樣，母親的靈柩被抬到遠山上去的時候，路上正開遍著野花，他永遠記得卻永遠不願意去想。但他願意想姑娘，越來越願意想；尤其是野羊坳的那個尖聲細氣的小妮子，總讓他心裡蕩起波瀾。直到有一回匣子裡唱道，「姑娘的眼睛就像太陽」，這下他才找到了一個貼切的形象，想起母親在紅透的夕陽中向他走來的樣子。其實人人都是根據自己的所知猜測著無窮的未知，以自己的感情勾畫出世界。每個人的世界就都不同。

也總有一些東西小瞎子無從想像，譬如「曲折的油狼」。

這天晚上，小瞎子跟著師父在野羊坳說書，又聽見那小妮子站在離他不遠處尖聲細氣地說笑。書正說到緊要處——「羅成回馬再交戰，大膽蘇烈又興兵。蘇烈大刀如流水，羅成長槍似騰雲，好似海中龍吊寶，猶如深山虎爭林。又戰七日並七夜，羅成清茶無點唇……」老瞎子把琴彈得如雨驟風疾，字字句句唱得鏗鏘。小瞎子卻心猿意馬，手底下早亂了套數……

野羊嶺上有一座小廟，離野羊坳村二里地，師徒二人就在這裡住下。石頭砌的院牆已經殘斷不全，幾間小殿堂也歪斜欲傾百孔千瘡，唯正中一間尚可遮蔽風雨，大約是因為這一間中畢竟還供奉著神靈。三尊泥像早脫盡了塵世的彩飾，還一身黃土本色返璞歸真了，認不出是佛是道。院裡院外、房頂牆頭都長滿荒藤野草，蓊蓊郁郁倒有生氣。老瞎子每回到野羊坳說書都住這兒，不出房錢又不惹是非。小瞎子是第二次住在這兒。

散了書已經不早，老瞎子在正殿裡安頓行李，小瞎子在側殿的檐下生火燒水。去年砌下的灶稍加修整就可以用。小瞎子撅著屁股吹火，柴草不乾，嗆得他滿院裡轉著圈咳嗽。

老瞎子在正殿裡數叨他：「我看你能幹好什麼。」

「柴濕嘛。」

「我沒說這事。我說的是你的琴，今兒晚上的琴你彈成了什麼。」

小瞎子不敢接這話茬，吸足了幾口氣又跪到灶火前去，鼓著腮幫子一通猛吹。「你要是不想幹這行，就趁早給你爹捎信把你領回去。老這麼鬧貓鬧狗的可不行，要鬧回家鬧去。」

小瞎子咳嗽著從灶火邊跳開，幾步躥到院子另一頭，呼哧呼哧大喘氣，嘴裡一邊罵。

「說什麼呢？」

「我罵這火。」

「有你那麼吹火的？」

「那怎麼吹？」

「怎麼吹？哼，」老瞎子頓了頓，又說，「你就當這灶火是那妮子的臉！」

小瞎子又不敢搭腔了，跪到灶火前去再吹，心想：真的，不知道蘭秀兒的臉什麼樣。那個尖聲細氣的小妮子叫蘭秀兒。

「那要是妮子的臉，我看你不用教也會吹。」老瞎子說。

小瞎子笑起來，越笑越咳嗽。

「笑什麼笑！」

「您吹過妮子臉？」

老瞎子一時語塞。小瞎子笑得坐在地上。「日他媽。」老瞎子罵道，笑笑，然後變了臉色，再不言語。

灶膛裡騰的一聲，火旺起來。小瞎子再去添柴，一心想著蘭秀兒。才散了書的那會兒，蘭秀兒擠到他跟前來小聲說：「哎，上回你答應我什麼來？」師父就在旁邊，他沒敢吭聲。人群擠來擠去，一會兒又把蘭秀兒擠到他身邊。「噫，上回吃了人家的煮雞蛋倒白吃了？」蘭秀兒說，聲音比上回大。這時候師父正忙著跟幾個老漢拉話，他趕緊說：「噓——我記著呢。」蘭秀兒又把聲音壓低：「你答應給我聽電匣子你還沒給我聽。」「噓——我記著呢。」幸虧那會兒人聲嘈雜。

正殿裡好半天沒有動靜。之後，琴聲響了，老瞎子又上好了一根新弦。他本來應該高興的，來野羊坳頭一晚上就又彈斷了一根琴弦。可是那琴聲卻低沉、零亂。

小瞎子漸漸聽出琴聲不對，在院裡喊：「水開了，師父。」

沒有回答。琴聲一陣緊似一陣了。

小瞎子端了一盆熱水進來，放在師父跟前，故意嘻嘻笑著說：「您今兒晚還想彈斷一根是怎麼著？」

老瞎子沒聽見，這會兒他自己的往事都在心中，琴聲煩躁不安，像是年年曠野裡的風雨，像是日夜山谷中的流溪，像是奔奔忙忙不知所歸的腳步聲。小瞎子有點兒害怕了：師父很久不這樣了，師父一這樣就要犯病，頭疼、心口疼、渾身疼，會幾個月爬不起炕來。

「師父，您先洗腳吧。」

琴聲不停。

「師父，您該洗腳了。」小瞎子的聲音發抖。

琴聲不停。

「師父！」

琴聲嘎然而止，老瞎子嘆了口氣。小瞎子鬆了口氣。

老瞎子洗腳，小瞎子乖乖地坐在他身邊。

「睡去吧，」老瞎子說，「今兒個夠累的了。」

「您呢？」

「你先睡，我得好好泡泡腳。人上了歲數毛病多。」老瞎子故意說得輕鬆。

「我等您一塊兒睡。」

山深夜靜。有了一點兒風，牆頭的草葉子響。夜貓子在遠處哀哀地叫。聽得見野羊坳裡偶爾有幾聲狗吠，又引得孩子哭。月亮升起來，白光透過殘損的窗櫺進了殿堂，照見兩個瞎子和三尊神像。

「等我幹嘛，時候不早了。」

「你甭擔心我，我怎麼也不怎麼。」老瞎子又說。

「聽見沒有，小子？」

小瞎子到底年輕，已經睡著。老瞎子推推他讓他躺好，他嘴裡咕囔了幾句倒頭睡去。老瞎子給他蓋被時，從那身日漸發育的筋肉上覺出，這孩子到了要想那些事的年齡，非得有一段苦日子過不可了。唉，這事誰也替不了誰。

老瞎子再把琴抱在懷裡，摩挲著根根繃緊的琴弦，心裡使勁唸叨：又斷了一根了，又斷了一根了。再搖搖琴槽，有輕微的紙和蛇皮的摩擦聲。惟獨這事能為他排憂解煩。一輩子的願望。

小瞎子作了一個好夢，醒來嚇了一跳。雞已經叫了。他一骨碌爬起來聽聽，師父正睡得香，心想還好。他摸到那個大挎包，悄悄地掏出電匣子，躡手躡腳出了門。

往野羊坳方向走了一會兒，他才覺出不對頭，雞叫聲漸漸停歇，野羊坳裡還是靜靜的沒有人聲。他愣了一會兒，雞才叫頭遍嗎？靈機一動扭開電匣子。電匣子裡也是靜悄悄。現在是半夜。他半夜裡聽過匣子，什麼都沒有。這匣子對他來說還是個錶，只要扭開一聽，便知道是幾點鐘，什麼時候有什麼節目都是一定的。

小瞎子回到廟裡，老瞎子正翻身。

「幹嘛哪？」

「撒尿去了。」小瞎子說。

一上午，師父逼著他練琴。直到晌午飯後，小瞎子才瞅機會溜出廟來，溜進野羊坳。雞也在樹蔭下打盹，豬也在牆根下說著夢話，太陽又熱得兇，村子裡很安靜。

小瞎子踩著磨盤，扒著蘭秀兒家的牆頭輕聲喊：「蘭秀兒——蘭秀兒——」

屋裡傳出雷似的鼾聲。

他猶豫了片刻，把聲音稍稍抬高：「蘭秀兒！蘭秀兒——」

狗叫起來。屋裡的鼾聲停了，一個悶聲悶氣的聲音問：「誰呀？」

小瞎子不敢回答，把腦袋從牆頭上縮下來。

屋裡吧唧了一陣嘴，又響起鼾聲。

他嘆口氣，從磨盤上下來，怏怏地往回走。忽聽見身後嘎吱一聲院門響，隨即一陣細碎的腳步聲向他跑來。

「猜是誰？」尖聲細氣。小瞎子的眼睛被一雙柔軟的小手捂上了。——這才多餘呢。蘭秀兒不到十五歲，認真說還是個孩子。

「蘭秀兒！」

「電匣子拿來沒？」

小瞎子掀開衣襟，匣子掛在腰上。「噓——別在這兒，找個沒人的地方聽去。」

「咋啦？」

「回頭招好些人。」

「咋啦？」

「那麼多人聽，費電。」

兩個人東拐西彎，來到山背後那眼小泉邊。小瞎子忽然想起件事，問蘭秀兒：「你見過曲折的油狼嗎？」

「啥？」

「曲折的油狼。」

「曲折的油狼？」

「知道嗎？」

「你知道？」

「當然。還有綠色的長椅。就是一把椅子。」

「椅子誰不知道。」

「那曲折的油狼呢？」

蘭秀兒搖搖頭，有點兒崇拜小瞎子了。小瞎子這才鄭重其事地扭開電匣子，一支歡快的樂曲在山溝裡飄蕩。

這地方又涼快又沒有人來打擾。

「這是〈步步高〉。」小瞎子說，跟著哼。

一會兒又換了支曲子，叫〈旱天雷〉，小瞎子還能跟著哼。蘭秀兒覺得很慚愧。

「這曲子也叫〈和尚思妻〉。」

蘭秀兒笑起來：「瞎騙人！」

「你不信？」

「不信。」

「愛信不信。這匣子裡說的古怪事多啦。」小瞎子玩著涼涼的泉水，想了一會兒，「你知道什麼叫接吻嗎？」

「你說什麼叫？」

這回輪到小瞎子笑，光笑不答。蘭秀兒明白準不是好話，紅著臉不再問。

音樂播完了，一個女人說：「現在是講衛生節目。」

「啥？」蘭秀兒沒聽清。

「講衛生。」

「是什麼？」

「嗯——你頭髮上有蝨子嗎？」

「去——別動！」

小瞎子趕忙縮回手來，趕忙解釋：「要有就是不講衛生。」

「我才沒有。」蘭秀兒抓抓頭，覺得有些刺癢。「噫——瞧你自個兒吧！」蘭秀兒一把扳過小瞎子的頭，「看我捉幾個大的。」

這時候聽見老瞎子在半山上喊：「小子，還不給我回來！該做飯了，吃罷飯還得去說書！」他已經站在那兒聽了好一會兒了。

野羊坳裡已經昏暗，羊叫、驢叫、狗叫、孩子們叫，處處起了炊煙。野羊嶺上還有一線殘陽，小廟正在那淡薄的光中，沒有聲響。

小瞎子又撅著屁股燒火。老瞎子坐在一旁淘米，憑著聽覺他能把米中的沙子揀出來。

「今天的柴挺乾。」小瞎子說。

「嗯。」

「還是燜飯？」

「嗯。」

小瞎子這會兒精神百倍，很想找些話說，但是知道師父的氣還沒消，心想還是少找罵。

兩個人默默地幹著自己的事，又默默地一塊兒把飯做熟。嶺上也沒了陽光。

小瞎子盛了一碗小米飯，先給師父：「您吃吧。」聲音怯怯的，無比馴順。

老瞎子終於開了腔：「小子，你聽我一句行不？」

「嗯。」小瞎子往嘴裡扒拉飯，回答得含糊。

「你要是不願意聽，我就不說。」

「誰說不願意聽了？我說『嗯』！」

「我是過來人，總比你知道的多。」

小瞎子悶頭扒拉飯。

「我經過那號事。」

「什麼事？」

「又跟我貧嘴！」老瞎子把筷子往灶台上一摔。

「蘭秀兒光是想聽聽電匣子。我們光是一塊兒聽電匣子來。」

「還有呢？」

「沒有了。」

「沒有了？」

「我還問她見沒見過曲折的油狼。」

「我沒問你這個！」

「後來，後來，」小瞎子不那麼氣壯了，「不知怎麼一下就說起了蝨子……」

「還有呢？」

「沒了。真沒了！」

兩個人又默默地吃飯。老瞎子帶了這徒弟好幾年，知道這孩子不會撒謊，這孩子最讓人放心的地方就是誠實，厚道。

「聽我一句話，保準對你沒壞處。以後離那妮子遠點兒。」

「蘭秀兒人不壞。」

「我知道她不壞，可你離她遠點兒好。早年你師爺這麼跟我說，我也不信……」

「師爺？說蘭秀兒？」

「什麼蘭秀兒，那會兒還沒她呢。那會兒還沒有你們呢……」老瞎子陰鬱的臉又轉向暮色濃重的天際，骨頭一樣白色的眼珠不住地轉動，不知道在那兒他能「看」見什麼。

許久，小瞎子說：「今兒晚上您多半又能彈斷一根琴弦。」想讓師父高興些。

這天晚上師徒倆又在野羊坳說書。「上回唱到羅成死，三魂七魄赴幽冥，聽歌君子莫嘈嚷，列位聽我道下文。羅成陰魂出地府，一陣旋風就起身，旋風一陣來得快，長安不遠面前存……」老瞎子的琴聲也亂，小瞎子的琴聲也亂。小瞎子回憶著那雙柔軟的小手捂在自己臉上的感覺，還有自己的頭被蘭秀兒扳過去時的滋味。老瞎子想起的事情更多……

夜裡老瞎子翻來覆去睡不安穩，多少往事在他耳邊喧囂，在他心頭動蕩，身體裡彷彿有什麼東西要爆炸。壞了，要犯病，他想。頭昏，胸口憋悶，渾身緊巴巴地難受。他坐起來，對自己叨咕：「可別犯病，一犯病今年就甭想彈夠那些琴弦了。」他又摸到琴。要能叮叮噹噹隨心所欲地瘋彈一陣，心頭的憂傷或許就能平息，耳邊的往事或許就會消散。可是小瞎子正睡得香甜。

他只好再全力去想那張藥方和琴弦：還剩下幾根，還只剩最後幾根了。那時就可以去抓藥了，然後就能看見這個世界——他無數次爬過的山，無數次走過的路，無數次感到過她的溫暖和熾熱的太陽，無數次夢想著的藍天、月亮和星星……還有呢？突然間心裡一陣空，空得深重。就只為了這些？還有什麼？他朦朧中所盼望的東西似乎比這要多得多……

夜風在山裡遊蕩。

貓頭鷹又在淒哀地叫。

不過現在他老了，無論如何沒幾年活頭了，失去的已經永遠失去了，他像是剛剛意識到這一點。七十年中所受的全部辛苦就為了最後能看一眼世界，這值得嗎？他問自己。

小瞎子在夢裡笑，在夢裡說：「那是一把椅子，蘭秀兒……」

老瞎子靜靜地坐著。靜靜地坐著的還有那三尊分不清是佛是道的泥像。雞叫頭遍的時候老瞎子決定，天一亮就帶這孩子離開野羊坳。否則這孩子受不了，他自己也受不了。蘭秀兒人不壞，可這事會怎麼結局，老瞎子比誰都「看」得清楚。雞叫二遍，老瞎子開始收拾行李。

可是一早起來小瞎子病了，肚子疼，隨即又發燒。老瞎子只好把行期推遲。

一連好幾天，老瞎子無論是燒火、淘米、撿柴，還是給小瞎子挖藥、煎藥，心裡總在說：「值得，當然值得。」要是不這麼反反覆覆對自己說，身上的力氣似乎就全要垮掉。「我非要最後看一眼不可。」「要不怎麼著？就這麼死了去？」「再說就只剩下最後幾根了。」後面三句都是理由。老瞎子又冷靜下來，天天晚上還到野羊坳去說書。

這一下子小瞎子倒來了福氣。每天晚上師父到嶺下去了，蘭秀兒就貓似的輕輕跳進廟裡來聽匣子。蘭秀兒還帶來煮熟的雞蛋，條件是得讓她親手去扭那匣子的開關。「往哪邊扭？」「往右。」「扭不動。」「往右，笨貨，不知道哪邊是右哇？」「咔嗒」一下，無論是什麼便響起來，無論是什麼倆人都愛聽。

又過了幾天，老瞎子又彈斷了三根琴弦。

這一晚，老瞎子在野羊坳裡自彈自唱：「不表羅成投胎事，又唱秦王李世民。秦王一聽雙淚流，可憐愛卿喪殘身，你死一身不打緊，缺少扶朝上將軍……」

野羊嶺上的小廟裡這時更熱鬧。電匣子的音量開得挺大，又是孩子哭，又是大人喊，轟隆隆地又響炮，滴滴嗒嗒地又吹號。月光照進正殿，小瞎子躺著啃雞蛋，蘭秀兒坐在他旁邊。兩個人都聽得興奮，時而大笑，時而稀里糊塗莫名其妙。

「這匣子你師父哪兒買來的？」

「從一個山外頭的人手裡。」

「你們到山外頭去過？」蘭秀兒問。

「沒。我早晚要去一回就是，坐坐火車。」

「火車？」

「火車你也不知道？笨貨。」

「噢，知道知道，冒煙哩是不是？」

過了一會兒蘭秀兒又說：「保不準我就得到山外頭去。」語調有些恓惶。

「是嗎？」小瞎子一挺坐起來，「那你到底瞧瞧曲折的油狼是什麼。」

「你說是不是山外頭的人都有電匣子？」

「誰知道。我說你聽清楚沒有?曲、折、的、油、狼,這東西就在山外頭。」

「那我得跟他們要一個電匣子。」蘭秀兒自言自語地想心事。

「要一個?」小瞎子笑了兩聲,然後屏住氣,然後大笑,「你幹嘛不要倆?你可真本事大。你知道這匣子幾千塊錢一個?把你賣了吧,怕也換不來。」

蘭秀兒心裡正委屈,一把揪住小瞎子的耳朵使勁擰,罵道:「好你個死瞎子。」

兩個人在殿堂裡扭打起來。三尊泥像袖手旁觀幫不上忙。兩個年輕的正在發育的身體碰撞在一起,糾纏在一起,一個把一個壓在身下,一會兒又顛倒過來,罵聲變成笑聲。匣子在一邊唱。

打了好一陣子,兩個人都累得住了手,心怦怦跳,面對面躺著喘氣,不言聲兒,誰卻也不願意再拉開距離。

蘭秀兒呼出的氣吹在小瞎子臉上,小瞎子感到了誘惑,並且想起那天吹火時師父說的話,就往蘭秀兒臉上吹氣。蘭秀兒並不躲。

「嘿,」小瞎子小聲說,「你知道接吻是什麼了嗎?」

「是什麼?」蘭秀兒的聲音也小。

小瞎子對著蘭秀兒的耳朵告訴她。蘭秀兒不說話。老瞎子回來之前,他們試著親了嘴兒,滋味真不壞……

就是這天晚上，老瞎子彈斷了最後兩根琴弦。兩根弦一齊斷了。他沒料到。他幾乎是連跑帶爬地上了野羊嶺，回到小廟裡。

小瞎子嚇了一跳：「怎麼了，師父？」

老瞎子喘吁吁地坐在那兒，說不出話。

小瞎子有些犯嘀咕：莫非是他和蘭秀兒幹的事讓師父知道了？

老瞎子這才相信：一切都是值得的。一輩子的辛苦都是值得的。能看一回，好好看一回，怎麼都是值得的。

「小子，明天我就去抓藥。」

「明天？」

「明天。」

「又斷了一根了？」

「兩根。兩根都斷了。」

老瞎子把兩根弦卸下來，放在手裡揉搓了一會兒，然後把它們並到另外的九百九十八根中去，綁成一捆。

「明天就走？」

「天一亮就動身。」

小瞎子心裡一陣發涼。老瞎子開始剝琴槽上的蛇皮。

「可我的病還沒好利索。」小瞎子小聲叨咕。

「噢，我想過了，你就先留在這兒，我用不了十天就回來。」

小瞎子喜出望外。

「你一個人行不？」

「行！」小瞎子緊忙說。

老瞎子早忘了蘭秀兒的事。「吃的、喝的、燒的全有。你要是病好利索了，也該學著自個兒去說回書。行嗎？」

「行。」小瞎子覺得有點兒對不住師父。

蛇皮剝開了，老瞎子從琴槽中取出一張疊得方方正正的紙條。他想起這藥方放進琴槽時，自己才二十歲，便覺得渾身上下都好像冷。

小瞎子也把那藥方放在手裡摸了一會兒，也有了幾分肅穆。

「你師爺一輩子才冤呢。」

「他彈斷了多少根？」

「他本來能彈夠一千根，可他記成了八百。要不然他能彈斷一千根。」

天不亮老瞎子就上路了。他說最多十天就回來，誰也沒想到他竟去了那麼久。

老瞎子回到野羊坳時已經是冬天。

漫天大雪，灰暗的天空連接著白色的群山。沒有聲息，處處也沒有生氣，空曠而沉寂。所以老瞎子那頂發了黑的草帽就尤其躦動得顯著。他蹣蹣跚跚地爬上野羊嶺。廟院中衰草瑟瑟，躥出一隻狐狸，倉惶逃遠。

村裡人告訴他，小瞎子已經走了些日子。

「我告訴他我回來。」

「不知道他幹嘛就走了。」

「他沒說去哪兒？留下什麼話沒？」

「他說讓您甭找他。」

「什麼時候走的？」

人們想了好久，都說是在蘭秀兒嫁到山外去的那天。

老瞎子心裡便一切全都明白。

眾人勸老瞎子留下來，這麼冰天雪地的上哪兒去？不如在野羊坳說一冬書。老瞎子指指他的琴，人們見琴柄上空蕩蕩已經沒了琴弦。老瞎子面容也憔悴，呼吸也孱弱，嗓音也沙啞了，完全變了個人。他說得去找他的徒弟。

若不是還想著他的徒弟，老瞎子就回不到野羊坳。那張他保存了五十年的藥方原來是一張無字的白紙。他不信，請了多少個識字而又誠實的人幫他看，人人都說那果真就是一張無字的白紙。老瞎子在藥鋪前的台階上坐了一會兒，他以為是一會兒，其實已經幾天幾夜，骨頭一樣的眼珠在詢問蒼天，臉色也變成骨頭一樣的蒼白。有人以為他是瘋了，安慰他，勸他。老瞎子苦笑：七十歲了再瘋還有什麼意思？他只是再不想動彈，吸引著他活下去、走下去、唱下去的東西驟然間消失乾淨。就像一根不能拉緊的琴弦，再難彈出賞心悅耳的曲子。老瞎子的心弦斷了。現在發現那目的原來是空的。老瞎子在一個小客店裡住了很久，覺得身體裡的一切都在熄滅。他整天躺在炕上，不彈也不唱，一天天迅速地衰老。直到花光了身上所有的錢，直到忽然想起了他的徒弟，他知道自己的死期將至，可那孩子在等他回去。

茫茫雪野，皚皚群山，天地之間躦動著一個黑點。走近時，老瞎子的身影彎得如一座橋。

他去找他的徒弟。他知道那孩子目前的心情、處境。

他想自己先得振作起來，但是不行，前面明明沒有了目標。

他一路走，便懷戀起過去的日子，才知道以往那些奔奔忙忙興致勃勃的翻山、趕路、彈琴，乃至心焦、憂慮都是多麼歡樂！那時有個東西把心弦扯緊，雖然那東西原是虛設。老瞎子想起他師父臨終時的情景。他師父把那張自己沒用上的藥方封進他的琴槽。「您別死，再活幾年，您就能睜眼看一回了。」說這話時他還是個孩子。他師父久久不言語，最後說：「記住，人的命就像這琴弦，拉緊了才能彈好，彈好了就夠了。」……不錯，那意思就是說：目的本來沒有。老瞎子知道怎麼對自己的徒弟說了。可是他又想：能把一切都告訴小瞎子嗎？老瞎子又試著振作起來，可還是不行，總擺脫不掉那張無字的白紙……

在深山裡，老瞎子找到了小瞎子。

小瞎子正跌倒在雪地裡，一動不動，想那麼等死。老瞎子懂得那絕不是裝出來的悲哀。老瞎子把他拖進一個山洞，他已無力反抗。

老瞎子撿了些柴，點起一堆火。

小瞎子漸漸有了哭聲。老瞎子放了心，任他盡情盡意地哭。只要還能哭就還有救，只要還能哭就有哭夠的時候。

小瞎子哭了幾天幾夜，老瞎子就那麼一聲不吭地守候著。火光和哭聲驚動了野兔子、山雞、野羊、狐狸和鷂鷹……

終於小瞎子說話了：「幹嘛咱們是瞎子！」

「就因為咱們是瞎子。」老瞎子回答。

終於小瞎子又說：「我想睜開眼看看，師父，我想睜開眼看看！哪怕就看一回。」

「你真那麼想嗎？」

「真想，真想——」

老瞎子把篝火撥得更旺些。

雪停了。鉛灰色的天空中，太陽像一面閃光的小鏡子。鷂鷹在平穩地滑翔。

「那就彈你的琴弦，」老瞎子說，「一根一根盡力地彈吧。」

「師父，您的藥抓來了？」小瞎子如夢方醒。

「記住，得真正是彈斷的才成。」

「您已經看見了嗎？師父，您現在看得見了？」

小瞎子掙扎著起來，伸手去摸師父的眼窩。老瞎子把他的手抓住。

「記住，得彈斷一千二百根。」

「一千二？」

「把你的琴給我，我把這藥方給你封在琴槽裡。」老瞎子現在才弄懂了他師父當年對他說的話——咱的命就在這琴弦上。

目的雖是虛設的，可非得有不行，不然琴弦怎麼拉緊；拉不緊就彈不響。

「怎麼是一千二，師父？」

「是一千二，我沒彈夠，我記成了一千。」老瞎子想：這孩子再怎麼彈吧，還能彈斷一千二百根？永遠扯緊歡跳的琴弦，不必去看那張無字的白紙……

這地方偏僻荒涼，群山不斷。荒草叢中隨時會飛起一對山雞，跳出一只野兔、狐狸或者其他小野獸。山谷中鷂鷹在盤旋。

現在讓我們回到開始：

莽莽蒼蒼的群山之中走著兩個瞎子，一老一少，一前一後，兩頂發了黑的草帽起伏躦動，匆匆忙忙，像是隨著一條不安靜的河水在漂流。無所謂從哪兒來、到哪兒去，也無所謂誰是誰……

——《史鐵生作品精選》，長江文藝出版社

史鐵生

史鐵生（一九五一－二〇一〇）。一九六七年初中畢業後到陝西省延川縣插隊，一九七一年因病回京，後雙腿癱瘓。一九七八年開始寫作，為中國當代重要作家。曾獲魯迅文學獎，華語文學傳媒大獎，老舍散文獎等。代表性作品有短篇小說《我的遙遠的清平灣》，散文《我與地壇》，隨筆《病隙碎筆》，長篇小說《務虛筆記》等。

文字風景

一個存在主義式的故事，被寫出了無比的希望與溫情，史鐵生的〈命若琴弦〉給了我們生活在這荒涼又荒謬的人世間，一份雖然不能用以阻止命運的打擊，卻足以使我們堅持下去的勇氣。

故事一開始便是一幅寫意山水，莽莽蒼蒼的群山無邊無際，不知在何處，也不需要知道是何處，總之是漫漫人間一片隨興的風景。瞎子師徒趕赴野羊坳，各自有各自的興奮。老瞎子為的是彈斷最後那幾根琴弦，小瞎子為的是再和蘭秀兒見面。只是他們並不知道各自的命運早已決定，此生只能是這麼邊走邊唱下去。故事結束也還是這一幅寫意山水，莽莽蒼蒼的群山中兩個人，把自己的生命走成了河，看似什麼也沒發生，卻已經是真正的過來人了。

我喜歡史鐵生對於一些細節的處理，很是動人。譬如小瞎子聽收音機，把遊廊聽成油狼，又試著想像未曾見過的綠色的長椅——收音機裡存在的固然是聲音的世界，卻也還是明眼人的世界。兩人在山腳下洗浴，老瞎子自豪有著彈琴說書的手藝，故而不是乞丐——尊嚴是自己掙來的，不能靠他人施捨。他要小瞎子好好學琴，說當年他師父傳的話：「咱這命就在這幾根琴弦上。」但一直要等到知道琴槽裡的藥方只是一張白紙，才懂得了師父臨終之前的那句：「人的命就像這琴弦，拉緊了才能彈好，彈好了就夠了。」這時我們也才懂得了「命若琴弦」的意義。

史鐵生一定也是拉緊了琴弦在歌唱的人吧！他在二十一歲那年雙腿癱瘓，之後更患上尿毒症，必須洗腎維生。倘若只是大聲質問命運，必然就不會有之後的，為我們所熟知的作家史鐵生。他用自己的人生註釋了自己的作品，無論時空如何相隔，我們都能懂得。

貓藥

鄭清文

今天，阿旺起來特別早。

父親坐在大廳的椅條上，一腳垂下，一腳踩著椅條，一雙棕木屐，像沒有寫好的八字，放在地上。

地是泥土地，地面有點不平，泥地的顏色和稻埕的不同。稻埕是淺褐色，屋裡的卻是黑色。其實，裡面的泥土和外面的是一樣，只是踩踏久了，蓋上一層黑土皮。

父親今天不出門？父親喜歡早起，在吃飯前先到田裡走一趟，有稻子看稻子，種了菜就看菜。

阿旺走出去稻埕。天氣很好，天上幾乎看不到雲，是青藍色一片。不過有點冷。

稻埕角落的竹叢，靜靜的，竹梢微微彎垂。沒有一點風。偶爾有竹葉落下來，輕輕的飄，有的還會旋轉而下，在地上鋪了薄薄的一層，已枯黃了。

稻埕上有好幾隻雞在走動覓食。吃小蟲，或掉落的穀子。那隻黑色大母雞也在裡面。總共有一、二十隻吧，有的是成雞，有的半大。牠們都是那一隻黑母雞所生的。牠們靠近母雞時，或母雞走過去，啄牠們一下，牠們就張開翅膀，咯咯的跑開。連比牠大的公雞都怕牠。

那一隻黑母雞很會生蛋。有時，一連生了二十多天，從不間斷。阿公說牠是寶物。

阿公生病，有時也吃蛋。平時，蛋是先煎好，再放到菜湯裡一起煮，而後整個撈起來。有時也生吃。阿公在蛋的兩端，用小鐵釘或鑽子，各戳破一個小洞，從一邊吸吃。聽說，這是阿公去北部的礦區挖礦時，日本人教他的。他們說，蛋生吃最有營養。有時阿公吃蛋，也會分一半給他。生吃的時候，阿公先吸，留下一半。有時他先吸，用力過多，把整個蛋吸光了。那時，阿公總是笑著，摸著他的頭殼說，無要緊、無要緊。

阿旺走到牛舍看阿公。他看到家裡的黑狗庫洛就蹲在牛舍前，看到他，站起來迎他，一邊搖著尾巴，一邊伸長鼻子低哼著。

牛舍分成兩半，一半住著牛，另一半住阿公。牛舍是土塊牆，屋頂蓋著稻草，牆和屋頂都沒有窗。牆邊、牆角和牆上，放置著各種農具，犁、鋤頭、鐵耙子、畚箕，也有機器桶（打穀機）。

牛在吃草，慢慢的嚼著。在冬天，吃乾草較多，有時阿旺也會出去割一些青草回來給牠吃。

阿公躺在床上。床是竹床，上面鋪著稻草，再披上草蓆。牆角吊著蚊帳，冬天蚊子少，沒有放下來。

阿公生病了，大人說是肺病。以前，阿公到北部掘礦，老了以後才回來幫助做輕一點的農事，主要是看牛，阿公在掘礦的時候，灰塵跑進肺裡，日子一久，肺已變成石頭。因為肺病，他已吐了幾次血了。

阿公閉著眼睛，看來很累的樣子。以前，阿旺陪著阿公看牛，阿公也會講故事給他聽。他最喜歡聽鬼故事。阿公問他怕不怕。他說不怕，阿公就呵呵的笑了起來。阿公說，鄉下沒有電燈，鄉下人一半以上的時間是在黑夜中，是不能怕鬼的。

不過，阿公很容易累，講的故事也越來越少，也越來越短了。有時，講了一半就自己睡著了。阿公好像什麼地方都可以睡。有時靠在土地公廟的牆上，有時靠著墓碑睡。

今天，阿公好像更累了，他的眼睛閉著，嘴角微微張開。他的頭髮剪得很短。四叔也剪得很短，不過四叔說，在戰時，剪短頭髮既省錢也方便。阿公的頭髮還是很密，差不多都白了。他的鬍子也全白了，有點像土地公。不過，沒有那麼長。

阿旺看到阿公的嘴角有血跡，鬍子上也有，都已乾了，發出一種味道。和稻子的味道不同，和草的味道不同，和牛糞的味道也不同。阿公就睡在牛舍，牛就住在旁邊，整個房子充滿著牛的味道，牛尿和牛糞的味道。阿公的味道怪怪的，和別的味道都不同。

阿公睜開眼睛，瞄了他一眼，嘴角動了一下，好像要說話，卻咳了起來。阿旺走近阿公，在他背部輕拍幾下。

呼——

是飛機的聲音。是米（美）國飛機？還是日本飛機？

海口那邊有機場，米國的飛機有時會來轟炸，或掃射。有時，從家裡也可以聽到轟炸和掃射的聲音。

阿旺再給阿公拍了兩下，看阿公的咳嗽停止，就跑到稻埕。以前，阿公告訴他，看人吃肉，不要看人相打，說米國飛機來，很危險，不要出去看。現在，阿公也一定這樣想。不過，他很喜歡看飛機，他很希望能看到空戰。四叔看過，他卻沒有。

天是晴朗的，有陽光照射下來。只是陽光照不到的地方，像竹叢下，還是有些陰冷。

四叔也已跑出來了，在稻埕邊，用手遮住額頭，抬頭看著天空。今天，四叔沒有去做公工，也就是替日本軍做工事。他的另外一隻手還拿著戰鬥帽，一定是父親叫他取下來的。不久以前，有人在田裡工作，戴著戰鬥帽，米國飛機誤以為是軍人，俯衝掃射，差一點把他打死。聽說，那一個人，被嚇到了，坐在田裡一直發抖，有兩、三個鐘頭之久。有人撿到了彈殼，還有人挖出子彈，有大人手指那麼長的子彈。

「飛行機！飛行機！」

四叔喊著。

阿旺也看到了。在青藍的天空上，一個暗一點的影子，迅速的劃過，有時在陽光下閃出銀光。

「雙胴的，P38。敵機！敵機！」

四叔喊著。

「為什麼沒有鳴水螺（警報）？」

也沒有高射砲的射擊，也沒有掃射和轟炸。

「一定又漏掉了。」

米國的飛機從海上飛進來，時間太短，來不及放警報，四叔解釋。

嗚——嗚——嗚……

平常，發警報，是先發一長聲，叫警戒警報，敵機再接近，才發出連續十短聲的空襲警報。

今天，可能來不及，飛機已來到頭上，才匆忙的發出了空襲警報。

飛機很快的飛過去，竹梢還是靜靜的彎著。

咯、咯、咯——

一隻大公雞突然啼叫起來了。那一隻大公雞也是黑母雞生的，全身黑色，摻有一些黃金色。依照阿旺家的習慣，孵出來的小雞，公的都要閹，只留下一隻或兩隻做種。

咯、咯、咯——

忽然，那隻母雞也跟著啼叫起來了。母雞每次生蛋，會從雞窩跑出來，嘎嘎嘎的叫一陣，好像在報功，告訴家人牠已生了蛋，要家人給牠一把米或穀子。在戰時，物資缺乏，人都吃番薯籤了，只有在農村，自己種稻子，雞生蛋，才可以給一點穀子。

但是，這一次母雞的叫法完全不同。牠和公雞一樣，咯、咯、咯——的啼起來了。

「大兄（大哥），大兄，趕緊出來看。」

「什麼事？」

「那隻母雞啼起來了。」

父親的臉孔立即變形了。眉毛豎立，眼睛睜大。阿旺沒有看過這種表情。

「殺掉！」

「牠很會生蛋。」

不錯，牠很會生蛋，家裡養過那麼多母雞，沒有一隻像牠幾乎天天生蛋。有的蛋拿來吃，有的用來孵小雞。在母雞孵蛋的時候，孵了幾天，可以用煤油燈照看蛋裡面是否有黑點，有黑點的叫有形，無形的要趕快吃，再孵下去就會臭掉。現在，在稻埕走動覓食的，全是牠生下來的。

「殺掉！」

「公雞先啼，牠是學公雞啼的。公雞是被水螺嚇到了。」

「妖雞，殺掉！」

父親說，轉頭回去大廳。四叔跟了進去。父親說，母雞啼，是異象，是很不吉利的事。這一定和阿公的病有關。

四叔拿了一個長柄，圓鐵箍的大網子，也就是雞販子到鄉下收購雞鴨，用來捕捉雞鴨，四叔是用來捕魚的網子，走到稻埕，一下就網住黑母雞，交給二嬸。

二叔現在在菲律賓，是被日本人徵召去的。三叔一樣，是在新幾內亞。三叔和四叔都還沒娶妻。二嬸有一個女兒，很小，是和大家住在一起。

阿旺跟在二嬸後面，想看二嬸殺雞。他剛走出籬門，就看到下厝的阿富叔騎著腳踏車進來。阿富叔帶來了一包紅毛土紙（牛皮紙）包，一定又是給阿公吃的藥了。這一次，比較大包，阿旺跟著阿富叔走回來。

「阿寶兄，真的，應該試看看。」

父親坐在椅條上，沒有回答，眉頭還是緊鎖著。是不是還在想母雞的事？

「這帖藥，已經有很多人試過了，效果都很好。」

自從阿公生病以來，不知有多少人報過藥，家人也不知出去問過多少次神了。不但附近的神，王公、上帝公都問過了，求過了，還要坐火車，到路程一個小時以上的地方，祈求許願。

醫藥方面就更多了。西醫和漢醫都找過，吃最多的是草藥，不是祖傳祕方，就是問神或託夢開出來的藥單。

有人報雞蛋，卻是很特別的吃法。把雞蛋連殼烤焦，像木炭，而後研成粉末。有人報老公雞，雞腳距要一寸以上的。有人報鯉魚。鯉魚先炸好，而後用整棵蔥，連根，一起燉，再加一點冰糖。冰糖很不容易取得，要到街上向雜貨店偷偷的撥一點。阿旺也吃過鯉魚燉蔥，魚肉和蔥都很好吃。

「阿寶兄，真的，你聽我講。一定有效，一定無敗害。」

「我會。」

父親把藥接過來，放在飯桌上。

「哪裡去找貓？」

「你家裡沒有養貓？」

「只有一隻黑貓。」

「黑貓最補，最好。」

「呃。」

父親呃了一聲，叫四叔去抓貓。

貓呢？貓跑到哪裡去了？四叔好像在問阿旺。阿旺知道，卻沒有說。

貓就在穀倉上。阿旺家有一隻黑狗庫洛，也有一隻黑貓。為了爭食物，牠們時常打架。有一次，黑狗走近黑貓的食物，黑貓突然喵了一聲，伸出前腳去抓庫洛。庫洛急速倒退兩步，然後猛咬回去。貓又喵了一聲，跳到穀倉上。以後，貓就時常蹲在穀倉上，吃東西的時候才會下來。

穀倉在側棟，只有四尺多見方，五尺多高，是磚造的，前面是抽插木板的閘門。上面鋪著木板，是蓋子。黑貓就蹲在上面木板上，四叔手拿著剛才捉雞的網子。他很小心，把所有的門窗都關住。

牠是一隻黑貓，肚子卻是白的。有人說，黑貓白肚，值銀二千五。

四叔把門窗關住，屋裡光線轉暗，貓的眼睛突然閃出了黃綠色的光芒，像兩盞燈。

這一隻貓很會捉老鼠。牠只要喵一下，直直看著老鼠，老鼠就跑不動了。牠還捉過麻雀，甚至斑鴿。有一次，牠還咬死了鄰居養的兔子，差一點被打死。

四叔握著網子走近貓，貓望著四叔喵喵的叫著。

貓在上面，似乎不好使用網子。四叔用網柄去戳牠。平時，貓看到四叔也不會怎樣。今天卻喵喵的叫著，有時還弓起腰部。看來，牠很害怕，也想威嚇四叔。貓的眼睛閃著光，牙齒暴露，連鬍子都拉直了。這些，都和往日不同。

貓動了一下。四叔緊握著網柄，往貓頭上罩下去，沒有罩住。貓跳下來，在屋子裡轉了一圈，看沒有門出去，又跳上穀倉，望著四叔喵喵叫著。四叔握好網子，虛揮一下，看貓又跳下來，在空中用網子網住貓，很快的按在地上。貓喵喵的叫著，在網子裡亂動。四叔用手抓住貓的脖子，找了一個粿袋（麵粉袋），把貓裝了進去，在袋口打了一個結。

這時，阿旺才發現，四叔的手臂已被抓破了幾條爪痕，有的還在淌血。實在太快了，阿旺根本就沒有看清楚，貓在什麼時候，怎樣抓破了四叔的手臂。另外，還滿地掉著竹笠、畚箕、竹籮，穀子也撒了一地。

四叔提了粿袋到大廳，父親叫他放在門邊。這時，黑狗庫洛也來了，伸出鼻子，一邊聞，一邊低哼著。貓在粿袋裡面，扭動著。牠還是喵喵的叫著，只是沒有剛才那麼有力。

「誰做藥？」

四叔問。

真的要殺貓嗎？阿旺心裡想著。他曾經聽大人說過，一隻貓有九條命。死貓吊樹頭，死狗放水流。狗死了，就像被水流走了，什麼都不會留下。貓卻不同。阿旺就看過，有人把死貓吊在樹頭，任牠腐爛，還生蛆。貓是會索命的。阿旺聽說過貓鬼，卻沒有聽說過狗鬼。

誰敢殺貓？

「去叫阿肥回來。」

阿肥就是阿肥姑。她的確比別人胖了一點。她是阿公和阿媽的養女，本來是要對給父親的。阿肥姑自小就很調皮，她是村子裡，唯一自小就會游泳的女孩子。她也喜歡爬樹，有一次從樹上掉下來，撞斷了一顆門牙，留下一個洞。父親不要她，所以她就嫁出去了，嫁到頂厝那邊。

父親不要她，另外有原因。表面上是，有牙縫會落財，無法存錢。不過，父親真正不喜歡她的原因，是因為她缺了一顆門牙實在太不好看了。另外是因為阿肥姑膽子大，怕她不聽話。這是不是真的，阿旺不很清楚。不過，他相信，有人說父親如果娶了阿肥姑，就不可能有他阿旺了。現在，阿肥姑已補了金牙。

阿肥姑提了放在門邊的粿袋，放進竹籃子裡，把蓋子蓋上，提著去後壁溝。阿旺和黑狗庫洛跟在後面。這時，二嬸也已殺好了黑母雞，從後壁溝那邊回來。

阿肥姑走到後壁溝邊，撩起裙子，蹲下來。溝邊放著好幾塊大石頭，上面是磨平的，呈黃褐色，側面長有一些青苔，是搓洗衣服用的。

阿肥姑，嘴裡不停念著。大人在殺雞鴨的時候，就先要念：做雞做鴨無了時，趕緊出生大厝人子兒。阿肥姑一邊念，一邊把竹籃子沉入水中。

貓在裡面騷動了一下。氣泡從籃子旁邊和蓋子的縫冒了出來。只一下子，氣泡沒有了，裡面也沒有什麼動靜了。

這時候，阿旺看到阿英從田那邊，挑了一個擔子回來。後壁溝上，是鋪著棺材板做橋的。阿英就住在阿旺家籬門對面的竹圍裡。今年，他們種了一些捲心白菜，收成不錯。她是要挑回家去摘選的，等下午街上的菜販來收購。

「阿肥，妳在做什麼？」

阿英過了橋，放下擔子問。

「做藥。」

「什麼藥？」

「老阿公吃的藥。」

「呃。」

「別人不願做的，都叫我做。」

阿英也沒有再問下去，又挑起擔子，從阿旺他們出來的小路進去。

阿肥姑打開籃蓋，取出粿袋，把貓倒了出來。貓已死了，眼睛半開著，四腳硬直。

黑狗庫洛靠近過來，阿肥姑用力把牠推開。

嗶——嗶——

阿肥姑轉頭一看，很快把貓又放進粿袋裡，再放進籃子裡，把蓋子蓋好。這一次，她並沒有再把籃子沉入水溝裡。

嗶——嗶——

卡達、卡達、卡達。

是阿欽叔，騎著腳踏車過來。

「閹豬！閹雞！」

阿旺看過閹豬和閹雞。

阿欽叔把雞桃仔（半大的雞）按在地上，在腹部拔下一些毛，用小刀割開一個小洞，用兩塊銅片把傷口撐開，伸進尖端有個小圈圈的細線套子，把兩個小豆子鉤出來，再把雞放走。至於小豬，還要在傷口抹上黑煙灰，傷口才不會爛掉。

「阿肥，妳在洗衫了？」

「呃。」

「我有碰到阿雲喔。」

阿雲姑是父親的親妹妹。

「在哪裡碰到？」

「在王公廟那裡。」

「呃。」

「你們有豬、有雞，有可閹否？」

「現在沒有呀，下一次了。」

「呃。」

嗶——嗶——

卡達、卡達、卡達。

阿欽騎著腳踏車繼續踩向下厝。

因為是戰時，物資缺乏，沒有橡膠，沒有內外胎，輪胎是單層橡膠條，叫諾胖克，也就是不會爆胎的意思，騎起來，碰到石頭就發出卡達、卡達的聲音，跳盪得很厲害。

阿肥姑再把貓倒出來，很快的把毛搓掉。先是黑色，而後是肚子的白毛，一撮一撮，在水中散開，慢慢沉入水中。水有點混濁，毛一下就看不見了。

去掉毛之後，肉是白的。阿旺看過有人殺兔子，兔子拔了毛之後也一樣。老鼠也一樣。

阿肥姑再把貓頭和貓尾剁掉。在剁貓頭的時候，貓嘴張開一下，好像在叫。貓的眼睛也好像睜開一下，瞪著阿肥姑和他。不過，貓頭在水裡轉了一下，很快的沉下去。阿肥姑把四腳也剁掉，丟進水裡，而後把肚子剖開，掏出內臟。附近的水已染成紅色了。頭腳都沉下去了，內臟卻浮在水面，順水漂流下去。阿肥姑把貓肉剁成幾塊，放進籃子裡，蓋好蓋子，連籃子再用水洗滌一次，把粿袋也一起洗好。

阿肥姑正要站起來，黑狗又走近她身邊，聞著她和籃子，低哼著。阿肥姑把牠再推開。

有太陽，天氣還是很冷。阿肥姑的額頭亮亮濕濕的，會是流汗嗎？她的臉變白，嘴唇微微發紫，從微張的嘴唇，露出金門牙。

阿肥姑想站起來。不知是蹲了太久，或者是身體胖了一點，看來有些吃力。她的腳踩緊溝岸，半蹲著身子，或許用力不對，沒有踩好，一腳一直滑進水溝裡，看來好像有人在拉她。她好不容易抽腳回來，在溝岸靜靜坐了一兩分鐘，手撐著地，半跪著，勉強站起來。她的身體還晃了幾下。

阿肥姑看了看手，手上沾有泥灰。她也沒有拍掉，提了籃子，正要回家。

嗚——嗚——

突然，黑狗庫洛，伸長了脖子，長叫起來。這是吹狗螺嗎？吹狗螺是晚上才有的。大人說，狗看到了鬼會吹狗螺。庫洛的眼睛，閃著奇怪的光，看來有點可怕。

「走開！走開！」

阿肥姑用手把庫洛推開。

嗚——嗚——

黑狗還是長叫著。

「走開！再不走開，把你也殺掉！」

阿肥姑聲音不高，有點發抖。

「我娘爸呀！我娘爸呀！」

從後壁溝的一端傳來了哭聲。阿旺看到阿雲姑已走到牛浴窟那邊了。阿雲姑穿著暗色的衣裙，黑色的布鞋，撐著黑色的雨傘。

阿旺有兩個阿姑，大的叫阿雪，自小就送給人家作養女，阿雲姑是自己養大才嫁出去的。她是嫁到走路要四、五十分路程的街仔，現在已是街仔人了。

「還沒了，還沒了，現在還不能哭了。」

牛浴窟那邊有人在洗衣服，趕緊阻止她。阿公還沒斷氣，還不能哭。

「阿肥姐，妳那是什麼？」

阿雲姑指著阿肥姑手提的籃子。阿雲姑的一雙腿微微向外彎，走路和站著都一樣，像一個扁形的輪子。

「藥呀。」

「阿丈他怎樣？」

阿雲姑和阿肥姑都叫阿公阿丈，不像街仔人叫阿爸。

「好一些了。」

阿肥姑提高聲音說。阿公是真的好一些了？

「呃。」

阿雲姑把眼睛擦了一下。看來，她並沒有哭過的樣子。

阿英挑著空擔子出來，看到阿雲姑，把擔子放下，兩個人就聊起天來了。阿雲姑比阿英大一點，阿雲未嫁出去之前，她們經常在一起，經常一起去街仔賣菜，也一起買日用品回來。

阿旺跟著阿肥姑到廚房，二嬸正在煠（水煮）雞。

廚房裡有一個大灶，是磚造的，有一大一小的鼎（鍋）。因為米國飛機時常來空襲，甲長和防衛團的人也來告訴過他們，煮東西不要冒煙，以免敵機誤認目標，發生危險。

二叔很疼阿旺，二嬸也是。以前煠雞，如有卵單（還未生出來的蛋），二嬸會挑一兩個大一點的，塞進他嘴裡。阿旺有看到一串的卵單，不過二嬸並沒有拿給他。

阿肥姑拿了紅毛土紙包的藥進來，用水沖洗一下，把貓肉一起倒進陶鍋，放在烘爐上。烘爐是燒木炭的。家裡，是很少燒木炭。木炭太貴了，只有阿公在冬天烘火籠的時候才會用。

阿旺家裡，一般是燒稻草和粗糠。有時，也會用竹枝和樹枝。今天是做藥，才用木炭。木炭沒有煙，也不會被敵機發現。

「大兄，快！快出來！」

四叔在門口大聲叫著，而後和父親跑去牛舍。阿旺聽到，也跟了過去，已有好幾個人在牛舍裡面了。

阿公又吐血了，床前有一大灘的血，連牆上都濺到。阿公的臉發白，嘴唇發紫，嘴唇、嘴角和鬍子，都沾了血。阿公的一隻手垂下來，碰觸地上。

「辭土，辭土。」

父親告訴四叔，病人知道活不久，會伸出手腳觸地，表示和土地、和親人告別。

四叔叫來了幾個鄰居，把阿公抬到大廳，放在地上的草蓆上。

阿公直直的躺著，半閉著眼睛。

「快去叫阿雲姑。」

阿肥姑叫阿旺。阿旺跑出籬門，看到阿雲姑和阿英還站在原來的地方談談笑笑。

「快，快。」

阿旺拉了阿雲姑的手。

「怎麼了？」

「阿公，阿公……」

「我娘爸呀，我娘爸呀……」

阿雲姑放聲哭著。這叫哭路頭。其他的人，也都已跪在阿公身邊，大聲哭在一起了。

忽然，阿旺聞到一股濃味，是藥頭的香味。走到廚房裡一看，陶鍋裡已滾開了，從鍋蓋的縫一直冒出白煙，再從上面的窗口飄出去。

二嬸剛才放在灶上的雞，還在那裡，還有一串大大小小的卵單，看來有一、二十個。大一點的，明天就會生下來了。

烘爐裡的火，繼續燃燒著，火舌舔著陶鍋的底，白煙繼續往上冒。

嗚——嗚——嗚……

又是空襲警報了。

大廳裡的哭聲靜了下來。

呼嗡、呼嗡……

是飛機的聲音，這一次，比剛才的聲音鈍重一點，四叔阿旺剛跑出大門。

轟，轟，轟……

米國飛機又在轟炸海口的機場了。

過了幾分鐘，飛機聲沒有了，轟炸聲也沒有了。

「我娘爸呀，我娘爸呀……」

在大廳裡，家人又哭成一團了。

——《青椒苗》，麥田

鄭清文

鄭清文（一九三二—二〇一七）。國立臺灣大學商學系畢業，任職華南銀行四十二年。一九五八年在《聯合報・聯合副刊》發表第一篇作品〈寂寞的心〉，其後筆耕不輟。曾獲臺灣文學獎、吳三連文學獎、時報文學獎推薦獎等。一九九九年英文版《三腳馬》出版，獲得美國「桐山環太平洋書卷獎」（後改名「桐山獎」）。二〇〇五年獲第九屆國家文藝獎。作品以短篇小說為主，也有長篇小說，童話，文學與文化評論。多篇作品被譯成英、日、德、法、韓、捷克、塞爾維亞文等。

文字風景

鄭清文的小說寫作，一貫秉持「文學，是生活，是藝術，是思想」的創作理念，重視小說內容的現實性、藝術性與思想性。他不作主觀的陳述，卻能透過客觀的描寫，展現人心的幽微之處與人情的流轉軌跡。這篇〈貓藥〉正是如此，透過孩子的眼睛，有所限制卻更加通透的觀點，描繪出家人真實的情感流動狀態。

故事發生在一個有美軍空襲的早晨裡，飽受塵肺症折磨的阿公已經走近生命的終點，作為長子的父親決定採用鄰人的偏方，殺貓入藥。只是還沒等到藥煮好，阿公便已吐血辭世，故事就這麼結束在一片空襲警報與轟炸港口的隆隆震響，以及眾人高亢的哭聲交織而成的荒謬場景中。

我們姑且不去談論鄭清文如何用看似簡單的文字，去精細地安排場景以做出氛圍的烘托，只談這篇作品中一些關鍵的細節，其實就可以看出一位優秀的小說家在營構情節與塑造人物的用心。父親先後殺了對家庭幫助極大的黑母雞與黑貓，前者是因為啼鳴暗示了阿公將死，後者是為了延續阿公的生命。而阿肥姑雖然是出嫁的養女，但為了阿公，即使害怕殺貓會有詛咒，仍然俐落地處理了牠。與此相對的是阿公的親生女兒阿雲姑，未見人死便放聲高哭，並且還是假哭。被阻止之後，便轉而去和鄰居阿英聊天談笑，絲毫沒有趕著去見自己父親的意思。子女之間孝親之情的差異，一見可知。

賴香吟評論鄭清文說：「鄭先生為人行文，謙沖溫和，可其小說藝術甚嚴，字斟句酌。他寫了一生，看似不沾政治，實是不落痕跡，把他沉痛的時代意見都灌注到生活細瑣裡去了。」小說裡二叔三叔的遭遇，也是當時臺灣人的命運。在鄭清文純粹簡練的故事中，我們看不見過度的悲情與批判，但只要細細品味，自然能夠覺察其中無處不在的慈悲。

天亮前的戀愛故事

翁鬧 著／魏廷朝 譯

一

想談戀愛。想得都昏頭昏腦了。為了戀愛，決心不惜拋棄身上最後一滴血，最後一片肉。那是因為相信只有戀愛才是能夠完成自己的肉體與精神的唯一軌跡。我不敢說是奇蹟。它正是軌跡。為的是只有它，也就是只有戀愛，才能夠在這個宇宙間畫出我所尋求的某一個點，畫出能在一切條件上使我滿足的唯一的一條線。如果從這個意義出發，說它是奇蹟也未嘗不可。那麼，在這麼跟你談話時，必需鄭重提醒你：就算夾雜在千萬人中間，我也不過是一個絕對不會引人注意的凡夫俗子。所以，我想把我自己所經驗的事，所想起的事等等，毫不誇張，也毫不歪曲地告訴你。你和別人的情形，我固然沒法知道，但至少就我自己來說，戀愛的開端總是慘痛的。

有一天──對，我想大概是在十歲的時候──在鄉下自宅的院子看見一隻把火紅的雞冠頂在頭上的公雞，突然撐開一邊的羽翼，以利爪踢起院子的泥土，隨即保持著那樣的姿勢，漸漸逼近一隻正在啄土的雪白溫順的母雞。我並不是存心要看而從開頭就看的。委實是那情景偶然刺激到我的網膜。不過，這且不必管它。公雞簡直是在炫耀「老子的風采如何」似的，慢慢挨近母雞。把雞冠的紅色染得更深，撐得筆直，裝出全身忽然充血的模樣。你啊，在那時候，豈只是雞而已，就是人也會充血哩。請別笑！請別挖苦！因為我是在一本正經地對你說話。母雞呢，母雞像柔順的化身一般，瑟縮著身體，露出到處逃跑的樣子。其實，當公雞以電光石火的氣勢緊抱她的頸部，準備跳到她的背上時，母雞是逃跑了。為什麼逃跑？當然啦，不會說不要不要，因此只好用行動來表示罷了。不用說，公雞越發兇了起來。像箭一般地追逐母雞。然後，這回以遠比當初更加兇猛的氣勢撲過去，像子彈一般地騎到她的背上。結果如何呢？剛才還想逃跑的母雞，不是突然放棄抵抗，彎下身體了嗎？嗣後的行為，不用說了又何必說呢。就是這個！就是這一瞬間！我忽然想到，人一天到晚要忙碌，更詳盡一點地說，要裝出正人君子一般的面孔，又是股票啦，又是生意啦，又是公司啦什麼的，到處吵吵鬧鬧，歸根結底，如果他們料想中沒有享受這一瞬間的話，我想他們絕不會那樣到處擾擾嚷嚷的。荒唐的念頭？當然是的。我是不成材的人。不過，一開始就跟你約好了，我只是把一切的一切坦白的，毫不粉飾地告訴你而已。你從現在起，由於聽我的故事，會越來越認為我是荒唐；我縱然愚笨，也可以充分料想到這一點。無論你怎樣看待我，那是你的自由。完全是你的自由。可不是嗎？因為你絕對不會把我高估到能夠阻止或自由自在地左右你的意志吧。我的意志？不，我並不具備多大的意志，更何況我又有首先尊重別人的意志的習慣。自說自話，很沒有面子，但請你相信，由於尊重別人的意志，結果我心裏面終於弄得跟失去意志一樣了。我到喪失意志為止的經過，本想告訴你，可是說起它來簡直就沒完沒盡，所以還是先往下面講。話雖然這麼說，從我這樣跟你說話便可知道，我並不是完全喪失意志的。這不是笑話。即使是我，也不想活到完全喪失意志為止。因此，總而言之，請你只要記住一點：就是我還剩著一小塊意志。

好，回到鷄的故事來。牠把著實殘酷的觀念移植到我身體中，然後滿不在乎地又啄起院子的泥土來。說實話，一直到那時為止，我總以為嬰兒這個東西，就像父母所講的一樣，是從石頭縫裏或頭頂上生出來的。但是，我變得認為沒有那個道理了。從此之後，就持續了一段長期的暗中摸索。暗中摸索的結果，想必你也可以推測，是違反自然，意外地提早帶給我一線光明。你可能知道香蕉的情形，放置不管，它當然也會熟，不過如果要它早一點熟，就得每天把它從甕裏取出來曬曬太陽，不然就把香插在甕裏，從事所謂逼熟。這樣一來，原來要三個星期才會熟的東西，只要一個星期左右就熟，情形大致如此。三個星期跟一個星期，是相當驚人的差別呢。同樣的，我的少年時代也經過反覆的逼熟。於是，無論願意不願意，我終於早熟了。我幾乎不能相信，在這個世界裏還存在像我這樣早熟的少年。

在那次噁心的鷄事件以後，我目睹過無數次跟它類似的事件。對，我不會忘記，是我十歲那年春天，由於順利通過中學入學考試，要向事前許過願的非常靈驗的神報告，而隨著母親到山上的廟那時的遭遇。拜過了神之後，我獨自走到廟前的庭院。是南風發香，春色無邊的風景。的確的。因為那是除了說是春天以外，簡直無法形容的季節呀。我的故鄉嗎？說得太晚了，我的故鄉是南國啊。你是北方的雪國吧。如果有那麼一天，厭倦了這都市的生活，想找個美麗的地方去走走，那麼我想，你不妨到有那座廟的地方去。我站在廟的前院裏。忽然看見兩隻鵝東倒西歪地走過我的眼前。我立刻想通，這兩隻鵝一定是一公一母。如果不是一公一母，就不可能那樣親熱地走；的確的，如果不是一公一母，即使一塊兒走，也絕不會那樣走法，我想過。這下子，該到證明我的研判果然毫無差錯的時候了。兩人，不，兩隻走進屋簷底下來了。兩隻中的一隻用嘴啣住另一隻的頸部。被啣的一方乖乖蹲下來。啣住的一方爬到背上。可是這傢伙體積相當龐大，動作又笨得不得了，因此眼看牠一遍又一遍，竟從母鵝的背上溜了腳跌下來。你想跌下來幾次呢？當我發覺應該從一開始就計算次數的時候，已經數不清牠跌下來多少次了，不過光以我數過的來說，就跌下來十九次左右。真使人吃驚啊，最後連看的人都幾乎著急起來哩。可是，看它並不是一件不愉快的事。因為牠們流著口水，說真的呀，流下口水呢，還有……。

還有，我還可以告訴你那更看得出陶醉模樣的蝴蝶的情形。還是我中學二年級末期，也就是十五歲那年的初春，有一天在音樂室彈鋼琴的時候，從大開的窗戶飛進翅膀美麗的鳳蝶，不知道怎麼搞的，就掉在我手指前面的鍵盤上。想到這下可好，正要碰過去的那一瞬間，我看出牠不是一隻，因此把手縮回來。不用說，兩隻蝴蝶正像被釘子釘牢一般，緊緊地貼在一起。兩隻宛如人在酩酊大醉的時候一樣，搖搖欲倒。剎那間，殘酷取代了憐憫，占據了我的心。我這個人，請聽清楚，在少年時代到青年時代的過渡期，那真是心狠手辣。簡直可以說狂暴就是我，我就是狂暴。可以破壞的，不管是什麼，只想統統破壞。那是由於反叛的意志，在我心裏產生力量的緣故。直到現在，仍然被我看成宇宙的原理而加以相信的矛盾律，不可能把我除外。我生來比較心軟；豈不是正因為如此，我的行為才會統統顯得殘忍而刻薄？我做了缺德的事。我把忘掉飛翔，正在拋棄生命的兩隻蝴蝶抓起來。然後，你猜我怎麼弄嗎？縱然閃落到頭上，恐怕也絕對不會分開的兩隻蝴蝶，我開始企圖把牠拉開。不料原以為沒什麼問題的，卻不知道怎麼搞的，怎麼搞的，始終分不開。我用力拉。兩隻蝴蝶竟分開了。我把牠放在鍵盤上。還一直以為大概會飛走。那知道出乎意料的，不但不飛走，反而兩隻都像越發酩酊大醉似的，不是一面抖動著小軀體和大翅膀，一面互相親近嗎？你認為看見那種情景的我，會採取什麼對付手段嗎？打死掉？才不呢！我又不是不知道真正的折磨法，虐待不是處死，而是執拗的刑求。我用兩手抓住兩隻蝴蝶，一隻在東，一隻在西，瞄好最長距離，高高地向空中扭上去。啊，我的殘忍性在這裏達到最高峯。縱然是你，也一定不會認為我應該以牠們只不過是蝴蝶為理由，而做這樣殘暴的事吧。我，我，想必或多或少知道，簡直亂七八糟。只要是沒有道理的事，我是樣樣都幹得出來的人。你如果對我有所考慮的話，請特別注意這一點。問我兩隻蝴蝶後來怎麼樣了是不是？當然，醉得一塌糊塗，以被抛上去的空間為中心，畫出好多個同心圓飛來飛去。好像只能勉強畫出方向不定的曲線。有時候快要掉到地上，各自尋找被拆散的對方，拚命飛來飛去。然而，命運指引牠們走上越離越遠的結果。老是各自朝著相反的方位去尋找對方。然後，突然間，兩隻都好像幾乎同時從爛醉中遽然清醒過來似的，停止來回繞圈子，而毅然向相反的方位遠遠飛去。嗣後，我不相信在這無邊無際的空間裏，牠們還有再度聚首的可能。

好像把蝴蝶的故事說得太多了。我原想稍微談談那更熱烈的豬，更兇猛的牛，更微妙的蛇的情形，現在還是不談好了。如果你願意聽，我相信可以就每一種生物來談談。比方說那蠶，不，還是不要提這些，繼續談下去算了。我的確有太多該談的話題。我只要把某一天的某一分鐘內所見所聞，鉅細無遺地說出來，恐怕要費三個月的時候。我不一定有這麼多的空。深知你當然也沒有那種閒暇。所以我為了考慮如何把剛才告訴你的這個故事簡單濃縮，而弄得幾乎神魂顛倒。

我把毫不出奇的事，談個沒完沒了。其實，我想告訴你的正事還在後頭。在開始談正事以前，我無論如何，必須先談這個毫不出奇的話題。

二

剛才已經說過，我只想談戀愛。一心一意只夢到戀愛。只有戀愛才是唯一的熱望渴慕。像我這樣的廢料，自然沒有理想、希望這類好東西。從而，一般人所嚮往的名譽、成功、富貴等等事體，我更是從來沒有想過。不過，我倒是想過要把自己喜歡的唯一的女孩，緊緊地摟抱在懷裏。是的，我只想要這樣。現在也仍舊這樣想。啊，心愛的女子！把那女人用這隻胳膊盡力摟抱，貼緊那甜蜜的櫻唇，然後使這付肉體跟她的肉體合而為一的時候，「我」這個東西才會體現出完整的狀態。你啊，這個想法一旦在我心裏發芽，立刻就以驚人的速度茁長，不久便在我的五體紮了根。你相信嗎？在這個世界再也沒有像我這樣的偏執狂，我是瘋瘋癲癲的。不過，能變成從小渴望的瘋癲，即使談不上驕傲，也稍微感到滿足。我為什麼會變成這樣一種人，相信聰明的你不必等我作不厭其煩的說明，單憑剛才告訴你的我少年時代的環境就可以充分推想出來。你說無聊是不是？可是，在我看來，人類思想感情的發生和進展，似乎統統開端於無聊的、帶幼稚氣味、瑣碎的事象。而重要到幾乎可以支配這個人類的一生的瑣碎事象，卻因各個人而非千差萬別不可。果真如此，那麼我縱然從那種邪道的圈內，抽出足以稱為我的血肉的一套價值千鈞的思想，照理也毫不足怪。可不是嗎？何況，被稱為邪道的東西，隨著時間的經過，會漸漸有點不像邪道呢！

我希求一個愛人，以苦悶的情緒，以瘋狂一般的心境。我在夜晚上牀的時候，可真是說著「愛人喲，睡吧！」才就寢的。當然由於沒有名字，不能喊出口，的確感到遺憾。不要說是名字，連住在那兒也不知道呢。因為，你啊，我一次都沒有遇見過她。還有，偶爾半夜醒來，在我心海中浮現的，一定是愛人的姿容。儘管我不認識她，她卻分明站在我的眼前。在含笑中毫不慌張的聖女似的姿容，清清楚楚地映入我的瞳孔裏。我立刻以虔誠膜拜的心情閉上眼睛，為的是愛人的姿容太莊嚴了。我老看見她周圍照射著光環。我會伸出雙手。接著緊緊地抱住。啊，我的大美人！我在這個世界裏最喜歡的你！我充滿著熱情去吻我的愛人。因為我的唇在熱烈地尋求她。我把愛人的整個身體摟抱。我的胸懷熱得簡直要燃燒起來。由於愛人太可愛，連淚都會流出來。

抱歉，因為不知不覺興奮起來……。我的胸膛眼見就要裂開。你大概也知道，所有的肌肉就像抽筋發作一樣地顫抖。因為是你，我才敢厚著臉皮說這些話。如果是別人，我絕對不會有說這些話的心情。請聽一聽，在你面前，我不在乎自己變成什麼樣子。請留心，直到現在為止，我無論怎樣受到逼迫，也從來沒有這樣把自己的真面目暴露出來過。可是你，看起來單純而善良的你，請看穿我內心的深底吧。我是野獸。如果聖賢的路就是人的路，那麼我是分明走岔了路的，活該被看不起的存在。請看不起我好了。可是只希望你不要嘲笑我。因為野獸即使應該看不起，卻不應該加以嘲笑的。何況又不是什麼值得嘲笑的東西。關於這一點，我想啊，如果這地上再一次到處充滿野獸，那該有多好！請不要生氣，因為我並不希望人類絕滅。我的意思是要現在的人類忘掉他們的生活方式與一切文化，再一次回到野獸的狀態。說實話，我看見，比方說，與其說是為了禦寒，倒不如說是為了誇耀而把那花幾百塊錢買來的圍巾掛在肩膀前面，就會感到莫可名狀的厭惡。它一點都沒有發揮重要的禦寒的功能，這只要看它不是圍住脖子而是懸在背上，就可明瞭。看到那種情景，難道你還能無動於衷嗎？我簡直想吐。還有，例如那收音機，這個東西實在受不了。不管在街上行走，或在室內靜坐，那不斷地向鼓膜衝過來的噪音如何呢！實在無法忍受。那樣子，人類竟也能不發瘋，我覺得簡直不可思議。我如果在這個城市內再住兩年，那我必定會發瘋。我自己清楚得很。因此，我想再過一年左右，換句話說，在還沒有瘋掉以前隱居鄉間。如果在那鄉間也從早到晚聽得見廣播的聲音怎麼辦？當然，要搬走。如果新搬去的地方也同樣的話呢？你還不如直截了當地說，如果頭上到處充滿廣播的聲音怎麼辦？果真那樣的話，不用說，我只有發瘋。大致想得到的結果好像除此之外無他。再說，想起市區電車、汽車、飛機這些，我就禁不住毛骨悚然。市區電車這傢伙雖然像鼻涕蟲一樣慢慢爬行，不是老相撞啊，追撞啊什麼的發生車禍嗎？真是糟透的傢伙！再想想它肚子裏的東西看，該裝進棺材比較適合的酸梅一般的老太婆，一大早就滿臉蒼白並且拼命坐著打盹的中學生……此外，這傢伙的毛病還多得數不清。說起汽車這傢伙它的劣跡更是臭不堪聞。在並不寬敞的馬路上，難道非那樣猛跑就會來不及送死嗎？像疾風一般——不，疾風，對這傢伙來說，是過分排場的形容，因此改為像鼠疫一般，的確像鼠疫一般，掠過衣袖和下擺，倏地跑過去。後面只留下厭惡和沙塵。要縮短生命，這是最好不過的方法哪。還有，這種情形如何？想除掉它，特地靠到路邊立定的時候，飛快跑過來戛然煞住，從窗子探出臉來喊一聲「老爺！」等等。不管是脾氣再好的人，碰到那種作法，相信大概也會跺腳搥胸吧。最後要說到飛機，這個東西，早上才聽到什麼太平洋橫斷飛行、大西洋橫斷飛行的新聞，到了晚間就一定會有墜機的消息傳來。那裏談得上壯舉呢！多方聯想起來，我覺得自己似是一個完全不適於生存的人。這是真的。我老早以前就一點一點地感覺到我是一個不適於生存的人。這種感覺要到什麼時候才會達到可怕的毀滅的頂端呢，那連我自己也不清楚。大概不會在那麼遙遠的將來吧？不過，我的毀滅，是跟你毫無關係的事。連對我自己，也是無所謂的事……。

對不起，說話離題了。好像變得好冷哪。門外說不定已經在下雪呢。對了，今年真難得，還沒有下過一次雪哩，儘管眼看後天就是聖誕節，對，對，提起聖誕節，據說我正好生在聖誕節這個節日前後的半夜裏。所以，明天就是我的生日呀。問我幾歲是嗎？啊，你問到了傷心事。到了明天的半夜，我就滿三十歲了。後天早上醒過來的時候，我已經不能不把自己的年齡算作三十一了。今天是我三十歲的最後一天，我完全忘掉了。現在意外地得知這個值得驚歎的事實，我又是高興，又是傷心！啊，我的青春已經過去了，消失了，今天就此宣告結束了。你十八歲是嗎？咦，你為什麼要告訴我？你大概不知道你剛才這一句話多麼刺傷、挖痛我的心吧？可是我要告訴你：你剛才這一句話正完全對我的生命刺上最後致死的一劍！我的青春從此拉下最後的一幕。對我來說，青春熄滅的生涯不能算是生命。正好在你這年紀的時候，我就抱著這種思想。我還沒有把我十七、八歲時的情形告訴你吧？其實，我想告訴你那時候的情形。我打算一步步告訴你，請你仔細聽聽吧。那時候，我嚮往著戀愛，渴望愛人。即使在夢寐中，也不會忘記：「我心愛的女子啊，出現吧！」這就是我靈魂的呼喚。就是在現在這一瞬間罷，只要這位女子出現，我一定隨時準備用盡全身心靈的力氣，把她抱住。只要一分鐘，不，只要一秒鐘就行了。在那一秒鐘之內，我的肉體可以完全跟愛人的肉體融合，我的靈魂也可以完全與愛人的靈魂緊緊地貼在一起。此外我無所期待，無所需求，而且希望「我身何妨直消逝！」就是到現在，我仍舊在焦急地等待那一秒鐘。我以為在三十歲以前，那一秒鐘必定會來探訪我的青春，並且深信不疑。可是如你所已經覺察到的一直到現在這一瞬間，它還沒有探訪我的意思。我已經對自己發誓過，如果到我三十歲的最後一剎那為止，那一秒鐘還不來探訪我的話，我絕對要中斷生命；作了堅定的決意，絕對不要再活下去。請不要笑！因為我自己也知道這是愚蠢透頂。不過，我只想說出這一點，請你讓我說出來，那就是：凡是世上的人，統統毫無例外的，都是被比我更愚蠢透頂的想法所糾纏，尤其在當他將要拋棄生命那一瞬間，非到達毫無道理的愚蠢的極點，絕對不可能斷然實行。請不要誤解，我並不是在指責。我寧願正由於這一點，而幾乎要稱讚他們。他們要是不能夠以這種方式各自解開人生的困境，我想我無論如何也不會對他們有一絲一毫的情誼。不過，我的人生計劃，剛才也已經說過了，現在就要到達大團圓的境界了。現在，我多年來的種種演技，統統已經成為無聊的、空虛的了。無論如何也沒有人會相信，它能在此後僅餘的三十小時左右之內，忽然轉變成有意義的，充實的。它遵循那令人戰慄的概然律，那應當唾棄的慣性律，連最小限度的可能性都沒有。

你啊，還處在青春頂峯的你啊，正像那芳香的酒變成了教人皺眉的醋酸一樣，我精神內部對人世所抱的至高的愛，如今就要完成發酵作用，正在逐漸變成激烈的恨。縱然我的人生和青春在悠久的歲月中幾乎等於零，我確信這無窮小的恨，也必能跟無窮小的恨一起對宇宙發生破壞作用。

三

話是這麼說，我也曾經感受到滿像一回事的戀愛，也曾經遇見滿像一回事的愛人。回想起來，那是我中學四年級那年深秋的事。放學後，我跟朋友照常到公園附近的一家館子吃甜不辣去。我們天天到那兒去吃甜不辣，一天也沒有缺席過，的確一天也沒有！當放學的鈴聲響遍校舍，我們同時就會感覺到甜不辣的香味一股腦兒猛撲鼻孔。那時候如果還有繼續講課的老師，我就會跟朋友互相眨眼示意，同時在肚子裏相罵，不久，起立敬禮一過，立刻一溜煙跑出去。每次總是我最先開始行動。好幾次由於老師還沒有答完禮，換句話說，老師的脖子還在彎的時候，就開始行動，結果被迫重新敬禮。還有那種卑鄙的事嗎？跑進宿舍，丟下書包，腳自然就邁向甜不辣店。我和朋友的步伐，總是不期而一致的。從學校到甜不辣店，走得快一點，來回要三十分鐘。關門時間是五點。我們在校門碰頭。

「喂，幾點啦？」我問朋友。

「四點半了。」朋友回答。

「好，走吧！」

就是這個樣子。要是只有二十分鐘的時候，就跑步去。短於二十分鐘時候，就不得不放棄。那時候，採取另外一種方式。到了九點，熄燈，大家睡得靜悄悄之後，兩人就爬越四周的圍牆出去。你啊，夜晚的市街，才真美麗呢！有一次，深夜裏從甜不辣店回來的路上，被腦筋死板板的漢文教師發現了，那傢伙向校長密告，弄得被勒令停學一週的時候，好高興喲！因為我家就在同一條街上哪。每天從早到晚就跟朋友一道在甜不辣店度過啊。世上到處都是莫名其妙的事。打算不讓我們吃甜不辣而作的處罰，反倒給了我吃甜不辣的自由哩。好笑不？不好笑嗎？如果覺得好笑，就請隨便高聲笑一笑吧。你為什麼不笑呢？談吃沒意思是嗎？那真抱歉。我還以為只要談吃，可以有數不清的話告訴你哩。

那麼，我來告訴你，我們，也就是我跟我的朋友，由於怎麼樣的原委而發現彷彿像是愛人的女性吧。情形是這樣的。是在星期天。我們一早就在逛街。朋友是個哲學家，他仰慕叔本華。並且認為這個世界是值得悲觀的，值得慨歎的。我？我什麼東西也不讀，換句話說，是個廢料。那時候，朋友自己說他正面臨著精神上的蛻變期。他對我說：

「我是何等愚蠢呢！我從今天起不搞哲學了。」然後，引用某一位哲人的話來說明他的心境。那就是「哲學家好比在沃野吃枯草。」他還加上了一句話：「我從今天起拋棄哲學，開始談戀愛。」這樣，朋友就聲明從哲學家轉變為戀愛者。我反正從來沒有對學問這個東西下過工夫，所以馬上就回答「這樣比較好。」表示贊同的意思。朋友陰鬱的臉頰開朗了。他老是過充滿陰影的生活，所以這個變化重重地刺激了我的心。我們很快活。我們跳華爾滋，跳那自街上的舞廳偷看，而靠迷迷糊糊的記憶學會的華爾滋。我們穿過開始有落葉的噴泉公園，選擇最熱鬧的馬路走過去。那條馬路上有百貨公司模樣的大店舖一間間排列著。我們就穿著寒酸的制服邁大步。結果當來到一家布莊前面的時候，忽然看見兩三個女子，那個女子在裏邊買東西。發現的人當然是嬉皮笑臉的我。因為朋友儘管口裏說不要做哲學家，但由於長期的習慣，老在凝視地面。退一步說，就算不是老在凝視地面，漂亮女子的姿容等等，也不可能正確地映入他戴眼鏡的眼中。我輕碰朋友的肘。沒有說話。沒法子說話。擔心這樣會被女子們發覺。朋友立刻發覺了。他微微一笑，並且突然低聲喊道：

「機會來了！」

我了解他的意思。我們在一棵樹下站定。接著在經過大約五分鐘的協議後，斷然決定打衝鋒。首先由我站在前頭，趾高氣揚地闖入了布莊。掌櫃的疑神疑鬼地向我們瞟了一眼。啊，穿制服的中學生！為什麼被那樣輕視，到現在我還無法了解個中理由。他們並沒有向我們說「請進」或打其他的招呼。不過，那倒也無所謂。我們不過是由於踏入只有婦女進門的店鋪而感到難為情罷了。女子們回過頭來。哦，其中的一位！穿淺紅色的衣服，年紀大約在十八歲左右的女性！那正是我們在夢中描寫的故事裏面的女主角。當從正對面看她臉蛋一眼的瞬間，我就清清楚楚地感到這一點。她有著著實柔軟的腰和優美的腳，我的熱情立刻達到沸點。啊，十七歲的穿制服的中學生，好慘喲！

她們不久就走出布莊。我們也走出去。隔著十步左右，我們跟踪她們。走到那兒，跟到那兒，像兩條忠實的狗一般。寒風吹過馬路，排樹颯颯地顫動，靜靜地把葉子搖落。葉子暫且隨風飄舞，不久便留下輕微的聲音，躺在地上。我悄悄地傾聽自己心臟的聲音和大自然所製造的若有若無的聲音。那是完全出乎意料的。你不覺得奇異嗎？人在最激動的一瞬間，平時完全感覺不到的這些微小的音響，竟突然成為唯一存在於天地間的音響，來支配我們的這個事實？

她們走進婦女用品店。那是一間窄小的店鋪，因此我們就在隱約可見她們身影的樹下等候。三個女子經過了頗長的時間之後，才各自在雙手提著幾乎要掉下來那麼多的貨，從婦女用品店走出來。她們把美麗的女子夾在中間走過去。只有美麗的那位，約莫回過兩次頭看我們。我們已經平靜下來了。她們逐漸從繁華的馬路拐彎到僻靜的馬路。這樣跟踪差不多有半個小時吧，當幾乎沒有行人，路旁成列的房屋快到盡頭的時候，女子們忽然失去了踪影了。在轉眼間不見了。朋友氣得直跺腳把眼鏡拿起來擦。可是我的確看見了，看見淺紅色的衣裳飄一下，接著美麗女子的臉在偷看我們這邊，雖然只是一剎那。我告訴了朋友。朋友差一點正要掉下眼淚。他取下眼鏡，因此在我看來是如此。他慌慌張張地戴上眼鏡，結果沒戴好，掉下來。我在空中把它接住。我們弄齊步伐向前走。女子的家鴉雀無聲。我們一時茫然呆立在門檻。

「有人在家嗎？」這樣招呼的是朋友。沒有回答。從縱深很長的房屋中傳來了回聲。

「有人在家嗎？」我用跟朋友相同的話招呼。然後我們就像完成了責任的人一樣，默默地站著。聽到有人走出來的聲音。

「有什麼事？」是個二十五歲左右，瘦長型，朝氣蓬勃的青年。

「不，沒有。」我回答道。青年悠閒地走過來，站在我們旁邊。那從容不迫的態度，立刻使我們輕鬆起來。

「不，有事。」朋友否定了我的話。

「什麼事啊？」青年一面笑，一面用彷彿向老熟人說話的口氣問過來。

「哦，剛才走進貴府的小姐……我想確實是走進貴府……」朋友露出一本正經的臉色說道。

「啊，確實是走進來了，有什麼……」

「不，沒有。」我插了不必要的嘴。朋友撇開我而說道：

「請問，小姐是不是已經出嫁了？」

青年大聲笑了起來：

「不，還沒有，可是明天就要出嫁。因此，如你們所看到的，今天出去買嫁粧。她是我妹妹。」

我們憂然碰壁了。一會兒，朋友用尖銳的聲音說：

「原來如此。」接著以極低的聲音對我說：「喂，回去吧。」

我向他輕輕點頭，表示贊同，左思右想，我不知不覺地說：

「令妹真是一位漂亮的小姐！」

青年愉快似地笑了起來。我一定是滿臉通紅了。趕快跨過門檻，走出門外。朋友留在那兒說道：

「請別見笑。」

這一來，青年好像更愉快地笑著說：

「不，這不算什麼。你不必在意。年輕的時候，誰都會這麼做。」

我們向青年鞠個躬，分手了。

啊，那位青年多麼值得懷念！兩個穿制服的中學生又多麼寒酸！

你啊，這就是我的初戀。你不認為慘痛嗎？我們在可悲的戀愛的出發時遇到挫折，過後有一個月左右，吃都幾乎吃不下去，而陷入深淵一般的憂愁裏。哲學家朋友露出簡直令人不忍卒睹的憂鬱表情。不過，我們一聲不響地熬過了這番考驗，關於我們共同的失戀，一句也不交談。

四

我五年級的時候，也就是我十八歲的時候因為暑假而回家。假期快要結束了，季節已經進入八月下旬了，陽光漸漸柔和，樹木剛開始颯颯作響，馬路開始刮風，天空在樹木上面慢慢增加高度了。想必從前到現在也一直被敲響的寺院鐘聲，第一次把它的音響傳到我的耳鼓裏。大自然所製造的微妙的音響，在我心中復活著，我就要作上學的準備了。

在這段期間中的一天，我青梅竹馬的鄰居女孩班上的朋友，到她家來玩。她向同學介紹我。晚飯後，她們到我家來。大家在我的書房談許許多多的話打發時間。我的魂都被那位同學勾去了，完完全全迷住了，非常愛上那位女孩。於是，我們倆兒的交談漸漸變得不對勁了。當我的女友覺察到我的不安時，她狼狽地對那位女孩說要回家。接著，她們就走出我的房間。臨走時，我的女友當著她朋友眼前輕輕擁抱我。這對我們來說，絲毫不算是不自然的舉動，可是我生氣了，憤怒了。

由於憤怒，到了第二天，我喜歡的女孩要回去的時候，我也鬧彆扭，不要送她。多傻啊！那樣勾住魂魄的女孩自己要離開，我竟躺在牀上。還有那種糊塗蟲？

我懊悔了，被強烈的悔恨之情所罩住了。不過，幸運得很，我知道她的住址。那總算是最低限度的安慰。

返校後，兩個月過去了。在這期間，我繼續不斷地想念那位女孩，追求她的花容月貌，一刻也不能忘掉。於是，入了十一月，在某一個吹著淒風的星期天，我決定獨自暗訪她家。

我搭上火車，坐了一個鐘頭光景然後下了車，是個冷清清的鄉村車站。我為了抑制跳動的心房，暫且站在車站的出口，欣賞那兒的田園情調。啊，這就是她所眺望的風景呢！這裏就是她上下車的車站呢！那實在是個可愛的聯想。你明白這項事實吧？人類的欲望，其實只是一點點而已。我不抱任何野心。只要能得到她，我衷心打算選定那冷清清而引人哀傷的田園為永居之地。我開步走。她家很快就找到了。我遲疑不決，可是想想與其來到那樣渴慕的女孩的家而回頭，倒寧願死掉了的好。於是鼓起勇氣，敲了她家的門。四十歲上下的風采端莊的女人替我開門。

「請問，是那一位？」

我報出名字，那位女人毫不驚訝地說：「那請進來吧。」我進去，跟那位女人相對而坐。

「老實說，我是因為令嬡的事，想請求您才來的。」我開口道。

「我家的女兒對我提起過你。請不必客氣地說好了。」

我愛人的母親用出乎意料的懇切的言詞對待我。那一定是由於我手足無措，要設法安撫我心的緣故。我吞吞吐吐。事先準備好的種種言詞，一下子就衝到嗓門來。我不知道該選擇其中的那一種才好，傷透了腦筋。許許多多的話在我的聲帶下面擠來擠去，堵塞住了。而且那時候我才知道，這些話統統不能用。我陷入了困惑。這時候，突然浮出一句全新的話，它以驚人的氣勢，推開正在擠來擠去的許多話，從裏面的聲帶飛出來：

「伯母，請把令媛嫁給我吧！」

喊那句話的，並不是我，是話本身憑自己的氣勢迸發出來的。不管怎麼樣，它的確是了不起、是很高明的話。雖然不幸並沒有產生應該有的功效，但是直到現在，我仍舊認為它是我一生中所能發出的唯一的漂亮話。

伯母用低沉的聲音回答道：

「說起來真對不起，她有未婚夫在家鄉。承蒙你看上小女，實在感激，不過由於這種情形，沒辦法滿足你的願望，真抱歉。再加上她父親在大約一個星期以前去世，我們必須在近幾天內回到家鄉去。」

伯母的聲音，也許是由於我的主觀吧，變得有點黯然。聽到她父親的凶耗，我吃了一驚。我把眼光移到隔壁的房間。線香的煙，在覆著簇新的白布的遺骨壺前靜靜地上升著。突然，我傷心起來了，於是說道：

「她父親去世了？我一點也不曉得。我想致弔，請讓我上香吧。」

這時候，從餐廳紙門中間出現了穿女子中學制服的年輕女孩。啊，那正是我連夢裏一直描繪的幻影，想念不已的愛人的姿容。她用帶著微笑的眼睛，注視我一會兒，但又馬上失去蹤影了。那是因為怕母親發覺的緣故。我的心臟撲撲狂跳。可是她母親站了起來，我不得不跟在後面，走到隔壁的房間。她母親替我點燃香火，我恭恭敬敬地在故人的靈前行拜，低下頭很久。忽然感覺到熱熱的東西沿著腮子流下來，不禁用手把它抹去。手背上有一道，從手腕濕到食指的指甲。啊，我是在哭嗎？不，不，我絕對沒有哭的道理。只覺得有什麼東西在緊迫胸膛。只覺得忍受不住沉重的東西壓在我的心上。我站起來，回到隔壁的房間抓起帽子，用舊了的、破了洞的帽子，擠扁了的、掛有薄薄的金屬徽章的帽子。

「打擾了。伯母，再見！」我往門口跑出去。伯母吃驚地從我後面追求。我一往直前地跑到大門外面，然後回頭看。她的臉從走下踏腳石的伯母背後出現。

「伯母再見！」我再喊一次，可是對方恐怕沒聽見。因為喊了，只是自己的認定，它並沒有變成話。

你啊，善良的你，這就是我的戀愛，就到此為止。從那時起，再也沒有遇見過她。因為嗣後大約四個月光景，我就從中學畢業了，她也從女子中學畢業了，她的同班同學，也就是我鄰家女友也畢業了。大約到了四月底，我聽鄰家女友說，她跟母親一起回到遙遠的家鄉了，那樣就結束了。時間一點點地把她的影像從我心中抹去。我把她忘得一乾二淨了。再過兩年左右，得知她結婚的消息，可是我並沒有感受到衝擊。知道那個消息，是從鄰家女友跟母親不動聲色的交談中覺察出來的。

你想，她後來怎樣啦？連我也不知道。然而奇怪得很，自從我不再見她數起，第四年的某一天，我收到一封她的來信。上面只寫她的名字，卻沒寫地址。直到現在，我仍然記得那封信的文字：

「分手後，在夢中度過了四年，暗懷你逐日深印我心版的英姿，偷偷打發時光。啊，儘管如此，你我遠隔山海，無法測知是否能夠抱著緊迫我身的焦思，同難忘的你一見。如今，留在身旁的唯一回憶，就是思念往日你離開寒舍時憂傷的神態而感到心碎的情景。侵蝕胸懷的苦悶只是恨自己那一天為什麼沒有跑過去，向你和盤托出這顆寸斷的心？這段悔恨的回憶，只怕畢生也不會褪去。既然如此，現在並沒有什麼怨言要對你說，只是想奉告你，我青春的時代已經過去了，從往日在你房間第一次見到你的時候起，我就偷偷地仰慕你；始終沒有向你傾訴，完全是由於自己軟弱的緣故。歸根結底，我只是弱女子，我已經無力掙扎。我又清清楚楚地憶起你的風采。

再見，再見，你年紀還輕，但願你千萬把我忘掉吧。我寫給你這最後的書信，完全是為了奉告你這一點。再見！」

你啊，這就是她的來信，我已經燒成灰燼的心，有一部分差一點就重新燃起。可是，一切都保持沉睡的姿態走過去了。

你啊，還非常年輕的你啊，剛才告訴你的，就是我到今天為止的戀愛的一切。我當然只不過是廢料而已。但是對於這麼深切地尋求戀愛，這麼熱烈地盼望愛人的我，上帝竟一秒鐘都不曾賜與過，我無論如何不認為是有理的。啊，青春在消逝著！它正在飛快地消逝著！

你啊，很耐煩地熱心傾聽我又長又臭的故事，好心的你啊，天又好像開始亮了。請把那件上衣遞過來。我必須在天亮前回家，因為公司的上班時間是七點。何況，我現在還不能不搭那慢吞吞的電車，搖晃一個鐘頭左右，先回家整飭一番，對，對，有緣或許會碰頭也不一定。第一次到你這兒來，馬上就要說這些話的我，在你看來，反正是不像樣的男人吧。不過，如果我對你說，我沒有一個可以談這些話的朋友，相信你也能多少原諒我的無禮才對。你一定從幾十個，不，從幾百個男人口裏聽到同樣的話題吧？不過，遇見像我這樣意志與行為極端分裂的男人，今夜怕是第一次。啊，我整個晚上躺在你身旁。我多麼希望摟住你啊！可是我不能那麼做。我不但不以此為榮，反而覺得很羞恥。歸根結底，可以說，像我這種窩囊廢畢竟只有被瞧不起，才算獲得應有的評價吧。

啊，我想擁抱你！用我兩隻胳膊全力抱緊！不，我沒有這份福氣。啊，不行，不行！請把那頂帽子遞給我。下次來的時候再說好了。到那時候我一定會提起勇氣給你看的。現在可不行！因為我還有一肚子該說的話，難過得很。下次如果有機會來一定特地再談那些話。現在，我心裏還很難過……。咦，你哭了嗎？為什麼呢？到底是為了什麼呢？請不要哭。就算為了讓我輕鬆一點好了，請不要哭。被你一哭，下次我再來找你，會使我的心變得沉重，腳變得遲鈍。真正善良的你！請不要哭。再說，如果你答應在我下次再來以前，願意一直就你自己和我的命運認真地想一想，那麼我就答應下次一定再來找你。

天要亮了。我非趕時間不可。請送我到那邊門口吧。對不起，善良的你！請露出你的笑容，讓我看一眼。謝謝，這樣我就可以放心回去了。再見！再見！

——《翁鬧、巫永福、王昶雄合集》，前衛

翁鬧

翁鬧（一九一〇—一九四〇），號杜夫，彰化社頭人。一九四〇年死於東京時，年僅三十歲。臺中師範學校演習科畢業，曾任教於員林國小、田中國小，並於《福爾摩沙》發表處女作，展開文學創作之旅。一九三四年至東京留學，積極參與當地文學活動，於《台灣文藝》、《臺灣新民報》、《台灣新文學》發表作品。劉捷說他是「幻影之人」，楊逸舟則稱他為「夭折的俊才」。

翁鬧的創作有：新詩、隨筆、中短小說、中譯英文詩、感想與評論。一九三五年發表四篇小說：〈音樂鐘〉、〈憨伯仔〉、〈殘雪〉、〈羅漢腳〉。一九三七年發表〈天亮前的戀愛故事〉。翁鬧在東京的生活相當貧窶，在東京被特務警察盯上，臺灣同鄉為免受到牽連，紛紛與他斷絕關係。翁鬧身歿東京的原因，至今成謎。

文字風景

據楊逸舟的記述，翁鬧於一九三四年赴日本東京留學，起先在一所私立大學掛名。一九三五年，移往高圓寺，二十八歲的他與四十六歲的日本婦人同居，這場姐弟戀因楊逸舟與吳天賞的勸誡而告終。翁鬧後來考上內閣印刷局校對員，待遇非常好，但因在職期間持續寫情書給陌生的日本女子，女子的父親向印刷局長告狀，遂被革職。

翁鬧是日治時期臺灣新文學的異數，這篇〈天亮前的戀愛故事〉簡直就是臺灣諺語「愛到卡慘死」的最佳印證。那種大膽自白、無所畏懼的求愛心情，與當下流行歌〈死了都要愛〉

也頗能互為呼應。〈天亮前的戀愛故事〉以第一人稱的「我」向不特定的「你」娓娓道出內心私密情事，開宗明義就說：「想談戀愛。想得都昏頭昏腦了。為了戀愛，決心不惜拋棄身上最後一滴血，最後一片肉。那是因為相信只有戀愛才是能夠完成自己的肉體與精神的唯一軌跡。」翁鬧以私小說的寫法自我暴露，毫無保留地交代自身情慾。他由雞、鵝、蝴蝶的交歡起興，延伸到想談戀愛的渴望。其中夾敘夾議，表述一、二十年來各個時期對愛情的追逐。小說中的我感情熾熱，想要：「把她抱住。只要一分鐘，不，只要一秒鐘就行了。在那一秒鐘之內，我的肉體可以完全跟愛人的肉體融合，我的靈魂也可以完全與愛人的靈魂緊緊地貼在一起。」「要現在的人類忘掉他們的生活方式與一切文化，再一次回到野獸的狀態。」

陳芳明說：「無論是〈天亮前的愛情故事〉或〈殘雪〉，都可清楚看見翁鬧有意無意之間洩漏某種自卑感。那不只是對女性愛意的未遂症而已，也強烈暗示著帝國與殖民地之間的無可彌合。新感覺派強調為藝術而藝術，也揭示心理底層的微妙變化。翁鬧的文學意義，正好點出日本作家與臺灣作家截然不同的感覺。」賴香吟《天亮之前的戀愛》將翁鬧、太宰治、邱妙津三位作家相提並論。她評價翁鬧的書寫：「這是青春文學的一種。徹底的裸露。除了裸露，別無他法。有些情緒就是那麼強烈，那麼單純，沒法改變，不可替代。」

惡魔主義也罷，新感覺派也罷，這些定義其實都難以統括翁鬧的人生與作品。翁鬧之所以彌足珍貴，也許在於他相信私密，相信深夜獨白也有無法取代的意義。

青青

青青書系簡介——陪伴青少年走過人生最美時光

旺盛的生命力，從翠綠出發！

給青少年最青的文學閱讀，優質、多元、有趣。

我們相信：文字開拓的無限想像，是成長的必備養分。青青書系充滿新鮮的想法、新時代的感性，以輕量閱讀讓文學變得親近可愛。但願年輕的心靈迷上字裡行間的美好，由此探尋自身、關懷世界，親自品味如歌如詩的青春。

長腳的房子

蘇菲・安德森　著　洪毓徽　譯

即使是死亡，也能啟發我們去擁抱生命。

十二歲的瑪琳卡夢想擁有平凡的生活：住在普通的房子裡，和普通人做朋友。可偏偏她的房子長了一雙雞腳，總是毫無預警地將她和祖母帶到陌生的地方。這一切都因為瑪琳卡的祖母是一名雅嘎，負責引導死後的靈魂前往另一個世界，而瑪琳卡註定要延續這份使命。年輕的瑪琳卡不願一輩子過著與死人為伍的生活，她決心扭轉自己的命運。殊不知這個決定將讓她的人生失去控制，而同時房子卻有自己的打算……

國家圖書館出版品預行編目資料

青春小說選／吳岱穎、凌性傑編著.－－初版一刷.－－臺北市：三民，2020
面；　公分.－－（青青）

ISBN 978-957-14-6826-6（平裝）

863.57　　109006735

青青

青春小說選

編著者	吳岱穎　凌性傑
責任編輯	連玉佳
美術編輯	陳奕臻
發行人	劉振強
出版者	三民書局股份有限公司
地址	臺北市復興北路 386 號（復北門市） 臺北市重慶南路一段 61 號（重南門市）
電話	(02)25006600
網址	三民網路書店 https://www.sanmin.com.tw
出版日期	初版一刷 2020 年 7 月
書籍編號	S858970
ISBN	978-957-14-6826-6

三民書局